TAKAHASHI KATSUHIKO

七曜文库

高桥克彦

吉林出版集团有限责任公司

写乐杀人事件

果露怡 译

SHARAKU SATSUJIN JIKEN
© Katsuhiko Takahashi 1986
All rights reserved.
Original Japanese edition published by KODANSHA LTD.
Publication rights for Simplified Chinese character edition arranged with KODANSHA
LTD. through KODANSHA BEIJING CULTURE LTD. Beijing, China.

吉林省版权局著作权合同登记 图字：07-2012-3785号

图书在版编目(CIP)数据

写乐杀人事件 / (日) 高桥克彦著；果露怡译. —
长春：吉林出版集团有限责任公司, 2013.2
（七曜文库）
ISBN 978-7-5534-1488-1

Ⅰ.①写… Ⅱ.①高… ②果… Ⅲ.①推理小说—日
本—现代 Ⅳ.①I313.45

中国版本图书馆CIP数据核字(2013)第013407号

写乐杀人事件

作　　者	[日]高桥克彦
译　　者	果露怡
出 品 人	刘丛星
创　　意	吉林出版集团·北京汉阅传播
策划编辑	渠　诚
责任编辑	顾学云　李瑞玲
封面设计	未　氓
开　　本	650mm×960mm　1/16
印　　张	21.75
版　　次	2013年6月第1版
印　　次	2016年6月第2次印刷

出　　版	吉林出版集团有限责任公司
发　　行	北京吉版图书有限责任公司
地　　址	北京市宣武区椿树园15－18号底商A222
	邮编：100052
电　　话	总编办：010－63109269
	发行部：010－63104979
网　　址	http://www.beijinghanyue.com/
邮　　箱	jlpg-bj@vip.sina.com
印　　刷	北京航天伟业印刷有限公司

ISBN　978-7-5534-1488-1　　　定价　45.80元

写乐杀人事件

写楽殺人事件

序章

这是一幅挂轴。

单看装裱，恐怕已有相当年岁，但由于鲜少开启，画面状态尤佳，几乎没有颜料剥落或虫蛀痕迹。两条惊燕①自天杆垂下，画心上下镶有锦眉，皆使用银丝锦缎，在当时无疑为昂贵材料。

画作色调以茶色为主，在仅宽三十厘米、长九十厘米的绢布上绘着一头巨大的狮子。

狮头低伏，自眉间到鼻端刻满深密皱痕，狂暴之气跃然纸上。粗壮的利爪深陷地面，延伸至脊背的鬃毛一根一根大起大伏，观者甚至能够感受到狮子粗重的鼻息。巨兽的姿态太过凶猛，似将立刻跃出画面骤袭而来。

这当然不是自古就广受青睐的唐狮子，而是江户时代罕见的写实雄狮。

此作当是使用日本画材绘就，却能从中品出油画颜料的光泽和厚度。进一步仔细观察，原来整个画面皆涂有清漆，借此呈现出特殊的光泽和厚度。在尚无油画颜料的时代，画师正是以此技法传递出西洋画的韵味。

---

① 挂轴上部（天头）的两条装饰带，上端分别固定于天杆左右三分之一处，下端或固定或自由飘动，长度与天头高度相同。

画作背景则配以典型的东方风景。

写实派的狮子或许是由荷兰传来的铜版画临摹而成，但原画当无背景，而是由作者另行添加。俯身做攻击状的狮子背倚日式松树和中式奇山，怎么看都是不可思议的组合。

但是，其笔法极为精湛。

除去东西方元素的不协调，画师可说具有卓越之才。

画面左上部以不起眼的小字写着画师名。

宽政戊午如月　东洲斋写乐改近松昌荣画

宽政"戊午"就是宽政十年，而"如月"则是二月之别称——宽政十年（1798 年）二月某日，旧称"东洲斋写乐"的画师，以"近松昌荣"之新名画此狮子图。

第一章　邂逅

十月十日。

小型手电的灯光终究没能抵达位于正下方六十米处的海面，只见一束细长光线自男子手边延伸，直至融入深不见底的黑暗消失殆尽。沉重黏稠的汹涌涛声似逆光而上，混入海风灌进耳中。

男子深深一叹。无草无木的断崖黑岩，夜幕笼罩的墨色大海，纵使照明强度数倍于眼下，依旧不会得到任何收获。即便如此，男子仍执拗地继续移动着光源，光束不时在暗黑中捕捉到沉降海岸特有的陡峭斜面。

现在是深夜三点。虽说才十月上旬，气温却已逼近零摄氏度。突然，强风自海上袭来，男子不由得竖起西服衣领。他没披外套，东北的海域已经步入冬季。

男子冻僵的五指紧握着金属电筒，终于断念地背对海面开始返程。在寒冷驱使下，男子的步伐逐渐加快。吐着白气步行五分钟，男子进入一条小路，那里停着一辆并未熄火的银色宝马，正是他此行的代步工具。这款车外形并不张扬，速度却没得说，此时后排正坐着另一名男子。

"花了不少时间呢——怎么样？"

车内男子注意到接近的脚步声，迅速确认来人身份后从内侧打开了车门。车里开着暖气，充斥着烟草的刺鼻气味。

男子坐进驾驶席，道："没见到，这种时间很难指望有收获呀。你那头也——"

"嗯，我也走了很大一圈，但毕竟从没来过，不知道该往哪儿找……对了，往前几步有家餐馆。"

"嗯，但那儿没——"

"没人住呢，漆黑一片，我当时进去开灯看了看。"

"那儿只是店面，经营者应该住在别处。这附近民房很少，住起来很不方便。"

男子说话时不忘将冻僵的手指罩上暖气出风口，先一步回来的男子见状立刻拿出暖瓶往纸杯里倒上咖啡递过去。狭窄的车内弥散着咖啡的暖香，男子接过纸杯，宝贝地双手紧捧着汲取温暖，车内一时无言。

"回别墅吧。"男子自暴自弃地低喃，"老耗在这儿也不是办法，我看今晚不会有进展了。从东京开车到这儿少说要十小时，一路上都没歇，怎么也得睡上一觉。不管怎么说，事关兄长，我自然义不容辞，但也不能继续给你添麻烦。"

"别见外，就算一晚不睡我都没问题……说真的，会不会是我们想太多了？"

"我看不会。兄长的确来了别墅，再加上早晨的电话……"

男子稍稍压低音量。夜风越发激烈，二人乘的车随之摇晃。他们忐忑地凝视窗外暗幕，只见天空被厚沉的黑云笼罩，全然不见星点。男子微微降下车窗，将纸杯扔出车外。纸杯被强风翻卷着，瞬间被漆黑的夜色吞没。

黎明尚早。

十月十四日。

投海自杀　四日后遗体被发现
死者身份判明　系东京篆书家嵯峨先生

十三日上午七点三十分左右，岩手县下闭伊郡田野畑村北山岬，四公里外海面，航行中的乌贼捕捞渔船"第八荣光丸"（大船渡市坂田荣三郎先生所有）遭遇一具男性浮尸，甲板员佐藤英春先生（27岁）在发现尸体后将其打捞上船，就近送至久慈市警局。

警局立刻就男性死者身份展开调查，并于当日下午二时许在下闭伊郡普代村派出所召开记者会。经查，死者系篆书家嵯峨厚先生（56岁），现居于东京都府中市宫西町五丁目，此前警方曾接到失踪报案。

嵯峨先生自八日晚便外出不归，且未向任何人知会行踪。由于无故断绝音讯，其义弟水野继司担心兄长安危，遂于十日早晨报警，提出寻人请求。

嵯峨先生在田野畑村北山置有别墅，水野先生同友人曾于九日夜拜访，发现屋内放有嵯峨先生的行李。之后水野先生留在当地持续搜索，直到十三日午后接报发现遗体，才直接赶至久慈市进行时隔五日的悲伤再会。

由于须对嵯峨先生遗体进行行政解剖，同日晚六时，遗体被县警察本部专车运送至盛冈市岩手医大病院。据久慈警局调查，嵯峨先生应于九日午后五时左右从别墅附近的北山岬断崖投海自尽。由于并未发现遗书，其自杀动机尚不清楚。嵯峨先生在夫人离世后独居于府中市公寓，曾在其主办召开的"东京爱书家俱乐部"集会中透露辞去会长职务之意，还特别提及近段时间自身状态颇为消沉。

嵯峨先生系人气篆书家，曾数度斩获美术展特别奖，拥有傲人佳绩，更凭借藏书印的制作被公认为该界第一人。此外，嵯峨先生也是著名浮世绘研究者，相关著作甚众，其过世让圈内人士无不叹惋。

——《每朝新闻》^①岩手版

---

① 漫画、小说和影视中经常出现的虚构报纸，系将《每日新闻》和《朝日新闻》捏合而成。

十月十七日。

津田良平心急如焚。

列车终于抵达国铁线八王子站，车门刚一开启，津田便惜时如金地跳下站台，一步两阶地冲下楼梯。得益于瘦削的身材，这一系列动作敏捷流畅。

步出检票口，八王子的街景已同津田记忆中的模样大相径庭，车站本身也正值翻新改建，亦不同于当年印象。津田匆忙寻找着巡警岗亭，从前检票口左侧就有一间派出所，现在看来已被拆除，好在阶梯里侧临时设置着警亭。津田总算松了口气，剩下的时间只有二十分钟，他得争分夺秒确定下一个场所。

一番询问，广安寺距离车站步行还不到五分钟，就在市立图书馆附近。津田在学生时代没少去那里，自然清楚路线。低头谢过警官，津田立刻朝图书馆方向走去，只是步伐稍显沉重。

津田一身便服，他之所以来到这里，是为代表老师出席葬礼。

"真是大大出乎意料，没想到会在那种地方见到国府前辈。"

葬礼之后，津田去了广安寺附近的咖啡馆，带着怀念的微笑跟国府洋介交谈。

国府满怀感慨地看着津田，说道："可不是嘛，我也一样。"

下午五点，外头渐显昏暗。店里几乎没客人了。

国府暗自计算，问道："有两年没见了吧？"

"是的，自从老师的——"

津田自觉失言，不禁偷偷打量国府的神情。国府曾在二人恩师西岛俊作的出版纪念宴会上跟吉村口角。吉村是津田的前辈，国府当众对他大打出手，惹得西岛非常不快。等同于被逐出师门的国府从此消失，这是二人自那以来的首次重逢。

国府面不改色，津田也欣然继续话题。

"我算算，自那场宴会以来，有两年多了吧。"

"真快啊……这一晃就好几年了。"

国府笑着点了根烟。国府比津田年长十岁，是西岛主讲的江户美术史研究班的前辈。两人就读同一大学，在校内却从未打过照面，而是在出席西岛研究班的校友聚会时结识的。那种聚会，一年会召开好几次。

出席西岛研究班校友会的成员，大抵都跟浮世绘有点关系。

西岛在吉祥寺附近的私立武藏野大学教授浮世绘的课程，其对东洲斋写乐的研究可说当世第一。他二十年前出版的处女作《写乐论》不仅有名著之誉，而且持续再版。武藏野大学就是看中《写乐论》的巨大成功，才请他当讲师的。

大学时常举行性质特殊的冷门讲座。学校向西岛敞开怀抱当然是有用意的，无非是想借西岛之名，给刚建校不久的大学打响名号。

话虽如此，武藏野毕竟是日本文学系大学，不支持开设"浮世绘"这种特殊讲座的呼声甚高。校方只得拓展概念，冠以"江户美术史"的名目让他开讲。相较西岛的社会知名度，来听课的学生真没几个。

津田是西岛研究班开设后的第十届学生。然而，翻翻曾出席校友会的前辈，总人数不超过六十。平均下来，每年只有六人听讲。这大大刺激了西岛，使他断然舍弃"江户美术史"的暧昧讲学方针，将课程内容彻底变成浮世绘讲义，只保留原有的讲座名；同时积极开展研究活动，撰写大量论文向美术杂志报纸投稿。西岛如此活跃，在校内的地位自然一路攀升，不到五年就登上教授之位。

在听讲人数少之又少的情况下，一介讲师竟高升教授，其发迹自是特例。西岛的浮世绘研究确实卓绝不凡。浮世绘这门学问其实尚未被确立，纵观全国，开展相关讲座的大学凤毛麟角，而埋头研究浮世绘且获得大学教授头衔者，除去西岛怕是再无旁人。西岛之名由此变得举足轻重。随着他对浮世绘界的影响力与日俱增，研究班毕业生去美术馆、杂志社就职的比例也节节攀升。涉及浮世绘的出版社或美术馆根本无法回绝西岛的推荐，他的本事就是如此之大。随着门生的就职，西岛的权威持续增大。吉村健太郎能以学艺员身份去私立美术馆工作，自然是托西岛之福。

四年前，津田毕业之际，西岛简直拥有呼风唤雨的权力。其门生在传媒界的高就职率近来惹得校内瞩目，就连对浮世绘全无兴趣的学生都打算去研究班占据一席之位。对回绝了美术出版社就职推荐、选择留在研究所做助手的津田而言，这当然不是让人愉快的传闻。

津田都二十六岁了，四年的助手生涯犹如白驹过隙。

（国府先生都三十六岁了……）

国府是西岛进校任教的第一届学生，毕业后去了和浮世绘绝缘的贸易公司，明明和浮世绘划清界限，每次召开校友会时却一定出现。

当着国府的面，以吉村为首的校友们姑且都叫他一声师兄，事实上，绝大部分人都把远离浮世绘世界的国府视作异己，暗地里无视他、疏远他。

不知怎的，只有津田同国府莫名合拍。

"国府前辈也跟嵯峨先生有往来？"

津田忍不住道出心头疑惑。

"很难想象吧？要让老师听了，恐怕又得闹到逐出师门才算痛快。不过我跟嵯峨先生的交情跟浮世绘完全不沾边，只是从中野搬到府中之后偶然加入了由他创办的俱乐部而已。"

"这么说前辈还住在府中？"

"嗯，快一年了。"

津田终于释怀。主动询问之前，国府出现在那种场合的理由让他深感困惑。

但凡浮世绘相关人士，无人不知嵯峨之名，津田自然拜读过他的著作，也在展览会上数次目睹其人，不过始终没有机会同嵯峨结识。

要说西岛和嵯峨的关系，自打五年前二人就研究上的不同见解闹翻以来，就始终处于冷战状态。

这种敌对关系也延伸至包括津田在内的门生，只要嵯峨的新论文在杂志上发表，西岛的学生们便争相抨击嵯峨论文的疏漏，鲜少能够提出中肯的意见。不用说，嵯峨的确投身于浮世绘研究，实际该算志同道合之士，然而西岛的门生们却和他划清界限，极尽排挤无视之能事。

然而在如此背景下，国府却受邀出席了嵯峨厚的葬礼。

起初瞥到那抹身影，津田只当认错了人，但他刚一转身，却被对方出声叫住，津田这才意识到那当真是国府。即便现在正面对着面交谈，津田仍无法忘记当时的惊诧劲儿。

更有甚者，谁又能想到国府和嵯峨的结识竟然跟浮世绘毫无关系……津田明白现在并不适合胡思乱想，连忙打住思绪继续话题。

"前辈刚才提到的俱乐部，是指爱书家俱乐部吧，葬礼会场的大花圈很醒目。"

"也只有花圈够大而已，会员总共还不到二十人。"

"前辈去接待处是为送花圈吧？"

"可不是，在那儿站着我可真是心惊胆战，就怕跟老师碰上，毕竟当年发生了那种事……不过我也估计老师多半会派什么人代劳，幸好来的人是你。"

"前辈说笑了，老师怎么可能上这儿来。"

"你别不信，老师和嵯峨先生似乎是三十年的老交情，怎么说也该在葬礼上露个面吧……唉，这几年两人始终处在那种状态，派你代劳也不是不能理解，不过确实让我对老师有些失望啊。"

"他们有那么亲近？"

"嗯，据说两人当年还在尚古堂共事呢。"

国府这番话让津田颇难信服。虽然现在尚古堂已不复存在，但直到战前都仍是响当当的美术出版社，津田也知道西岛曾在那儿供职，却从没听他提过和嵯峨的共事。

或许西岛只是不想向学生提起这段难以置信的往事吧，但津田仍多少有些不快。

嵯峨是在野研究者，和一切大学或美术馆无缘，也没参加由西岛任董事的学术性团体"江户美术协会"，而是成为高喊反协会口号成立的"浮世绘爱好会"的中心人物。两人的冷战也正源于双方协会的对立，随着分属协会地位的不断提升，二人之间的鸿沟也越来越深，这么一僵就是二十多年。

本来吧，西岛和嵯峨同是浮世绘研究者，自然会对对方的研究成果抱以某种程度的关注，然而两人对浮世绘的见解相左，也就导致双方协会的决定性不同。

其中一大分歧就在于对"肉笔"（手绘）浮世绘的认识。

手绘之于浮世绘研究到底具有何种价值，在这一问题上，双方协会的意见针锋相对。

江户美术协会提倡以版画作为浮世绘主体。他们认为浮世绘之所以能在大众文化中存续发展，主要得力于版画的低廉价格以及可复制性。浮世绘画师的手绘作品虽然同样具有价值，但终究当以版画为主体，手绘只是补充。

而浮世绘爱好会则主张亲手绘制的作品才是浮世绘的原点。浮世绘的定义之一正是"描绘时代风俗的绘画"，由此观之，远在版画诞生之前，古人早就以手绘方式进行浮世绘创作。版画诚然推动了浮世绘的发展，但其结果只是浮世绘画师们迎合大众喜好绘制了用于雕版的原画。这就要问，通过版画何以判断画师的技艺水平？所谓浮世绘版画，是将画师绘制的原稿交给雕版师雕成的产物。既经他人之手，作品究竟能多大程度体现画师的实力,这就要打上一个问号。要想直观画师真正的技艺,当然只能通过其亲笔完成的手绘作品。

幕末时期的手绘画中也存在诸多劣作,然而同一画师的版画却很上档次,这恰好证明雕版师或印刷师的技术足以掩饰画师的拙劣线描。

举上一个绘制头发的例子就能很好地说明问题。画师在原稿阶段并不会一根一根地画上头发,只是大致勾出发型轮廓,上墨后就交给雕版师处理。而后才由雕版师在描好的轮廓中倾尽技艺雕刻出每一根发丝。显而易见,即便同一名画师的作品也会因为雕版师的能力产生微妙差异。

北斋是有众多手绘杰作传世的画师之一,此外他对版画的完成度也十分上心,甚至专程写信给出版方,要求指定娴熟可信的雕版师。总而言之,版画是由出版商、雕版师、刷版师、原画师多方共同作业完成,并非画师一人之功。正因如此,对手绘画的研究才是最为重要的突破口。

从浮世绘爱好会的这一意见,足见其情感炽烈。

换作旁人观之,双方协会各有道理,二者的对立至多不过是研究者热情的产物,乃是让人欣慰的百家争鸣而已。然而,引发两派争论的手绘浮世绘,却被昭和九年(1934 年)震惊全日本的"春峰庵事件"推上风口浪尖,至今余波未平。

昭和九年的那场风波已是将近五十年前的旧事,虽然至今无人挑明,实际上那起事件正可谓手绘争论的发端。

一切始于四月二十六日《朝日新闻》的某则报道。那天的报上刊登了题为"春峰庵秘藏手绘浮世绘拍卖"的报道,其中写乐的两幅手绘尤其受到当时浮世绘研究者兼国文学者笹川临风博士的极力赞赏，估价一路看涨。

以下就摘抄部分报道。

"罕见的写乐手绘现世——自日本仅存一幅的写乐手绘于大地震烧毁以来，在人们皆感绝望之时，意义非凡的两幅大作惊现于昔日大名之秘库，发现画作并负责鉴定的笹川临风博士将其盛赞为'世界级大发现'。笹川博士表示——秘藏画作者乃某大名公卿，号春峰庵，此次以写乐为首的十九件手绘作品皆为难得的珍品，总估价在十五万日元至二十九万日元之间。"

上述金额放到眼下少说也在五亿日元以上，在当时无疑是前无古人的报价，社会各界一片沸腾。哪知到了拍卖当天，却曝出全数画作皆是某团体策划制作的赝品。"春峰庵"这一名号同样是杜撰的。

自此，以负责鉴定作品，甚至为图鉴撰写解说，对其价值不吝盛赞的笹川博士为首，相关浮世绘研究者们面对社会质疑，极力辩称自身清白。幸而研究者们并未和赝品直接挂钩，得以回避刑事责任，但"春峰庵事件"确实断送了博士们的研究生命。

自那起事件后，浮世绘研究者们纷纷对手绘真假问题避而远之。

古有云，君子不近刑人。无论怎样，笹川博士乃是当时浮世绘研究界的代表人物，眼见这般权威竟一朝倾覆，研究者们避危求安自然也不奇怪。然而，原本得到业界认同并广泛开展研究的手绘画却大幅贬值，一举折价过半，这也是不争的事实。

研究者对待手绘的态度始终谨慎，纵然有新作现世，甚至百人中有百人认定是真迹，都不会站出来陈述自己的判断。由于无法估价，作品被常年放置的例子并不罕见。

刻意的疏离，反倒招致混乱。按捺不住的人们自发聚拢，围绕手绘展开了积极探索。浮世绘爱好会由此诞生。

二十载过去，不可调和的对立依旧持续。一路纠缠至今，不如说双方已是单纯的赌气较劲而已。二十年前姑且不论，现在立于江户美术协会中心位置的西岛之所以绝口不提和嵯峨厚的亲密关系，或许也算理所当然。

然而津田仍大受打击。

吉村或其他前辈们对爱好会的谩骂不绝于耳，不时还戏谑地称其为"死敌"。西岛究竟抱着怎样的心情面对他们的恶意攻讦，津田不得而知。

"对了，老师现在……"见津田沉默不语，国府改变了话题，"正忙着整理著作集吧？"

"嗯，集学社的编辑每天都催得紧。"

"早期的论文也一起收录？"

"是的。现在交由我和岩越前辈整理，预定连老师求学时的论文都收进去。"

"果然，"国府闻言苦笑，"我猜多半也会打包全收，不过把那种东西收进去真没意思。从前我也拜读过，败笔在于采用了写乐或为阿波能乐师的假说。现在老师他也摒弃了旧说，那种过时的论文再录也只是添乱而已。要我说，趁机彻底重新挖掘写乐才是治学者应有的态度。自打出了那本《写乐论》，最近老师只是反复修改而已，并没有新的研究进展，我没说错吧？我是希望老师别借着忙活画集解说逃避研究，而是在本职工作上多下功夫。"

津田无言以对。他直属西岛麾下，自然比任何人都深有体会。

"对了，说到写乐，你发表的《写乐研究笔记》我也看了。"

"是吗，前辈也看过？"津田颇为惊讶。

那篇文章发表在拥护西岛学说的《江户美术研究》杂志上。

这份研究性杂志不定期发行，主要刊登西岛学生的论文，对出版社、图书馆或美术馆免费发放。有人暗地里将其称为西岛的私人杂志，在爱好会里的评价尤其欠佳。因为杂志并不对外发售，津田万万没有想到和老师撕破脸的国府会读到那篇论文。

"嵯峨先生也大为赞赏呢，还问了不少你的情况，说你年纪轻轻就能调查得如此深入，十分难得。"

"当真？"

"逗你能有什么好处？怎么说，该注目的地方爱好会可从不马虎。"

津田多少有些感动。虽说那篇论文只是单纯回顾迄今的写乐研究并进行整理，倒也耗费了整整两个月才完工。付出受到表扬自然让人高兴，更别说对方竟是爱好会的嵯峨先生，相较于同学间的认可，这份喜悦又远在其上。

"嵯峨先生也真是个怪人。先申明，我最初可是对他敬而远之。怎么说我过去也是西岛的学生，如果被嵯峨先生误以为别有用心可就惨了，我也没打算给老师惹麻烦……话是这么说，我这身份终于还是曝了光。结果呢，我跟嵯峨先生的关系反倒亲近起来。后来我也问过原因，貌似嵯峨先生和老师还没彻底断交那会儿听老师提起过我。不过当时还真把我吓出一身冷汗。"

"因为国府前辈很优秀嘛。"

"真能吹，连篇像样的论文都没发表过的家伙能有什么优秀。"

"岩越前辈总这么说呢。"

"那家伙就爱吹牛皮，"国府不禁苦笑，"岩越还留在研究所？"

"嗯，我跟前辈两人总算还能应付。"

"真不容易啊，都八年了还是个助手，亏他能熬到现在。就这点，我挺佩服你和那家伙。"

"我这才第四年而已，还撑得住。"

国府点着头，提议是时候动身了。津田这才察觉店内已相当拥挤。

"换个地方吧，反正好久没去喝一杯了。府中有不错的小店，我常去。你今天没别的安排吧？"

"我是没关系，不过前辈晚归的话会有人担心吧？"

津田是顾虑到这些年里国府或许已有家室。

国府笑道："这话听上去可真心酸，我还是单身汉，照样没讨着老婆呢。"

"别回头。"

走着走着，国府突然压低嗓门对津田说道。二人位于距离府中站出口五分钟路程的闹市区，赛马正值休赛，街道照样人流如织。

津田一下摸不着头脑。

"别往后看，被发现可就糟了。"

"出了什么事吗？"津田也随之降低音量。

"有个家伙从八王子开始就一直跟在我们后头。我记得那张脸，刚才在那家咖啡馆里他就坐在你后头，估计你没注意到。直到上车我都当是碰巧，没想到那家伙竟然一路跟到这儿，毫无疑问是冲着我们来了。"

"是不认识的人吗？"

"要认识刚才在店里就打招呼了。"

"是个怎么样的家伙？"

津田自知身体正微微颤抖，这种经历对他而言是头一遭。

"看上去不大厉害，弓着背，有些胡楂。短发，手里拿着外套，估计不是东京人，那儿还热着呢。个头比你稍微矮些，年纪比我稍微大些吧。"

"还真详细。"

国府的观察力让津田颇为吃惊。

"在空荡荡的车厢里头装睡，换谁都会觉得奇怪吧——就是这样。"

"原来如此，接下来该怎么做？"

"不如心一横，由我们来个先发制人。就算他有歹心也不敢在这儿下手吧，周围人多不说，我们还是以二对一。"

津田也颔首同意，两人同时向后一扭头。

走在后方十米开外的男子猛然止步，瞬间浮现出困惑之情，随后又换上满脸笑容，略一施礼向二人走来。

"敢问有何贵干？"国府语气不善。

"果然穿帮了。"男子略带腼腆地笑道，"我的本意并非跟踪二位。真抱歉，让你们扫兴了。"

男子深深鞠躬致歉。国府和津田不禁面面相觑。

"刚才还真被你吓了一跳，冷不丁地亮出警察证，说什么'我是岩手县警察小野寺'云云。"

　　国府苦笑着往小野寺的杯子里倒上苏格兰威士忌，三人正坐在酒馆"恐鸟"的柜台前，面前放着国府寄存的酒。

　　"实在过意不去，除了这东西我真找不出别的身份证明。"

　　小野寺不好意思地挠挠头。从外表看不太出来，其实他挺好亲近的，津田也放下心来。

　　"话是这么说，你在八王子干吗？"

　　"是哦，连我也觉得挺不可思议呢。要说工作中吧，自然得顾忌说话对象和地点，不过现在算作下班时间又另当别论喽。我这工作从来没个清闲，烦得要命，总得反抗一下吧，不如就放松潇洒一会儿……"

　　国府和津田忍俊不禁，怎么看小野寺也不是玩潇洒的料。

　　"任谁突然被刑警叫住都没法心情舒畅，对不？要是犯人倒无所谓，我可不想平白无故地吓唬无关群众……说白了，我之所以出现在八王子，只是碰巧上那儿找线索而已。"

　　二人又是一番好笑。

　　国府若有所思道："说到岩手，该不会下雪了吧？"

　　"哪儿能啊，太早了。我住久慈，在岩手县里头也算暖和。"

"暖和？我上周才去过，冷得要命——"

"国府前辈去了岩手？"

津田不禁反问。津田的老家就在盛冈，国府自然不会不知。

"去找失踪的嵯峨先生，坐着他弟弟水野的车跑了一趟，没绕道去盛冈——想必小野寺先生也知情吧？"

"嗯，知道是知道，其实我另有问题想向你请教。"

"另有问题？什么问题？"

"怎么说呢，总归不得不从嵯峨先生讲起。他的自杀动机，现在总算得出了像样的结论。"

"是找到了遗书还是怎么的？"

国府和津田忍不住探身。国府自然略知内情，津田则是被"自杀"二字吸引。

"前天夜里，久慈车站的失物招领处跟警局取得了联络，说是本月九号的遗失物品当中有嵯峨先生落下的东西。"

"不是遗书，而是遗失物品？"

"对，于是我立刻冲到车站一看究竟，是个很小的邮包，正面写着仙台旧书店的地址，背面只留着嵯峨先生的名字，连邮票也没贴。估计是想下了火车再寄出去吧。"

"东西是在哪儿发现的？"

"火车抵达普代站之后，折返发车前进行车内清扫时在网架上发现的。是九日十点四十六分从八户始发的普通列车。到达普代，我看看，应该是下午一点二十五分吧。"小野寺确认着笔记本上的记录，继续说道，"列车班次和警方的预测相吻合。按照到达普代的时间推算，抵达北山的别墅该在下午三

点左右。我们多少算是掌握了嵯峨先生的行踪，更大的问题在于那个小邮包。从解剖结果来看，大致能得出自杀这一结论，可是说到底，都决心自杀了还有闲暇去邮寄什么包裹吗？"

国府不说话了。

"其实是我首先提出质疑的，结果千里迢迢跑去东京，真是倒了大霉——"

国府问道："去东京干吗？"

"没什么，反正结果还是自杀。"小野寺一脸索然，"我们想早点弄清邮包里的东西，就给仙台的旧书店去了电话，结果没人接听。有人就说，做生意的不接电话肯定是在休假，那就等到第二天吧。何况，若未经对方许可，警方都没权私拆邮包，所以我决定亲自去仙台走一趟。我是昨天白天到仙台的，在车站又去了电话，这回接通了。店名虽然是'广濑文库'，店主的名字却是藤村源藏。我把邮包给了主人家，对方却说不认识嵯峨先生，之前也从未收到过他的包裹，估计是弄错了。结果，店家暂时收下了邮包。"

国府歪头琢磨道："这倒是挺奇怪的。"

"相当奇怪……竟然有根本不认识的人寄包裹来，而且寄件人没一会儿就自杀了。收件人确实是藤村先生，主人家嚷嚷着怪不吉利，结果被我说服，当面打开了邮包。"

国府和津田全神贯注。

小野寺看着二人的模样，笑道："你们猜，里头放了什么？是两本古书，用报纸包得严严实实，宝贝得不得了……我对这东西没啥兴趣，只觉得旧得厉害，藤村却大惊失色。"

国府忍不住问道："到底是什么书？"

小野寺看着笔记本，答道："我看看，照藤村先生的说法，似乎是角仓本①《谣曲百首》的其中两本。"

国府大惊道："难道是光悦本？"

"没错没错，貌似也可以这么叫。"

"光悦本？由那个光悦制作的——"

津田也讶然盯着国府。正如"光悦本"其名所示，这是有"宽永②三笔"盛誉之一的本阿弥光悦受富豪角仓了以、角仓素庵父子之邀，制作刊行的超豪华藏书。光悦的本职是刀剑鉴定，具有天才的审美感，对陶器、漆器的设计均有研究，这"光悦本"正是他倾注全部才华的集大成之作。刻版完全遵照他的手迹，印刷用纸上甚至附有光悦亲自设计的纹饰。

"那就没错了，嵯峨先生的确在收集光悦本，也让我看过好些册……我猜他藏有近半套光悦本。"

小野寺惊叹道："近半？那随随便便就值一千万日元了！"

国府微微一笑，问道："你从哪儿打听来的？"

"听藤村先生说的呀。他说一百册怎么也值两千万。"

"原来如此。话是这么说，也得以凑齐百册为前提，单独一册两册值不了这个价，收集才是重点。怎么说，我也不清楚具体差异有多大，不过据说只缺一册都会掉价近半呢。"

---

① 嵯峨本的别称，统指庆长（1596—1615）末期到元和（1615—1624）年间印刷的精美画册，由豪商角仓氏在京都嵯峨地区出版。因其内容皆是本阿弥光悦的作品，又名光悦本。本阿弥光悦（1558—1637），日本著名的书法家、陶艺家，所制茶碗"不二山"和舟桥描金砚台盒是日本国宝。
② 年号，自1624年至1643年间使用。

小野寺瞪圆了眼,惊道:"真的假的? 这一册就值一千万啊!"

"理论上是这样啦。关键的那册一般是特定的,比如印量很低,甚至曾被禁售……缺了这一本,就没法集齐全套,这就是所谓的'点睛'呀。"

"怪不得是'点睛'啊。"

小野寺兴味盎然地做着笔记。

"我记得《谣曲百首》也有两三册'点睛'来着。"

津田灵光一闪,问道:"那邮包里的两册,该不会正好就是'点睛'吧?"

"天晓得,倒没听藤村先生说起。"

"那他惊讶个什么劲儿?"

"哦,这个嘛——那两本书是从藤村先生的店里偷走的。"

国府和津田一时哑然。

"藤村先生也有收集《谣曲百首》的习惯,说是这么说,实际手里也就二十来本,他本人倒是放话说一定会集齐全套……不过藤村先生毕竟是商人,他把藏品当作装饰放在店里吸引眼球,当然是非卖品。不过今年二月左右,书被盗了。藤村先生自然惊诧,同时又觉得不可思议,因为被盗的只是其中两册而已……在他看来,这无疑是相当懂行的爱书家干的好事,说不准还是店里的熟客。结果藤村先生并没有报警,而是决定等偷书贼主动归还,不过看样子对方丝毫没有物归原主的意思。藤村先生气不打一处来,终于在上个月打出了这则广告——"

小野寺从内兜里摸出一张叠得小小的纸片让二人过目。

"这是从《日本古书通信》剪下的广告文。在我们看来，这东西的效果真得打个问号，不过藤村先生坚信犯人一定会看到这则广告。"

剪下的纸片上印着广濑文库的店名和两册书名，完全没有提及失窃一事，只是单纯寻书而已。

"就是说——"国府不安地看着小野寺，"嵯峨先生看到了这则广告……"

"很有可能。"小野寺点点头，"是嵯峨先生偷了书……后来他看了这则广告，于是良心不安——唉，大致就是这样吧。"

"可是既然如此悄悄把书还回去不就得了，没必要专程写上姓名吧？"津田反驳道。

"这一点我也没想通。"

小野寺困惑地把广告收回内兜。

"果然，这就是遗书吧。"

国府的低喃让二人倒抽一口凉气。

"嵯峨先生收集光悦本这事非常有名，不排除被盗的两册有被人看到的可能，或许嵯峨先生让我参观的那些书里就有这两册……收藏家的心态很奇怪，就像小孩子一样，巴不得到处炫耀引以为傲的藏品，或许嵯峨先生主动向很多人展示过那两本吧。不过印刷品这种东西总有复数册，就算嵯峨先生恰好收藏了相同的也不足为奇。到头来还是嵯峨先生问心有愧，认为自己的罪行已经被那则广告揭穿了吧……那位先生素有洁癖，我想他是希望在被曝光之前自我了断。之所以专门留下姓名，或许他是以自己的方式承担责任吧……"

小野寺点头赞同国府的意见，继而叹道："不过啊，只是为了几本书嘛，实在有些遗憾。"

"假如嵯峨先生没有背负过多的社会责任，恐怕也不会苦恼到自杀的地步吧。装作不知道就好，就算被发现也没什么大不了。选择这种结局，当然有他自身的因素，另外或许也有不想给周围的人们添麻烦的想法吧。自己以死谢罪，此事请别再追究，所以才会留下名字吧——"

"是位武士呢……"小野寺低喃，"盗取他人物品的行为自然不能原谅，不过他的生存之道的确能引发共鸣……做刑警的可不能少了这份骨气。自杀动机在某种程度上能够服众，不过名字这事儿还没收尾，得核实笔迹，我只好又专程往东京跑了一趟……我找上嵯峨先生的义弟水野先生帮忙鉴定，结果确定是嵯峨先生的笔迹无疑……唉，最终能以自杀结案也没什么不好，不过就算有动机，选择了结性命还是有些小题大做吧。我也给藤村先生去了电话，他表示偷书一事不再追究，本身也没必要再把事情闹大。"

国府向小野寺低头致谢。

津田望向小野寺，问道："对了，你刚才说有问题想问，是什么？"

"啊？不，也没什么，不用问了。似乎和案子没什么关系。"

"没关系是指？"

"哎呀，真伤脑筋。其实吧，我在八王子的寺庙让水野先生鉴定笔迹那会儿，无意间听到了奇怪的闲话，稍微有些在意而已……"

"奇怪的闲话？具体指什么？"

"怎么说呢，有人说西岛俊作该对嵯峨先生的自杀负责。"

没料会听到西岛之名，二人皆是一惊。

"别上心，那只是单纯的中伤。"见两人满脸错愕，小野寺忙不迭打起圆场，"都是没根据的信口开河罢了，总有这种人嘛，事不关己地幸灾乐祸。水野先生当然一口否定，我倒是有些好奇，就向他请教有没有什么人知道些详情，结果打听到你会出席葬礼……不过邮包的署名已经得到确认，西岛的问题也就无关紧要。然后呢，为了能像这样一起喝一杯，我才决定跟踪国府先生来着。"

小野寺笑着一口饮下杯里的威士忌，那副愉快的模样终于让二人放下心来。

"接下来就差好好睡上一觉喽。"

小野寺含笑注视杯中残酒。

第二章 清亲之邀

十月二十三日。

同国府再会一周后的周六，津田顺着神田骏河台的长长坡道向小川町方向走去，他的目的地是附近的"东京古书会馆"。

周五、周六两日在会馆开设旧书市场已是惯例，这回恰好有小岛乌水①的《江户末期浮世绘》待售，对津田而言堪称梦幻之书，而且报价低廉得令人难以置信。

起初，津田在送来的旧书目录里发现梦寐以求的书名以及标注的超低价格时，只当是什么地方出了错。他怎么也不相信这书能卖得如此便宜，或许是漏掉了一位数吧。不过津田心里也琢磨着某种可能，这还是最近的消息——现在正陆续出版小岛乌水的著作集，今后的预定书目中正好包含了《江户末期浮世绘》。该卷一旦出版，旧书的价格必定一落千丈，若想赶在大幅贬值前抛售，开出这种低价倒也不算奇怪。津田满心雀跃，当他定下神来重新查看书目时，又发现前后还并排有好些浮世绘相关书籍，而且每一本都是市面上少见的珍品。津田忍不住欢呼出声，这些难得的稀有旧书竟然同样便宜，多半是某位藏家亡故后被打包卖给了旧书店吧，津田随

① 小岛乌水（1873—1948），日本登山家、随笔家、文艺批评家，同时也是浮世绘和西洋版画的收藏研究家，中文名多误写为"鸟水"。

即查证了展出书店。但凡涉猎和浮世绘相关典籍的书店，津田大致都有底。这类书店会主动往研究所寄送目录，津田本身也常去淘书，跟不少店家都混了个脸熟。不过这回出售廉价珍品的书店津田还从没听说，考虑到报价还不到市值一半，估计是家不太关注浮世绘的书店吧。津田取出夹在目录中用于申请预订的明信片，写上想要的书名，当日就投进了邮箱。

假如直到开市第一天仍然没人预订相同的书目，这就将成为津田的囊中之物。如果有多人申请同一本书，则由书店方靠抽签决定买主。

津田坐立不安地等待周五到来。

当天，津田从研究所拨打了会场电话，果不出所料，最终进行了抽签，不过津田幸运地当选了。

既然已经知道结果，也就没有必要着急，津田约定好周六下午去会场取书，随后就挂了电话。

会场人满为患。古书会馆的旧书市场很少出售漫画，几乎没有学生光顾。津田毫不犹豫地奔向收银台，预约售出的书目全堆在柜台后方，主办书市的旧书店主正站在书堆前窃窃私语，其中正好有津田的熟识。对上眼时，津田不忘问候。

"这不是津田嘛——老师别来无恙？"

五十来岁的清瘦店主戴着眼镜，露着圆滑的笑容将津田迎进柜台里。津田向众人低头施礼。

"这位津田先生非常好学呢。"

店主的介绍让津田诚惶诚恐。

“今天过来是大学的公事？”

“不，是预约的书中选了——”

“哦，这样啊，书名是什么？”

“小岛先生的《江户末期浮世绘》。”

“嚯，原来是让津田先生拿下了，运气真不赖嘛。”

店主说着在后方的书架上寻找起来，架子上的书本数量相当可观。

“那本书在哪个架子上？”

一名年轻男子答道：“右后方吧。”

店主看向里侧的架子，终于从中取出一本。店主确认了夹在橡皮圈下的当选人姓名，将书递给津田。

“水野先生这回的出货人气十足，《近世锦绘①世相史》的中选率甚至不到四十分之一。托福，大家都讨了个好景气。”

津田付款时又问道：“这位水野先生的店开在哪儿？”

“没有店铺。他专攻展会，顺带每月来一次旧书市场。”店主一面把钱放进便携保险柜一面答道，“不如我顺便帮你认识他一下吧，他正好在里头换货。”

店主冲负责接待的女性稍事耳语，女子进了后台，没一会儿就有一名体格强健的男子向柜台走来，看外表也就四十来岁，不过津田猜想他的实际年龄应该还得往上数。男子身着略带银色条纹的朴素藏青西服，仪表堂堂，怎么看也不像跟旧书打交道的人物。津田只觉男子的面孔有几分眼熟，一时却想不起来。介绍完毕后，水野满面笑容地看向津田。

---

① 彩色浮世绘版画。

"前些日子有劳你专程出席，感激不尽。"

津田恍然大悟道："啊，您就是嵯峨先生的弟弟吧。"

水野不忘就嵯峨葬礼一事细致致谢。津田见二人姓氏不同，不由好奇地询问。

对方答道："嵯峨是亡姐的丈夫。"

津田点点头，转达了之前偶遇小野寺之事，引得水野一阵讶然。

"那位刑警还当真去找国府了？的确是个缠人的家伙。"

"不过案子似乎有结论了——话说回来，真亏您知道嵯峨先生去了北山岬。"

"你没听国府提起？十月九日当天早晨，我和府中图书馆都接到了家兄联络。电话多半是从车站月台打来的，家兄的语气有别平常，听起来很消沉。我有些不放心，就去了府中图书馆询问，没料那头也接到了内容相同的电话。好在那位职员偶然听到了八户的报站广播，我才灵光一闪。既然家兄身在八户，就只能联想到置办了别墅的北山岬——他是在八户换乘去普代的列车。"

"嵯峨先生为何要给府中图书馆去电话呢？"

"那天原定在图书馆举行爱书家俱乐部的例会，兄长因为无法出席才用电话问个好。我也因为记得当天有例会，就上了趟图书馆，多亏这样才知道兄长去了八户，否则凭我自己恐怕好些天也一头雾水吧。托福，岩手之行才有国府同行。"

水野聊起和国府共同旅行的种种乐事。

"水野先生不怎么经手浮世绘一类的书吗？"

津田换了话题。在他看来，既然是嵯峨之弟，涉猎浮世绘也是理所当然，但过于低廉的标价着实让人费解。

　　"经手啊，量还挺大。只不过一有好货就直接拿给兄长了。怎么说也属兄长人面广，由他转手比拿上展会容易多了。"

　　"难怪。像这样一口气出售大量浮世绘相关书籍的店，我还奇怪怎么从没听说过呢。"

　　"哈哈哈，可不是。兄长的相识们大多也和我有些交情。不过嘛，西岛先生那一块儿还不怎么有缘拜见……"

　　听了水野这番话，津田点头之余不免遗憾。

　　"话虽如此……买了书才说这种话可能有些不妥，不过您开出这种低价，能够赢利吗？"

　　"这种事不用担心，是赚是亏都由我担着。"

　　"对我来说能低价买书自然是幸事一桩。"

　　"老实说吧，我是打算办完这场就抽手不碰浮世绘的东西了。我本就是因兄长需要才涉足这块，现在他人不在了，这些东西对我来说自然没什么意义，不如低价出手。这其中有不少原本是兄长的收藏……"

　　"原来如此，难怪颇有些难得一见的珍品。"

　　"按理吧，捐赠给哪家图书馆多少还能博个好名声。不过怎么说我也是一介生意人，降降价让你这样的年轻人买去或许更能慰藉兄长在天之灵吧……当然，这是生意人的强词夺理，说不准兄长现在正火冒三丈呢。"

　　柜台里的众人哄堂大笑，惹得会场中的客人们好奇打量。

　　旧书店主环视会场道："水野先生那块儿的架子都空喽。"

"哎哟，我都给忘了。"

水野这才想起手头的工作，又回到里侧拿出一大摞书。

"啊，我来帮忙。"

津田说着接过半数。

"价格低果然好卖呢，今天这都是第三回补货了。"

水野挂着颇愉快的笑容，往架上添书。津田帮忙递书之余也赞同地点点头。

水野突然说道："清亲①貌似也在东北那块儿活动吧？"

"清亲？没错，他的晚年大致有一年时间在东北各处举办画展。"

小林清亲——为明治时期更为浮世绘点亮最后辉煌的画师。明治十年至二十年是他创作的全盛期，虽然此后鲜有杰作传世，却不妨碍他成为超越广重的名画师。清亲创作有大量新感觉风景画，作品评价在同时代的浮世绘画师中也属出类拔萃，对阴影的巧妙运用为他赢得了"光影画家"的美誉。其精湛技艺超越时代，放到现在仍让人叹为观止。然而清亲生不逢时地遭遇了浮世绘本身的衰退，据传他的晚年非常不幸，不过在地方上仍留有美名。细致调查就会发现，在明治三十九年到次年五月的十个月里，他以青森县的弘前市为据点，在东北的小都市间巡回，这就解释了为何现在还能从东北地方发现清亲的手绘画作。

津田奇道："怎么突然提到清亲？"

---

① 小林清亲（1847—1915），日本近代版画创始人，以描绘风景风俗的"光线画"闻名，将浮世绘和西洋画技法相结合。

"也没什么大不了，是本挺无趣的画集，没料序文是由清亲撰写的。"

水野说着在方才搬出的书堆里翻找起来，最后取出一本上了年头的日式线装画集。这本册子虽是菊判①大小，页数却不算多。书面缠着白色纸带，上书"含清亲序文，手绘画集"，醒目的标注似乎是水野所写。

"并不是浮世绘呢。"

津田翻阅着水野递来的画集，内页是由一张一张照片直接粘贴而成。这些画还挺不寻常，津田心想。照片全是黑白的，无法判断颜料选色，但就连阴影都经过仔细计算，手法颇为高明。画集收录作品全都是西洋风格的日本画，既然由清亲作序，画师大约也生活在明治年间吧，但画面中却有种难以言表的古旧感。

"看着像秋田兰画②。"

水野的随口之言让津田恍然大悟。如此古旧真是理所当然。所谓秋田兰画，是鸟居清长③活跃的安永年间的作画追求，至今已有两百多年。如此明显的风格本该一眼判断，可惜清亲的存在先入为主，津田完全没往秋田兰画的方向联想。

"唉，换了曙山④、直武⑤另当别论，可惜是个无名画师，

---

① 书籍规格，152mm×218mm。
② 绘画类型之一，兼具西洋画构图技法和日本传统画材。
③ 鸟居清长（1752—1815），浮世绘画师，以线条流畅、色调明快的独特美人画风靡一时。
④ 佐竹义敦（1748—1785），出羽国久保田藩（俗称秋田藩）第八任藩主，画家，号曙山。
⑤ 小田野直武（1750—1780），画家，曾学习西洋画，秋田兰画的开创者。

加上我本身也对绘画没多少兴趣，只是挺稀奇这种画集居然能拉到清亲作序，才进了这本。"

津田赞同道："的确如此。"

曙山和直武都是秋田兰画的集大成者。

"结果呢，清亲的序文根本没意思，看得我叫一个失望……添上这条纸带也是苦肉计，要不完全没卖相。"

津田看了看标价，只需八百日元。

"你要感兴趣就直接拿去吧，说不定能对什么研究派上用场。"水野见状说道。

"这怎么好意思。"

津田的确对序文抱有兴趣，清亲之所以会为无关浮世绘的画集作序，或许和出版社抑或作者有什么关联，说不准能从中发现有趣的线索。

"客气什么，你不也买了其他书吗——尽管拿走。"

水野笑着取过画集撕下标价，又再次递给津田。

湖山庄主人收藏名画图鉴·序

今文运昌盛，日新月异，图书刊行亦非鲜见。然乘此潮流一气呵成之小册，却难为我学界做诸贡献，乃有识者之大憾。

正值此时，湖山庄主人故佐藤正吉君所藏名画图鉴即将付梓。余闻此事，殷殷盼其顺利得成。

余与佐藤君识于静冈，君本生长于山村，抱以学术出人头地之初衷，所受系统教育虽至中学卒业，却因旧家亲戚知友好画笃学之士甚众，自幼耳濡目染，终自养观画之癖。成人后受征行伍，前后因家务尽阅世故，遂赴秋田县，于鹿角郡小坂矿山从业数年。

一别二三十载漫漫年月，余离静冈，得与君再会。余闻君消息，屡屡拜访。昨年十一月二十三日至同月二十八日逗留君处，今犹不得忘怀。

本年九月十七日，小坂矿山突遭史不曾有之特大洪水，君不幸殒命。余接其报，深哀君之薄命。幸而君所持书画免于流失，悉数安然。闻家人欲集整出版，余甚欣慰。余信君之志定未亡，祈愿识君者、未识君者，芸芸众生皆得以目睹。

明治四十年十二月　清亲

津田回到东京国立地区的独居公寓简单解决晚饭，又用蒸馏咖啡机泡了好几杯咖啡。喝到第二杯时，津田终于拆开了从旧书市场带回的纸包。瞬间霉臭扑鼻，不过津田并不讨厌这种气味。

津田首先拿起水野赠送的画集。

画集封面上贴着长长的题签，名叫《湖山庄主人收藏名画图鉴》，总共也就百来页，没有受潮，或许因为粘贴了近百张大型照片吧，整本册子挺有分量。

津田从清亲的序文看起。文字里混有片假名，本就难以阅读，而每个文字又都要定睛分辨，无法连贯通读，很难一下把握整体意思。随着一字一顿慢慢推进，这才得以理解。真是让人费解的行文方式。记得国府曾说这是日本人惯用的伎俩，以故弄玄虚来掩饰内容的空洞。

（还真像水野先生所说，这篇序文没多少实际内容。不过文末记载了清亲拜访秋田的日期，光这行字或许就有大用。）

翻到下一页，已经变为深棕色的肖像照映入眼帘。

圆脸配上恺撒胡，打着条纹领带的绅士端坐椅上。从他紧绷的嘴角和用力攥起的拳头不难见其紧张。照片是在照相馆拍摄的，背后的布景上开着窗，窗外的浮云清晰可见。现代人看惯了实景拍摄，难免觉得这照片做作，但在当时肯定没人觉得奇怪。椅子右手装饰着崭新的煤油灯，反倒让津田体会到古老的时代感。

明治三十八年　湖山庄主人　故佐藤正吉君

照片下方附有说明。参考清亲序文，该男子于两年后死于事故。单看照片，谁又能想到这是大限将至之人？

自下一页起，全是照片配图。津田快速翻阅着，突然有什么东西轻轻落下。他本以为是脱落的照片，拾起一看却是张旧巴巴的美术明信片，或许是被某位持有者当作书签使吧。津田随手把明信片搁在桌上，重新将注意力转回画集。照片配图有横有竖，尺寸不一，不过内容全是日本轴画。

画集中只载有画作题名和零碎的作者小传，完全没有针对作品的解说，以画集而言实属罕见。

或许在佐藤正吉亡故之后就不再有人关注这些画的价值了吧，又或许制作者并不熟悉美术书籍的格式，草草做成图鉴就算了事。通常而言，收藏家的图鉴总会大书特书获得作品的经过，或者长篇大论藏家对作者的过大评价，简直让读者生厌。相较而言，这本画集的简洁倒让津田很有好感。

整本画集收录的照片共有七十四张，其中五十二张均出自同一名画师，足见佐藤正吉对其倾心程度。先前在旧书市场大略翻阅时，津田就对画师的技艺大为惊叹，现在仔细一看依然抱着相同感想，不过津田却对这位画师没有丝毫印象。

要说浮世绘之外的范畴，津田自认不算熟悉，但也具备一定程度的知识，尤其在秋田兰画这一块。津田的老家位于岩手，正好靠近秋田，他对这一画派的兴趣也更大，多少记得其中的主要画师。

（果然学问还多着啊……）

津田倒也不打算反思自己的用功不足。

具有如此才能的画师竟然至今不为人知，不过为人知的先决条件是其创作能够进入大众视线。无论画师留下了何等优秀的作品，假如不能公之于众接受品鉴，又怎能体现自身价值？如此这般被埋没于地方的天才数不胜数。

（也正因如此，才有研究的价值。）

凭一己之力发掘、评价不为人知的逸才，这正是从事美术之人毕生追求的梦想。

津田没来由地兴奋起来，虽然一切还是未知数，但无疑有调查的价值。假如这真是一介无名画师，那么鉴定权就掌握在自己手中。津田仔细翻找着画集的每个角落，寻找着记载画师小传的页码，终于在配图最末部分的侧腰发现了一段印刷字。

近松昌荣

角馆出身，秋田藩士，宝历十二年生，自幼喜画。安永九年师事同藩小田野直武。天明初叶随藩主佐竹义敦上京。天明五年义敦病逝，投奔司马江汉。宽政年间归藩，移居大馆、本莊。文政年间殁。

和津田的期待相悖，文章内容短小无味，只是凑够百来字充数，不过提供的信息简明扼要，能够作为调查的切入点。小田野直武的出现已经足够意外，此处提及司马江汉①更让津田上心。司马汉江是具有开创性的铜版画家，更是当时首屈一指的西洋画家，但大家几乎都不知道他以前是一位浮世绘画师。既然不排除和自己的专业范畴有所联系的可能，津田对近松昌荣这名画师的存在更添亲近之感。

津田的心境又起变化，开始一幅幅重审方才随手翻过的作品。不只绘画本身，任何能提供线索的传记类文字同样至关重要。津田的目光就连角落的只言片语也不放过。终于，有一幅作品牢牢吸引了他的视线。

竖长的画面被一头狮子满满占据，魄力逼人。津田的双眼被紧紧锁定。这并非源于画面的强烈冲击。在逐个阅读题字时，津田从这幅作品中辨识出了让他难以置信的文字。

东洲斋写乐改近松昌荣画

经过一遍又一遍确认，确实是上述文字！
津田仿佛置身梦境。

① 司马江汉（1747—1818），西洋画家，独创铜版画法，对西方天文学、地球学均有了解，晚年尊崇黄老之道，著有《西洋画谈》、《春波楼笔记》等。

东洲斋写乐!

在逾两千人的浮世绘画师中,他和歌麿①、北斋②齐名,最为人熟知。单是拔群的知名度倒不成问题,相较于其他浮世绘画师,写乐还具有更为特殊的一面。他的创作期异常短暂,作品数量却多得惊人,而且全数作品仅限于同一家出版社出版。他在短短十个月内发表了超过一百四十张作品,紧接着就销声匿迹,传记也疑点重重,正所谓谜团最多的浮世绘画师。

纵观各类浮世绘画师传记,当属《浮世绘类考》可信度最高,可惜仅录其名。

> 写乐:天明宽政年间人,原名斋藤十郎兵卫,居江户八丁堀,阿州(德岛县)公属能乐师也。作歌舞伎演员美人画而不似,难为世人所喜,一两年即止。

在写乐活跃的宽政年间,一位名叫笹屋邦教之人留下的备忘录中记载了上述文字,从中足见当时对写乐的评价。

---

① 喜多川歌麿(1753—1806),浮世绘画师,以线条纤细优美、神态各异的美人画著称。
② 葛饰北斋(1760—1849),浮世绘画师,十八岁习画,却到六十岁以后成名,其"富岳三十六景"中的《神奈川沖浪里》对凡·高、德彪西等艺术大师的创作有重大影响。

仅凭这段话而言，写乐只是受到恶评的不入流画师而已，即便现在也以此为定论，可以理解为江户时期的人们无法领会写乐的近代性。然而，评价不佳的画师又何以在短短十个月内发表一百四十幅以上的作品？个中缘由不得而知。现在，阿波能乐师一说已被舍弃，转而认为"写乐"另有其人，实为某位画师的假名，也就是正盛行的"写乐化名说"。若非如此，从道理上根本讲不通，写乐的谜团之深奥就达到如此程度。区别于绘画作品的魅力，写乐这一存在本身的谜团就足以牢牢捕获研究者的好奇心。

十月二十五日。

两天后的傍晚，津田出门去了银座。

七点会在并木大道的坂本地区为藤泽浩举办出版庆祝会，虽说只是面向内部人士的小型聚会，不过藤泽是西岛的得意门生，老师自然也会出席。坂本近在眼前，津田无法抑制胸中的悸动。该如何向西岛说明画集一事？这项发现能不能引起西岛的兴趣？津田满心不安。他这两天几乎没睡，这是足以撼动浮世绘研究界乃至世界美术圈的大发现，一想到自己正参与其中，津田就合不拢眼。这天同样如此。他早早去了大学，大半时间都泡在研究所和图书馆里。若非西岛决定出席今晚的庆祝会，他觉得缺席也无所谓。这一发现让津田热衷到无法自已。

就像国府指责的那样，最近十年西岛都不碰写乐问题，不过直到现在他依然是写乐研究的第一人。

津田提出关于写乐的新说，西岛则发表自身的见解，无所谓师徒尊卑关系，所谓研究就该跨越身份的束缚。

不过嘛，照以往的经验，只要有研究者提出新的写乐说，西岛总是一个不留地进行批判，一想到老师的这种态度，津田又不免郁闷。

西岛摆出这种姿态，也不是不能理解。

稳坐写乐研究第一把交椅的西岛一旦对新说表示赞同，就等同于暗示这一说法正确。他的影响力实在太大了，从立场出发，对没有确凿证据的假说给出暧昧态度或批判见解也是理所当然。与其赞赏某人，倒不如全盘批判来得明智。津田自认足够理解西岛的做法，却委实没想过或许会轮到自己成为批判对象。

"小津田，迟到了哟。"

刚进店，在柜台里忙活的老板娘由利江就招呼起来，还不忘竖起两根手指，像角一样举到头顶。西岛很中意这家"坂本"，津田也不时被捎带着光顾，跟店里人混得挺熟。

津田这才发现时间已经过了七点，津田急忙问道："老师呢？"

由利江瞥了瞥包间，从隔扇另一头隐约传出吉村和岩越登等人的笑声。津田进了包间，只见里头都有十几人了。大家都是西岛的学生，这时便环着西岛呈"コ"字排开。

"怎么才来，迟到喽。"

吉村一见津田就尖酸质问。他还没到四十岁就有些发福了。

"实在抱歉，研究所那头脱不开身。"

岩越插嘴说明道："这家伙今天可奇怪了，辞典画集不离手。"

西岛跟没事儿人一样继续和藤泽交谈着。

"记着守时！"

吉村不快地咂了咂嘴，抛下这句话后不再纠缠，重新转向西岛加入话局。

"抱歉。"

津田赔了不是，在岩越身边为自己留出的位置就座。自不用说，这是末席。

"阿浩的致辞已经结束了——拿着。"

岩越嘟囔着把藤泽的新书递给津田，书用纸袋装着，上面写着津田的名字。负责出版的艺潮社在美术出版领域实力雄厚，西岛的学生山下就在那里当编辑。

"阿山他啊——还专程来问愿不愿意在艺潮社出版杂志呢。"

岩越兴高采烈地摇晃着身子。

"可以说这回是个好机会，死对头嵯峨厚已经不在了，正是一举控制局面的绝好时机，想摆平《浮世绘世界》就得趁现在。"

《浮世绘世界》是以"爱好会"为中心制作出版的专业杂志，编辑方针是以手绘和秘画①为主体，卖得还挺不错。

"可是我们两方的路线不一样，根本构不成竞争吧。"

单凭一板一眼的论文就别指望能有什么好销量。

"所以说嘛，阿山提议作秘画。挺大胆吧？对方肯定做梦也没想到我们会来这一招，只要比他们卖得便宜，不出一年就能把《浮世绘世界》彻底整垮，这就是最终目的。"

"跟老师商量了？"

津田不信西岛知情。西岛对秘画是出了名的痛恨，不遗余力地主张浮世绘研究之所以至今未能成为一门学问，完全是受累于"秘画"的存在。西岛平时就没完没了地抱怨，秘画就是给浮世绘招来偏见误解的元凶之一，纯粹给人添堵。

"肯定啊。老师也说了，如果能借这次机会根绝秘画信徒，那就勉为其难吧。"

---

① 浮世绘春宫图。

津田讶然，忍不住隔着距离偷偷打量西岛。

（勉为其难，但求根绝吗……）

这是何等古旧的想法，津田甚至懒得愤慨。为人师表者为了所谓大义就违背一直以来的主张，这让门徒津田略感羞耻。岩越依然滔滔不绝，可惜津田没了兴趣，也不顾酒量不佳，端起杯子就往嘴里送。聚会一直持续到九点以后，既然冠了庆祝出版的名头，话题自然也围绕藤泽的新书打转，基本和津田不沾边。事到如今，他也提不起劲向西岛传达写乐一事，反正就是没心情。

吉村刚宣布散会，津田就率先收拾着准备离场。他今天醉得不轻。

"津田，你留着。"

西岛叫住津田，冲柜台方向扬了扬下巴，是让他在那儿稍等吧。津田先行出了包间，在店内柜台等着西岛。

老板娘见西岛挨着津田坐下，问道："老师，要酒吗？"

"来一壶吧。"

西岛取下银框眼镜，用手巾擦着油光发亮的脸，津田则不明所以地琢磨西岛的用意。酒壶须臾上桌，津田往西岛默默递出的酒盅里斟酒，不小心弄洒了些。

津田拿手巾擦拭，说道："啊，很抱歉。"

"不碍事，用不着道歉。说正事，有没有兴趣明年去趟波士顿？"

津田一惊，问道："什么？"

"波士顿美术馆。"西岛露出浅笑，"是文化厅的邀请，打算派些人去那儿研究日本美术，浮世绘方面也需要指派一个名额。不过这是为政府办差，指不定多少年才能回来，还真得没有家累才行。"

津田胸口堵得慌。波士顿美术馆以收藏浮世绘闻名，藏品往少算也不低于六万件，而东京国立博物馆甚至不到一万件。波士顿美术馆享誉世界，而且能够以波士顿为据点，游历大都会艺术博物馆、芝加哥美术馆、弗瑞尔艺廊这几座世界闻名的博物馆。每一座都坐拥数量庞大的浮世绘藏品，全部合计少说也有四十万件。就算在日本耗上五十年，能够目睹的作品也还不到这数目的一半。津田怎么也没料到能遇上这等天赐良机，只能不敢置信地看着西岛。

西岛笑道："这件事只跟吉村提过。一听我说单身为好，这家伙满脸遗憾呢。"

的确，这对吉村而言是一大遗憾。他是个野心家，不会满足于一辈子待在私立美术馆。不过这一去不知多少年才能回来，到底让他不安吧。如果是半年或者一年的定期项目，想必他会强行争取这次机会。

"要说能胜任的单身汉，眼下只剩你和岩越喽，其余都是愣头青呢。这回的人选必须拿得出手，让外国佬开开眼界……毕竟关乎我的面子。"

"那岩越前辈也——"

"不，这事儿没跟他说。吉村那边儿恰好有推荐，打算让岩越去京都的美术馆。岩越性格上有些软弱，我感觉让他去京都更合适，要是在波士顿弄得神经衰弱，我的脸也挂不住。真正能胜任的还是只有你而已。"

"承蒙老师看重，但是这恐怕对岩越前辈不妥——"

"多说无益，人选由我拍板，就这么定了。谁要敢犯嘀咕，研究所就不用待了。总之，完全不需要你操心——话说到这份儿上，想必你也没有异议吧？"

"明白了。只是今后没法在研究所协助老师，您别觉得不便就好。"

西岛带着威胁的口气让津田略感畏缩，忙不迭地应承下来。反正也不是坏事，何乐而不为？

"既然如此，那就这么定了。当然，之后会由文化厅正式向你下达邀请。老家那边没问题吧？"

"我想不会有什么阻碍。"

"那就好，先干上一杯庆祝吧。"西岛给津田斟酒，继而松松领带，随口询问津田的近况，"你最近是不是在做调查啊？今天也一大早就在学校里忙活。"

"其实，前些天发现了一本挺有意思的书。"

"嚯，什么书，说来听听？"

西岛来了兴趣，津田打量着他的表情，少许犹豫之后决定全盘托出。

"和写乐有关。"

津田提出近松昌荣之名，西岛一番沉思，最终表示并未听说。津田将来龙去脉翔实以告，又从挎包里取出画集递给西岛。西岛读了序文，又慢慢翻阅配图。

"问题是这里。"

见西岛的目光投向狮子图，津田从旁一指注文。西岛的眉峰瞬间一抽，眼神比预想的更加严峻。津田兴奋起来，自打师从西岛，他还从没见过老师露出这种神情。

西岛就这样紧盯着配图不放。

"您怎么看？"

半晌也不见西岛发表意见，津田只好战战兢兢地主动询问。

"嗯。"

西岛终于舍得挪开视线，转而无言地小酌起来，看来是在组织语言。

难道说真有这种可能？要不然就是，他不忍打击学生……

一想到西岛素来立下判断的作风，津田便不免忐忑。

"怎么说……"西岛终于开口，"很难下结论。老实说，线条完全不同，也没有任何写乐的特征。"

（果然没戏啊……）

津田满怀失望。

"可是……"西岛竟有后续，"这幅画明显是在临摹铜版画，不排除故意改变自身笔法的可能。而且用歌舞伎演员画和西洋画做比较，这本身就没有意义。所以说，谁也不能单凭线描不同就断言这不是写乐。"

（原来如此，我真是蠢到家了——）

津田不禁感慨。有了新发现，自然希望搬出能够服众的证据，这两天津田拼命在画上做文章，不停比较狮子图和写乐版画的异同，一个人埋头瞎忙活。

"迄今为止的写乐化名说——"西岛一字一顿，"能当作判断依据的作品全是浮世绘或者日本画，包括北斋、文晁①、应举②亦然。比如耳朵很像，和服褶子的画法相仿，或者眉毛的形状雷同。说真的，要是把局部图排在一起，连我都觉得有门道。其实这种判断方法是行不通的，画不能看局部，就算耳朵或者眉毛和写乐的画法一模一样，但整体风格不像那也不成。重点是写乐的那种独特气氛，只要缺了这一项，管

---

① 谷文晁（1763—1841），江户南画集大成者，和圆山应举、狩夜探幽合称德川时代三大家。
② 圆山应举（1733—1795），画派"圆山派"的开创者，对后世有深远影响。

他其余部分怎么个像法，我也不会认可。可是这幅画又和以往情况不同，线描完全没有可比性，要是没有这条题字，恐怕没有人会把这幅画和写乐联系在一起吧。能参考的只是一行字，实在很难……"

西岛叉着胳膊，闭眼思索。

"至于这画师假冒东洲斋写乐之名的可能，依我看——"西岛这话让津田心理咯噔一跳，"那是不会有的。宽政十年离写乐发表最后一幅作品足有三年，冒充写乐完全讨不到好处，若冒充歌麿则另当别论。你也知道，幕末时期有位歌川派画师离开江户去地方上游历，当他被问起职业时，刚回答是浮世绘画师，当地人就反问是不是歌麿门生，而歌麿那时都离世好几十年了。画师自豪地宣称自己是丰国①门生，当时丰国门下有数百弟子，被视为浮世绘各派的中心，自然足够引以为豪。结果呢，完全出乎画师意料，当地人纷纷表示从没听过什么丰国，立刻对他没了兴趣……当然，这则故事只是想说歌麿声名远扬、家喻户晓。但若换个角度看，不啻说歌麿之外的画师在地方上简直默默无闻。声望高、名气大，皆因身在江户，一旦下到地方，就只是无名小卒——尤其是主攻演员画的画师。想想看，那些是从没见识过歌舞伎的乡下人，就算摆出演员画，他们能看出什么名堂？刚才那段故事里的当地人，恐怕就连'千两演员'市川团十郎②都没听说过，而这在江户

---

① 歌川丰国（1769—1825），浮世绘画师，歌川派鼻祖歌川丰春之徒。
② 歌舞伎市川流演员的名号，这里是指第二代传人，也是这一名号实质性的奠基者，人称江户歌舞伎第一人。

是三岁小孩儿都如雷贯耳的名字。从这一点推断，可以说完全没有任何好处值得这个昌荣特意冒充写乐。从年代上考虑，也可以完全排除恰好有两名画师偶然同名的可能。"

"或者说……"听了西岛的见解，津田突然想到另一种可能，"可以考虑是写乐的继承人？"

"继承人啊……虽然不能一口否定，不过可能性实在太低。"

"可是这样一来就能解释画风不同的问题。"

"目前并无所谓第二代写乐的版画作品传世，再怎么分析也只是一种假说。再者，以写乐当时的情况，能否出现后继者本身就是个问题。如果写乐真的人气够旺，门生多到足以出现继承人，那他的生平事迹怎么说也该有更详细的描述流传下来。要真这样，写乐又岂会从头到尾谜团重重？"

"或许正如老师所言，但写乐工作室一说也可以延伸出类似的考虑……"

所谓写乐工作室一说，认为"写乐"非指某位画师，而是一个创作团体。写乐的创作时期仅在宽政六年（1794年）五月到次年二月，如此十个月之短，竟拿出了超过一百四十张作品，相当于每两天就完成一幅创作，靠单个画师的一己之力，当真足以实现？工作室假说正是着眼于此。换句话说，就像现代的剧画①制作室，由多人进行流水作业，共同完成创作。照这一说法进行拓展，二代写乐的存在并非毫无可能。津田就是这样想的。

---

① 日本漫画的一支，画风写实，故事正经，主要面向青年读者。

"工作室假说……到底只是假说嘛，再加上继承问题，等于成了双重假说。再说，首先我就不认为写乐的作画量算多。春信一年也能画上百张，国贞更是几百张都不成问题。"

"可是以国贞名义发表的作品，有相当一部分都是弟子的代笔吧。"

"的确如此。但你更该琢磨背后的含义。即便作品被归在国贞名下，画师自身的名字不为人知，弟子们却毫无怨言，也没人认为国贞有什么不对。比起无名画师，出版方当然也更高兴打上国贞的旗号，就这么简单。就算写乐真有代笔，估计也没人对他指手画脚。在那种并不看重绘画艺术性的时代，与其强调作品全是亲力亲为，倒不如让人知道有门生代笔才更自然吧，弟子越多就越有面子嘛。但是，认为写乐有弟子的意见，我是一概不听的。假如写乐真有大量门徒，就等于印证了工作室一说。可是他都弟子如云了，哪还能有什么谜团？我个人不接受工作室假说也正在这一点。作品数量多不是问题，真要说哪里奇怪，为何所有作品只由茑屋一家出版才值得推敲！"

"确如老师所言。"

津田心服口服，他还是头一次听西岛这样谈论对写乐的见解。

"既不是冒充，也不是后继，同名同姓也可以排除，这样一来，就只能得出近松昌荣的确是写乐的结论。"

津田的身体微微发颤。

"只不过……前提是这幅画并非赝品。"

“您认为这是假货？”

“你难道没考虑这种可能性？”

西岛满脸诧异地质问津田。

“不，其实我最初就怀疑过这是赝品……可是这本画集的出版时间是明治四十年（1907年）。”

津田刻意强调了四十年。西岛陷入沉默，看来他准确理解了津田的言外之意。

“是在库尔特之前啊……”西岛终于求证般地幽幽长叹，他的面孔已经溢出一层油汗。

“是的，正是如此。”

说着津田将画集翻至版权页让西岛过目，明治四十年十二月二十五日发行，白底黑字写得清清楚楚。

“库尔特之前啊……”

西岛又是一叹，来回重复这一句话。

写乐在日本一度籍籍无名，直到明治四十三年，德国的浮世绘研究者朱利斯·库尔特博士出版了著作SHARAKU，才得以家喻户晓。库尔特盛赞写乐是世界级讽刺画家，把他和伦勃朗、委拉斯开兹合称世界三大肖像画家。库尔特的评价以返销形式输入日本，使写乐声名大噪。

这一评价让日本人狂喜不已。写乐的大名在日本急速渗透，就连从没见过浮世绘的外行都喜欢提一两句。总之，写乐获得了国外美术研究者的认同，这对日本人来说意义重大。在当时，被一个外国人看中的分量，就相当于得到一千个日本人的集体认同。

那是一个缺乏自信的时代，人人都暗藏"日本是文化落后国"的自卑意识。

反言之，库尔特的 *SHARAKU* 问世以前，写乐在日本的知名度几近于零。

翻开明治三十六年出版的《大日本名家全书》，画家部分载有北斋、广重之名，却不见写乐踪影。写乐之名仅在极小一撮画商和藏家之间才偶有提及，而且充其量只是二三流画师。总之，对画商而言，他绝对是个卖不动的无名画师。

"既然在库尔特之前，作假的可能性——"

津田迫切渴望得到西岛的结论。

"嗯，首先就没有作假的理由。"西岛给出肯定意见，又道，"沿着昌荣这条线索，不知会抓到什么眉目呢……"

"这……还完全是一头雾水。"

查遍了研究所和大学图书馆的美术书或者人名辞典，昌荣其人依然一片空白。津田详细说明了这两日的调查结果。

"辛苦你了，看来换我出马也难有收获。"西岛称赞了一下津田的付出，"从文献上找不出任何线索，等于说这段小传并非引用，而是从题字或抄本上摘取的……我看只能去当地实际考察了。"

"您是说去角馆？"

津田没料到西岛的反应会如此干脆，赶紧压下狂喜问道。

"角馆自然得去，这序文里头提到的佐藤正吉也不能漏过……"

"的确。但他都去世近百年了，恐怕很难找到线索吧……"

"很可能空手而归。然而，有不清楚的地方就要弄明白，这些功课不能缺。这小坂地区大致在秋田的什么位置？"

"就在岩手县和秋田县的交界，紧挨着十和田湖。"

"嚯，写乐就在那种地方啊……"

西岛摆着难以信服的表情端起酒杯，津田同样默然。

"唉，反正这世上出人意料的事情多得是……嵯峨的自杀也是其中之一。"

西岛恍惚低喃，嘴角逐渐勾起微微笑意。

电话的呼叫音持续不停。听说国府的房子不大，多半是家里没人。津田数到第十五声，正准备把听筒从耳边移开的一瞬间，有人接了电话。

"国府吗？"

年轻的女声让津田一愣。

"抱歉，敝姓津田，请问国府先生在家吗？我是他的大学后辈，一直受他照顾——"

"是良平吧？"

能听到另一头的咻咻轻笑，那声音竟透着熟悉之感。

"难不成……是冴子？"

津田心如擂鼓。冴子是国府的妹妹。津田前几年常到国府的公寓做客，当时冴子正读大学，两人打过不少照面。小姑娘有些争强好胜，不过既开朗又漂亮，津田偷偷对她抱有好感。她现在该有二十四岁了，就算已婚也不奇怪。前些天和国府巧遇时，津田曾想打听冴子的近况，可惜实在害臊，到底没问出口。

津田强装平静，打招呼道："真是好久不见。"

"良平真是一点儿没变呢。"

"嗯？怎么说？"

"刚才听大哥说了，一丁点儿都没变。"

津田笑道："是说完全没进步吧。"

"不过我也放心了……"

"放心什么？"

"听说良平……还是独身……"

这可不是能在电话里一语带过的话题，真不怪津田瞬间呆住。

津田惊慌失措，只得岔开话题道："国、国府前辈不在家吗？"

"就快回来了。大哥偏要装模作样抽什么GELBE SORTE①，自动贩卖机里没得卖。啊，看样子回来了，我损他的事儿可要保密。"

电话另一端传来开门声。随后，国府接起了电话。

"你还真会挑时间，冴子也是突然从仙台过来，不如一起去吃个饭吧。"

"咦，冴子现在住仙台？"

国府做起说明。冴子两年前大学毕业后，毅然违背双亲让她回冈山老家的意愿，孤身前往仙台的市立图书馆就职，现在每月都会上东京一两趟，到国府的公寓做做扫除，顺便观光游玩。

"其实啊，她就是打着扫除的名义来讨零花钱。"

国府突然压低嗓门补上一句，还不忘嘿嘿一笑。

"对了，你怎么突然打电话过来，有什么急事？"

---

① 德国香烟品牌。

"谈不上急，只是有东西想让前辈过目。"

"这样啊——你这会儿在哪儿？"

"在新宿的咖啡馆。"

"干脆现在就过我这儿来吧，刚好冴子也在，让她去厨房露两手。"

"怎么好意思麻烦冴子……"

"客气什么，冴子也说乐意效劳呢。"

国府豪爽地大笑，向津田发出邀请。

一小时后，津田在府中站下了车。国府已经等在出口，手里揽着个大纸包，从中支出一截白葱。津田见他破费招待自己，有些过意不去。

　　国府先走一步，津田赶上去和他并肩而行，满脑子却只想着冴子。

　　"让你望穿秋水的津田君终于登场喽。"

　　刚进房间，国府就冲里屋高声嚷嚷起来。

　　"别瞎说，被良平误会了可怎么办！"

　　冴子出现在津田眼前。学生时代的健康体魄依然，工作之后似乎瘦了些，但昔日美貌丝毫未变。从前的如瀑秀发固然和她很衬，现在的短发则同样美丽不可方物。微笑时，右侧脸颊的小巧酒窝也一如往昔。

　　冴子仍是记忆中的模样，仿佛只有津田独自老去。

　　"我还担心认不出来呢，真没想到几乎没变。"

　　冴子回敬道："这可不太像能招女孩子喜欢的台词呢。"

　　"女孩子？在哪儿呢？"

　　国府的打趣让冴子忍俊不禁。

　　"话说回来，老师他怎么看？"

国府抱怨冴子把威士忌兑得太淡，同时盯着桌上的画集。

"虽然很难一口断定，但有充分的可能性。"

国府目光炯炯，说道："充分？就老师而言，这可真是稀奇。"

"果然是顾虑学生的感受吧……"

"不可能，老师不是那种为人着想的类型。"

国府的强硬口吻让津田心生畏缩。他要能为人着想，我也不会落到这步田地——津田觉得国府有这番言外之意。

"有意思，既然得到老师承认，就表示西岛俊作蛰伏十年后要有新动作了。"

冴子笑道："就跟哥斯拉一样。"

"怎么，你还知道那种老古董？"

"不就是大哥带我去看的？在新宿的老片放映馆。"

"说你傻吧，放映馆怎么会演那种东西。"国府微一苦笑，回到正题，"总之问题多多。这本画集中的小传到底有多少内幕，秋田兰画和浮世绘的关联性，昌荣和出版方茑屋的关系，再加上和写乐之谜的牵扯。最起码也得解决这一堆问题吧，否则连假说也算不上。"

津田无言以对。虽然进行了两天调查，但完全没有一丝新发现，尤其在昌荣和茑屋的关系这一块，只能用绝望二字形容。津田在归纳《写乐研究笔记》之时就对茑屋重三郎进行了相当细致的调查，自然从未发现能和昌荣搭上联系的线索。津田向国府如实传达了当时的调查结果。

"这也是理所当然嘛，当时你的脑瓜里还没有昌荣的概念。我的意思是，你应该以全新的角度重新看问题。至今为止的研究者都是从'写乐是谁'这一谜团出发，在把握切实的资料之前，谁都没法更进一步。换言之，资料就是打开下一扇门的钥匙，先有资料才有答案。不过眼下的情况却完全相反——在这本画集偶然落到你手里之前，你也好，老师也好，就算我本人也从没设想过写乐竟会是秋田兰画的画师。答案已经有了，现在的问题是你相信这个答案吗？"

"这……我说不上来，怎么说这也太过异想天开。"

"所以你和老师都是浮世绘研究者。"国府一口断言，"让不同行的人看，秋田兰画和浮世绘是很像的，反正都是日本画。你敢说江汉的铜版画从没让你联想到浮世绘？"

"天知道。"

"犯愁之处在于，江汉的浮世绘已经成为知识扎根在你的脑子里。要我说，如果没有他本人在《春波楼笔记》当中坦白自己以春重之名创作浮世绘，谁又会把江汉和春重联系在一起。"

津田一阵沉吟。或许真如国府所言，在江汉以春重之名创作的浮世绘中的确加入了透视法。但除去这一点，春重的作品和其他浮世绘画师的线描几乎相同，跟他用铜版创作时的硬质笔触截然不同。

"如果你始终拘泥于写乐和昌荣的线描差异，我只能说这一点绝对不是问题……此外，我还注意到一点。"国府将玻璃杯里的酒一饮而尽，"昌荣这画号有没有让你联想到什么？"

津田轰地血气上涌。是啊，原来如此。国府的灵感给了津田当头棒喝。

"昌荣堂荣昌……"

国府仿佛低吟着咒语。

昌荣堂荣昌，和写乐活跃于同时代的美人画画师，其经历也跟写乐一样，一切皆不可考。当时的五百石旗本①鸟文斋荣之转投浮世绘创作，荣昌正是拜其门下，特别在美人大首绘上展现出天赋之才。他通常使用承自师名的鸟高斋荣昌这一画号，有时也会署名昌荣堂。

"这也是从刚才的对话联想到的。假定写乐就是昌荣，这一来就必定牵扯浮世绘，而且是宽政年间的浮世绘，自然而然就会和荣昌联系上。我起初只当是把画号简单调个个儿，不过荣昌本身就曾署名昌荣堂……这是必须通过倒推才能得出的联想，就算有研究者察觉荣昌和写乐之间的相似，也绝对不会联想到近松昌荣这个不仅无名，而且是秋田兰画那一派的画师。我的言下之意，要调查茑屋和荣昌的关系，不能单咬着茑屋不放，对昌荣的研究也是必不可少的。假如昌荣真是写乐，那绝对能找出证据把他和茑屋绑在一起，否则假设就没法成立。"

"的确如此。我完全没往这方面考虑，看问题的方式方法还有漏洞啊。"

"不，错不在你。至今的写乐研究过程当中，还从没出现过类似这本画集的决定性证据，谁也没机会碰上这种问题，你算是第一人了，一下子理不出思路也是理所当然。"

---

① 幕府将军直辖的武士。

"可是……和荣昌联系在一起可不得了，总感觉不单是找到了昌荣和浮世绘的交集，背后似乎还有更多文章。"

"是指云母粉吧。"国府张口就来，让津田佩服不已，"宽政年间使用过云母粉技法的画师，大致就只有写乐、歌麿、荣之、荣昌、长喜①吧。"

所谓云母粉技法，是指在动物胶液里溶入云母粉或者贝壳粉，用刷子涂在作品背景上，从而营造出奢华氛围的技法，像镜面一样闪闪发光的表面效果也是得名原因之一。这种方法不仅耗时耗力，云母粉本身也是贵重之物，二流画师的作品当中几乎不曾使用。

"再有，虽说演员画和美人画算是不同范畴，不过写乐和荣昌最为擅长的都是大首绘，没错吧？"

大首绘就是只描绘上半身的作品。

"我觉得这是连接昌荣和荣昌的重大线索，绝非偶然。"

"哈哈，别这么兴奋嘛。"

国府往杯里加上威士忌，让津田先冷静一下。

冴子笑道："听完大哥刚才的话，好像做研究就是牵强附会呢。"

"什么牵强附会，真过分。我的推理有根有据，足以让警方拿去当间接证据了……而且我的直觉一向管用。再说了，写乐研究第一人西岛老师的后继者在此，说什么都没错。"

"请别拿我开涮，这话可不好笑。"津田看着国府满脸恶作剧的坏笑，不禁有些难为情，"话说回来，冴子，从这回掌

---

① 荣松斋长喜，生卒年不详，画师，和歌麿一样师从鸟山石燕。

握的资料看，一切推论都要建立在昌荣就是写乐这一假说成立的基础上，否则就没法往下进行，所以绝不是牵强附会。但是，正如国府前辈所说，假如昌荣真是写乐，那就一定存在能解释所有疑问的答案。反过来说，在得出确切的答案之前，昌荣就不能和写乐画等号。就算这本画集当中出现了写乐之名，也得拿出铁证才能服众。"

"完全正确。"

国府也用力点头，意在说服冴子。

"问一下哦，我对浮世绘了解不多，这清亲是怎么回事？"

冴子读着序文，突然抬头抛出莫名其妙的问题。

国府反问道："什么怎么回事？"

"既然他是浮世绘画师，多少也该有些兴趣吧？"

"拜托，你到底在说什么？"

"就是写着写乐名字的那幅画，为什么清亲在序文里提也不提？难不成他根本不知道写乐是谁……这位画师没名气到这种程度吗？"

的确默默无名。明治前期，浮世绘根本没被归入艺术范畴。现在说来恐怕没人相信，歌麿的作品甚至比当时刚出道的三流画师还要贱价，理由只是他的画年代更早。津田为冴子说明了当时的情况。

国府随口道："恐怕清亲压根儿就没留意那幅画吧。"

"就算再怎么没名气，我想清亲也该听说过写乐。你不说我还真没注意到，是我疏忽了……多长个心眼再读序文，清亲的确提到藏画，却完全没有任何具体说明。而且整个序文写得不咸不淡，个人感觉清亲和佐藤正吉的交情并不像他写得那么亲密，这更像是受人所托才应付了事的稿子。而且两人的年龄相差很大，看看清亲在序文中怎么说，他声称三十年前在静冈结交了佐藤正吉。我想想看啊，清亲在静冈居住——"

津田答道："是明治五六年前后。"

"对，清亲那时年近三十。再看这张相片上的佐藤先生，估计也就四十岁左右吧，放到三十年前，还是个不满十岁的小鬼头嘛。或许他是清亲在静冈时代结识的友人之子吧，我猜两人大致就是这种关系。佐藤拜访清亲应该不假，但多半并没给他看画吧……清亲一直活到大正年间，假如他真见过作品，又对写乐之名留有印象，理论上肯定会留下文字资料。"

"的确，清亲还在世时，写乐热潮就已经沸沸扬扬了。"

津田不禁直冒冷汗，这一点竟然也被漏掉了。

"不管怎么说，这本画集是归清亲保管吧？总有那么一天他该注意到吧？"

"他会不会打开看都是问题。清亲认为秋田兰画只是旧时代的遗物，估计没兴致碰这种东西，最多也就在获赠时顺手翻翻，然后随便往哪儿一塞——干吗摆出这副表情，别又说什么牵强附会。往后清亲从没触及过写乐问题，这是事实，所以只能得出这种结论。就算清亲在明治四十年真没听说过写乐，到了大正初期怎么着也该知道他的存在。"

"这样啊……对大哥稍微有些另眼相看了，意外地很有说服力呢。"

"意外这两个字是多余的。"

"原来如此，有说服力却没讨到新娘子呢。"

冴子抿嘴一笑，站起身来。

"玩笑随便开开就行了。说真的，你打算近期去秋田看看？"

国府等冴子去了厨房，换上正经面孔询问津田。

"嗯。老师说研究所那边儿不用挂心，所以我计划着周六左右动身。"

"真遗憾啊，我要是能休假——"

"只要国府前辈愿意一起来，我配合你的时间就是。"

津田对国府的回应满怀期待。

"算了，到底脱不开身，只去一天两天能有什么收获……虽然想去得很……"

"那就换我去吧。"

冴子端着热气腾腾的咖啡回来了，二人的对话似乎让她灵光一闪。

"别瞎凑热闹。"国府立刻表示反对，"你去也只是给良平添乱。再说，你也有工作吧。"

"这你不用担心，我跟大哥不一样，攒了一堆年假呢。"

"话虽如此……真被你戳中痛处了，我也总盼着能弄几天假呢。"国府满脸为难地看向津田，继续对冴子说道，"你可得弄清楚，津田这趟不是去游山玩水。"

意料之外的说辞让津田一阵呆然。

"清楚得很。大哥其实也想去得不得了吧？我这是替你上阵，每天都会给你汇报进度哦。没问题吧，良平？"

津田忍不住插嘴道："我这边完全没有问题。"

"看吧，良平也说行呢，完全没问题。放心吧，我绝对不添乱。"

"唔……可是啊……良平是嫌你太啰唆才勉为其难答应下来呢。"

"乱讲。"

"怎么乱讲了……你也太蛮横了，真不知道像谁。"

国府叉着胳膊一叹。

"良平，我果然是个累赘吗……"

冴子又望向津田。

"怎么可能！只要冴子愿意，我——"

这"求之不得"几个字到底没说出口。

"就这么定了！"

冴子啪地一弹响指，得意地盯着二人。

国府没了办法，只好妥协。

第三章　写乐化名说

十月三十一日。

第二周的星期天，津田在盛冈站的检票口等着冴子。她应该会乘坐十一点零两分到站的那班新干线，随着时间逐渐接近，津田的胸中也越发昂扬。

（冴子真会来吗……）

冴子说直到周六都没法从仙台脱身，所以两人就定在盛冈会合。要去小坂镇就要在盛冈换乘花轮线，刚好津田原本就打算顺道回趟老家，可谓一箭双雕。不过分头行动到底让津田心怀不安，怎么说这也是孤男寡女的旅行，难保冴子不会临时变卦。津田想到这里，略感焦躁。新干线到站了，连接月台的楼梯拥下大量乘客，津田在人海中寻觅冴子的身影。

"我还一直担心你不来该怎么办呢。"

距离花轮线抵达还有段时间，二人在车站大楼的咖啡厅落座，冴子这才放心地牵起话头。

"哪能不来，这本身就是我的事，该感谢冴子奉陪。"

"昨天通电话还被大哥训了一顿呢。"冴子喝着肉桂茶，若有所思地轻笑，"说什么这不是观光旅行，不准只顾着逛土产店。笑死人了，我又不是小孩子。"

话是这么说，冴子仍雀跃不已。她穿着淡茶底色加亮橘"V"字形装饰的防寒夹克，配合同色系的灯芯绒长裤，非常相称。

冴子盯着放置在津田身边的大型旅行箱，打听道："对了，这是干什么？"

"姑且做了些准备。"

"可是我们只去三天而已吧？"

"还不清楚会跟什么人见面，或许有必须换正装的场合。"

津田套着厚实的开襟灰毛衣，外加白色高领运动衫，配色虽然朴素，但无疑也是休闲打扮。

冴子恶作剧般地歪了歪头，笑道："看来我的心态确实不对，总抱着出去玩儿的想法，真有些丢人呢。"

"才没这种事！你能来真是帮了大忙。让我单独想问题，总会往偏激的方向靠，有冴子同行就能及时纠正轨道，而且还能听取国府前辈的意见——"

"啊，你不说我都忘了，得跟大哥打声招呼。"

冴子这才记起和兄长的约定，连忙离席向店内的公用电话走去。不过国府似乎并不在公司，冴子很快就回到座位，津田开始商量今天的安排。

"其实真用不着商量，我完全没去过那一带……就全权交给良平定夺吧。"

"按照计划能在傍晚抵达小坂镇，问题在于住宿。高中时代一个朋友的弟弟就住在大馆，我事先打探了一下情况，小坂镇里只有两三家老旅馆，好在今天是星期天，应该有空房，不过我想你多半不愿意住旅馆吧。"

冴子寻思道："旅馆啊……"

"大馆距离小坂镇很近，反正今天去了也得等到明天才能展开调查，公所之类的机关周末也都休息……那儿倒有不少商务酒店，不如我们今天就住大馆，明天一早再去小坂，也不耽误时间。"

"很近啊，近到哪种程度？"

"听说坐火车只要半小时左右，而且沿途风景很棒。"

"那就这么办吧。我倒感觉在旅馆穿着浴衣和良平举杯共饮也不赖——"

"别说傻话，被国府前辈听到可就惨了。"

津田的一脸严肃给这番发言更添喜感，惹得冴子扑哧一笑。

"那就定了——"津田无视冴子，续道，"今晚住大馆。"

冴子点点头。津田摸出笔记本，起身走向电话，冴子喜滋滋地望着他的背影。

"地方订好了。"津田回到座位向冴子转达了情况，强装平静道，"我那朋友的弟弟正好就在大馆的旅行社，跟他一联络立刻就安排好了，听说是紧挨车站的酒店，只是两间客房貌似隔了些距离……"

由于是星期天白天，花轮线相对而言乘客不多。津田和冴子在四人坐席的靠窗位置相对而坐，从盛冈到终点站大馆需要三小时。

　　"得一直坐到四点呢。"

　　确认了时刻表，冴子一脸索然无味的表情。

　　经过好摩站后，列车偏离东北主线向左行驶，在田园风光中穿行。收割完毕的稻田对面是红叶浸染的连绵群山，暖阳普照。车厢里开着暖气，有乘客甚至放下遮光帘倒头大睡。

　　"咦？奇怪啊……"冴子一直眺望着窗外，这时讶然指向远方的岩手山，"这是刚才在站台看到的那座山吧？"

　　一下到新干线站台，首先闯入眼帘的正是岩手山的雄伟远景。海拔两千零四十一米，拥有县内最高峰。和富士山相同，这也是座圆锥形的活火山，形状优美，不过单侧的山脊受喷发影响已经坍塌，因此又得名"南部片富士"。

　　"没想到吧？形状变化很大。花轮线正好绕着岩手山行驶，这一带叫作'里岩手'，刚才在车站看到的部分是相反一侧。"

　　和盛冈一侧给人的柔和印象不同，里岩手的山势十分粗犷，地表被流经的熔岩割裂切碎。

　　"快看那儿。"

津田指着半山腰上险峻凸起的三处巨大悬崖。

"把正中间那块当作头部，看起来就像一只展开翅膀的大鹭，所以这一带的居民也管岩手山叫严鹫山呢。"

孩提时代的津田曾无数次在这座山间爬上爬下，为冴子解说时也透着得意。

秋日暖阳遍洒原野，山巅却已能见皑皑雪冠。

二人抵达大馆车站时，天边已经转暗。距离日暮为时尚早，是厚厚的云层遮蔽了光线。

虽是人口将近八万的城市，车站前却冷冷清清。大馆站连接着奥羽本线和花轮线，除去换乘，在这一站下车的乘客寥寥无几。加上又是周末，学生也少，二人不禁心生萧索。

一出站就能看到预订入住的酒店，是座七层楼的高大建筑，在双层民房居多的站前大道上分外醒目。

津田刚在服务台报了姓名，就从大堂后方传来招呼声。回头一看，对方是名年轻男子，正向冴子点头问候。

津田挥挥手道："怎么，专程来迎接吗？"

"本来是打算去车站恭候大驾来着，不过反正你们都会上这儿来——车站实在太冷了。"

津田等男子走近，向冴子介绍道："这位就是为我们安排住处的工藤。"

"全名工藤俊道，请多关照。"

男子顶着烫过的短发，生得一双清澈的大眼睛，比津田小三岁。

冴子也向他施礼道谢。

"嗨，刚才真吓我一跳呢。虽然良平先生说了有人同行，可没提过是这么位漂亮的大美女。"

"是吗，我没说吗？"

"完全没有，要不我才不来当电灯泡呢。还以为保准是个男的——"

三人暂且在大堂找椅子坐着闲聊起来。听说津田要来，工藤本打算尽地主之谊夜里带客人去街上逛逛，这才到了酒店。工藤本就在旅行社工作，对找乐子的地方了如指掌，不过他也没有强迫二人出行的意思，津田猜想他是顾及同行的冴子。随后工藤问起了二人的预定计划。

"要说小坂矿山，我刚好有酒肉朋友在那儿干活，就让那家伙给你们带路吧。我打电话让他在车站等着。"

"不过明天是工作日吧？"

"不碍事，听说良平先生要去小坂，我都事先跟那家伙确认过了，矿山是三班倒，明天白天刚好轮到他休息。"

"还是不太好吧，不会给你朋友添麻烦吗？"

"不用为那种家伙操心，他精神头好得很。"

"那真是帮了大忙。"

"接下来，后天是要去角馆吧？"

"嗯，坐早上第一班车。"

"后天的话我能拿到休假，要不嫌弃就坐我的汽车一起去吧。"

津田和冴子对望一眼。

"坐火车大概要六小时哟，汽车就两小时多一点儿。"

津田笑道："能省时间自然求之不得，就怕你太勉强。"

"不要紧，反正第二天就是文化日，正好放假，等于是连休了，载你们跑一趟只是小意思。好吧，其实休假也就是借口，我只是想给良平先生出份力。"

工藤说罢搔了搔头。二人决定接受他的好意。

定好详细日程之后，津田和冴子将工藤送至出口。天黑了，还有些风。二人打消上街夜游之念，留在酒店用餐。立刻吃晚饭未免太早，加上冴子一大早就坐火车，已是满脸倦容，二人决定先各自回房休息，两小时后再到大堂碰头。房间在五楼，下了电梯，津田叫住正准备回房的冴子，从包里取出一个厚纸袋交给她，里头放着之前在研究所复印的写乐资料。

"这么多！"

"秋田兰画的部分也都放进去了，原本就是冴子说想看吧？"津田坏笑，"依我看，能弄懂皮毛就算不错了，只应付明后两天倒也够用。"

"我好歹也做了功课呢，起码的知识还难不倒我。"

冴子笑着接过纸袋，挺费劲地夹在胳膊下，回房间去了。

津田冲了个澡，换好衣服就早早下到大堂。服务台旁边设有咖啡厅，津田不好酒，倒是对咖啡从不节制。

津田点好饮料，选了能一览大堂全貌的位置落座，在桌上摊开了随身携带的笔记本。他本打算制订明天的行动计划，却想不出具体安排。

还不习惯野外调查的津田突觉不安，之前虽曾数度拜访浮世绘画师的墓地，向相关人士打听情况，但充其量只是拍些照片印证现有资料，最初就有明确的目的地。

这次的情况则完全不同，根本不知道上哪儿才有线索。

（按照常识，首先该去公所吧？）

（如果有乡土史料馆或者图书馆，就拿来当下个目标。）

（还有小坂矿山的相关人员吗……）

津田明明没底，却仍把想到的条目挨个用笔记本记下。要想找到当年矿山的相关人员恐怕非常困难，现在距离明治四十年有将近七十个年头，就算还有人记得当年的情况，那也该是九十高龄了。加之佐藤正吉只在矿山住了短短几年，被人记住的可能性微乎其微。

（对了，寺庙那头呢？）

追溯死者名册也是个办法，不过对此津田仍不抱多少希望。佐藤本是静冈出身，搬到小坂纯粹只是工作需要，过世之后当然应该葬回老家。

（专程上这儿来真有意义吗……）

到处碰壁的现状让津田焦躁不已，想到还有冴子同行，心头急躁更上层楼。

（拿不出像样的表现，会让她看笑话啊。）

一旦调查陷入困境，势必得对冴子坦白。好不容易走到这一步，自己却先打起退堂鼓，津田不禁陷入了自我厌恶。

（可是那本画集的确存在，唯有这一点是毋庸置疑的事实。）

津田在心中反复为自己鼓气。这时，他右侧的玻璃隔墙响起砰砰的敲打声。淡褐色遮光玻璃对面，亭亭玉立的冴子正微笑着。看来是她先发现了津田。冴子身着胭脂色西服夹克，配以白衬衫和短裙，手里拿着津田交与的纸袋。

（就像银幕上的女演员啊。）

厚厚的有色玻璃在津田看来宛如幕布，冴子正伫立其中。

距离七点已经过了二十分钟。

冴子合掌致歉道："抱歉让你久等了。"

"没什么大不了，我也正为明天做准备呢。"

"什么啊，早知道我就不着急了。"

"忙着换衣服吧？"

"是啊，总不能穿着那身进餐厅嘛，这间酒店貌似挺高级呢。"

冴子说着拢了拢头发，化妆品的气息中混着肥皂的淡香。

二人进入餐厅就座，津田点了炸牛排，冴子要了鲑鱼奶油浓汤。

　　"喝酒吗？"

　　见冴子点头，津田又追加了黑啤和鸡肉沙拉。

　　"哇，这沙拉味道超级棒。"

　　冴子拿着叉子欢喜地叫嚷起来。

　　"这一带是有名的肉鸡产地，听说比内鸡和名古屋的九斤黄不分上下呢。"

　　冴子满脸遗憾的神情，说道："早知道就点煎鸡排了。"

　　"帮你叫一份？"

　　"撑不下——而且还喝了啤酒，今天的卡路里都摄取过量了。"

　　桌上的玻璃器皿中浮着装饰蜡烛，烛光静静摇曳，映亮了冴子的笑颜。

　　津田喝着饭后咖啡，问道："进度如何，那些复印资料看了没？"

　　"嗯，大致都看了。"

　　"有什么感想？"

　　"哪儿能说得出感想，只是大概扫了一遍，而且又没配插图，完全想不出画长什么样。"

"是说写乐的作品？"

"怎么可能，是写乐化名说的部分。北斋之类还算了解，圆山应举就不太明白了。"

"是吗，这真不怪你。"

"应举的画也跟写乐很像吗？"

冴子这一问，津田也答不上来。

应举既是京都圆山四条派开山鼻祖，又被誉为幽灵画创始人。津田虽然也从照片上看过大津三井寺①的圆满院隔扇画，却从没把应举和写乐联系在一起。再说，圆山应举就是写乐的说法始于昭和三十二年左右。最擅长写生、追求现实主义的应举就态度而言的确和写乐有共通之处，他的现代风格虽然能算作证据，但和写乐活跃的宽政六年到七年少有交点。根据资料，那一时期的应举陷入行动困难的窘境，暂时远离了画笔，可是腿脚不便并不能成为无法作画的理由。

不过早在津田刚开始学习浮世绘时，这一假说就已淡出学界。因为完全拿不出应举在江户现身的资料，等于说根本无从考证他和出版方茑屋的联系。到头来假说只被视作有趣的灵感，这也是理所当然。津田之所以从未将二人的作品放在一起比较，也正出于上述理由。

"我并不认为二者相像，但从这种意义上说，昌荣也跟写乐没什么共同点——得拿版画和版画比较才能看出名堂——不过'传应举'倒看过。"

---

① 又名圆城寺，位于滋贺县大津市，天台寺门宗总本山，本尊为弥勒菩萨，寺内有日本"三不动"之一的黄色不动明王像。

"传……应举？"

"就是相传出自应举之手的作品，只是有些让人难以相信。不过既然直到现在还有传应举这种说法，某种程度上讲也证明学界承认传应举的代表性。"

"是哪种作品？"

"虽说不是演员画不好做比较，不过线描跟写乐完全不同。"

津田撒了谎。虽然标题已经忘了，但他清楚那是由十二张大开本锦绘做成的折帖式春宫图集。也真不愧相传由致力于现实主义的应举所作，对局部细节的描绘之细致，简直到了让人不适的程度。怎么着这种话题也不能对冴子细说，不过毫无疑问其画风和写乐完全不同。

"其他还有什么版画作品吗？"

"多半没有吧。可别忘了传应举的那个'传'字，根本没有证据证明应举涉猎版画。"

"等于说可以把应举说除开喽？"

"大概吧。"

冴子从纸袋里选出数张复印件在二人之间排开，这些都是战后和写乐化名说相关的资料。

复印件上顺次列着人名和日期，首先是写乐真实身份的候选，接着是倡导相应假说之人，再附上假说发表年份。

①圆山应举　　田口泖三郎　　昭和三十二年
②葛饰北斋　　最上三郎及其他　昭和三十七年
③谷文晁　　　池上浩山人　　　同上

④饭冢桃叶之徒	中村正义	昭和四十一年
⑤鸟居清政	君川也寸志	昭和四十二年
⑥歌川丰国	石泽英太郎	同上
⑦写乐工作室	濑木慎一	同上
⑧酒井抱一	向井信夫	昭和四十三年
⑨荣松斋长喜	福富太郎	昭和四十四年
⑩茑屋重三郎	榎本雄斋	同上
⑪根岸优婆塞	中村正义	同上
⑫谷素外	酒井藤吉	同上
⑬山东京传	谷峰藏	昭和五十六年

除此尚有战前完全没人质疑的阿波能乐师斋藤十郎兵卫之说，由于这是《浮世绘类考》中记载的人物，不列入化名说讨论范围，研究者直到昭和十年前后都对这条记载深信不疑。即便现在，德岛的本行寺里都有写乐墓存在。不过之后的研究认为能乐师一说毫无根据，将之全盘否定。所谓坟墓，在写乐热潮盛行之时几乎未经考证就被承认，唯一能当作证据的本行寺死者名册，后来也被查明是伪造的。万众坚信的能乐师之说一夜倾覆，各种各样的化名说从此层出不穷。

此外，相当于杜撰小说而全无依据的联想并未列入表中，如果把它们也算进去，写乐化名说的候选人少说也有三十名吧。

仅仅只是推测一名画师的真实身份而已，随便一抓都有如此众多的嫌疑人。而且在宽政六年到七年之间，各位候选人都没有切实的不在场证明。写乐活跃的宽政年间，越是调查，津田越能切身体会到那一时代的古老。然而就历史长短而言，距今不过一百九十年而已。

冴子来回查看着列表，问道："怎么没有西岛老师的假说？"

"老师提倡的是写乐独立说。"

冴子眼睛一瞪，讶道："还有这种说法？"

"老师的确对写乐的艺术性抱以高度评价，但他并不关心写乐的真实身份，是谁都无所谓。写乐的作品的确存在于人们眼前，对老师而言这就够了。写乐就是写乐，仅此而已。"

"原来如此，还有这种考虑方式，等于是在批判其他人的假说呢。"

冴子这话也让津田心里发堵。其实西岛断言"写乐就是写乐"的态度也不失为一种果敢，然而写乐问题太过错综复杂，无怪爱好会成员嘲弄地称之为"逃避的借口"。西岛虽被誉为写乐研究第一人，自身却并未提出任何假说，的确算得上不可思议。

冴子问道："可信度比较高的化名说，有哪些呢？"

"要说可信度还真有些困难。各种假说的确有各自的说服力，但都缺乏决定性的证据。结果就演变成了跟耶马台国（邪马台国）相同的问题，倒不如说大家都在享受推理的过程。"

"这样一来不是很奇怪？既然你把写乐和昌荣画等号，就意味着别人错了，而你却没法否定他们？"

"没办法，写乐生活的时代太早。的确有可信度过低的假说，可惜我们无法给出确凿的证据将之推翻。一切都口说无凭，不能光凭直觉否定不同意见。"

"这样啊……可我怎么想都觉得奇怪。"

"为什么？"

"那我这样问好了，良平是为了什么上这儿来？因为存在昌荣就是写乐的可能性，对吧？既然如此，就需要把至今为止的化名说全盘否定呢……我也知道单靠直觉没法说人对错，但如果良平发表新说，同时就等于否定了其他意见。各种说法都非常在理，但写乐果然该是昌荣才对——你打算就这么表态？"

津田不禁沉吟道："这……"

"我认为直觉也好什么都好，总之良平得先把其他化名说通通否定，这样才能展开新调查。"

"真是服了……完全就像冴子所说。带有偏见是做研究的禁忌，但证明自己的理论又是另一回事，我把它们弄混了。的确，即便不触及其他假说，一旦有了自身主张，也就等同于否定异己。"

津田坦然点头。

"要想让写乐化名说服众，得解决的问题很多，还有各种必须满足的条件。"

　　津田在笔记本上记录着整理出的思路。

　　① 宽政六年五月到次年二月，这一人物几乎没有其他工作。

　　② 能找出此人和茑屋重三郎紧密联系的证据，或者具备这一可能性。

　　③ 有从事绘画创作的证据。

　　④ 找到为何不得不使用东洲斋写乐这一化名的必然性。

　　⑤ 解开为何以茑屋为首的当时人没有留下任何有关写乐身份的资料这一疑问。

　　⑥ 写乐为何封笔，其理由是否具有必然性。

　　⑦ 茑屋为何会起用默默无名的写乐。

　　"现在能想到的大致就是这些吧，其他还有不少细节。"

　　冴子看了看，说道："第三条'有从事绘画创作的证据'不是废话嘛。"

　　"还真就有假说在为这一条伤脑筋呢。"

　　"真的假的？"

"茑屋重三郎说就是其中的典型——茑屋情况特殊，除了这一条，其他部分姑且都算吻合。嗯，甚至不只是'姑且'吻合的程度。茑屋本身就是贩卖浮世绘的出版商，或许是他结合各种画师的优点创造出了冠名写乐的浮世绘。这一来，写乐的作品为何只在茑屋出版的问题也迎刃而解。如果直接以茑屋名义发表，谁都知道是门外汉的作品，所以推出了写乐这位虚构的画师，问题④也得到了说明，真是非常有意思。如果能够找出茑屋本人就是作画者的真凭实据，这一假说的可信度就会非常高。"

"这样啊……把不画画的人和写乐扯在一起，还真是大胆的想法呢。"

"这你就说错了，其实在假说发表之时，就以插图形式介绍了好几张茑屋的画作。不过嘛，画师另有其人的可能性很高，似乎是找人代笔。写《八犬传》的曲亭马琴在茑屋当过一段时间掌柜，在他的随笔里有这样一段文字，说茑屋不会画画，却硬要找人画好后署上自己的名字出版。"

"他这么做图个什么？"

津田轻笑道："不清楚，兴许是想表现文化人的素养吧。总之，否定茑屋说的关键在于完全没有证据显示他能画画……不过这条假设的支持者很多，毕竟有合理之处，很容易让人信服吧。"

冴子默然。

"题外话——茑屋说的创始人现在却一口否定了自己的假设，或许因为太难找到证据所以放弃了吧，谁知道。"

"什么啊，搞得茑屋说根本没可能了。"

冴子以"亏我认真听你胡吹"的眼神瞪向津田。

"话不能这样说。他的否定只是个人问题，茑屋说早就自成一派，最近的 NHK 节目都把它视作有力假说呢。"

冴子微微一愣，说道："真复杂。"

"不管怎么说……提出假说的当事人已经自我否定，我倒希望就此把茑屋说排除在外。"津田点上一根七星牌香烟，"应举前面说了，接下来轮到北斋，这也是眼下最流行的假说。北斋的个人魅力加之写乐的神秘，一旦听说二者竟是同一个人，任谁都会兴味盎然吧。北斋一生换了超过三十个画号，就算某一时期化名写乐也绝不奇怪。不过北斋一生几乎没太创作演员画，若写乐真是北斋则另当别论，但就目前看来可以断言北斋对演员画不感兴趣。必须承认，就像这条假说的拥护者所言，二者的线描的确很像，不过疑点也很多。比如北斋为什么非化名写乐，为什么在宽政七年又舍弃写乐之名。完全说明不了的问题还很多，而且已经弄清北斋在写乐活跃期间同样有大量工作。总结，北斋说虽然有趣，可能性很低。"

冴子对津田的见解逐一点头。

"谷文晁一说也只停留在设想。文晁是当时一流的画家，和推行宽政改革的松平定信①是主仆关系，就立场而言又是田安德川家的画师。田安德川家出了定信这号大人物，得以跻

----

① 松平定信（1759—1829），本来是田安德川家的孩子，后来到陆奥白河藩当养子，继承了藩主之位，且就任幕府的"老中"一职。老中一职常设四至五人，统领全国政务，是"大老"以下最高的幕府官职。

身德川家御三卿①之一。要知道，如果遇上将军后继无人的情况，就会从这些御三卿当中挑选继任者，你说安田家的权力得有多大。文晁是安田家的画师，其主定信又担任老中直到宽政五年，名声自是水涨船高，光门徒就有三百，据说让他随手画幅小作品的价格都高达一两半呢。这种人物没有理由特地隐姓埋名去画浮世绘，而且茑屋根本就付不起一百四十多张作品的价钱。就算给得起，好不容易才拿到文晁的作品，不署上他的大名也就没有任何意义，完全是桩亏本买卖。不过文晁也有'写山楼'的画号，而且擅长肖像画，单就创意上看这条假说挺有意思，但也仅此而已。"

冴子只听不问。

"再说饭冢桃叶，他是阿波藩所属描金画师，假说④认为写乐是他的徒弟，不过同样缺少和茑屋的联系。这一派认为写乐笔下的背景或者和服的花纹跟描金技法有相似之处，我是没什么感觉。反正提出假说的当事人后来又有了别的想法，这一条直接无视都行……下面的鸟居清政也是一样。清政是清长之子，大概也该有画画的才能，不过关键的版画部分只有很少几幅传世，很难进行比较对照，而且解释不清他有什么理由非用化名不可，鸟居派本身就以擅长演员画闻名，直接用清政之名发表作品也不该有什么顾虑，随便还能沾沾清长的光……有关清政的资料本来就少，很难再有什么进展。"

冴子保持沉默。

"听累了？"

---

① 德川家分家，包括田安德川家、一桥德川家和清水德川家，都具有德川幕府的将军继承权。

"没有……不如叫杯红茶吧。"

其实津田的喉咙也冒烟儿了。

冴子若有所思道："写乐工作室的假说刚才听完了。"

"唉，还剩下六个人没说呀……真有些费劲。"

"话说，良平是个很有趣的人。"

"怎么了，没头没脑的。"

"可不是吗，刚才你明明说他们各自都有说服力，仔细一听结果全都不靠谱的样子呢。"

"这是跟冴子私下交流嘛……写论文就得换种说法了。"

"正所谓做研究的难处？"

冴子端起送来的柠檬红茶，含笑打趣。

"好了，接下来该轮到丰国了。"

"这一条当然不成立喽——复印件里也说了，丰国是写乐的竞争对手吧？"

"没错。丰国在写乐登场的数月前才以《演员舞台之姿绘》出道，而负责出版的泉市正好是茑屋的强力商业竞争对手。正是为对抗泉市，茑屋才随后起用了写乐，这在研究者之间算是常识。很难想象写乐是由丰国一人分饰两角吧——这条假说的提出人是位推理作家，换了其他人恐怕怎么也不会产生这种联想吧。"

"的确。可是再怎么好玩儿，做研究又不是写小说。"

"从结论而言确实如此，不过我个人对丰国说很感兴趣，也试着查了些资料，结果真的相当有趣。写乐作品当中有一个系列，标记了演员的俳名，你见过没？"

冴子点点头。俳名是指吟咏俳句时使用的笔名，由于俳句在歌舞伎演员当中相当盛行，大半演员都起有俳名。现在成为艺名的"梅幸"，原本也是尾上菊五郎①的俳名。

"系列当中画有濑川菊之丞，其实他的俳名被写乐弄错了，正确的叫法是路考，画里却写着路孝。"津田把汉字写在笔记本上给冴子看，"这在研究者看来很成问题，有人提出写乐或许根本不熟悉戏剧。如果真和演员有往来，哪里会犯下这种根本性的错误，被质疑也怪不得人。"

"但是他明明画了那么多演员画……"

"可不是。对了，丰国当时也画过濑川菊之丞呢。"

津田露出意味深长的微笑，开始卖关子。

"快说啊，别吊人胃口。"

"画上也写着路孝。"

冴子双眼放光，立刻问道："怎么回事？"

"很难相信两个人都犯了根本性的错误。"

"就是说，写乐和丰国——"

"是同一人吧！要不然就是菊之丞的确在某段时期使用了路孝这一笔名，之后改为路考。"

津田抿嘴一笑，冴子这才意识到又着了道，只能干瞪眼。

"大致真相就是这样，刚反应过来，整个人就冷静下来了。我本就认为写乐和丰国不是同一个人，但这假说本身的确很有意思，倘若有哪怕一个人被勾起兴趣开始关心浮世绘，那

---

① 这和下文的"濑川菊之丞"都是歌舞伎演员称号，不单指某人。

102

就不是一件坏事。"津田欣然喝下加了柠檬的红茶，续道，"酒井抱一是姬路藩主酒井忠以①（十五万石）的弟弟，定居江户，其画风善变，狩野派②、光琳风③、浮世绘风，什么都来，狂歌和俳句更是一流人选。毕竟是大名的弟弟，资金方面自然不愁，是当时数一数二的文化人呢。要问抱一为何会跟写乐联系上，皆因写乐那惊人的出版量。先不讨论能否完成，短短十个月里的巨大出版量，肯定让茑屋很吃力吧。而且文献里写得明明白白，作品评价恶劣……有人据此称这是无关商业意图的出版，也就是自费出版。但是，一两张倒好说，自掏腰包出版一百几十张画，无疑要花费庞大资金。于是乎，喜欢画、钱又多的抱一就被提作候补，这就是所谓大名的艺术消遣。当时的人们都用"河原者"④来蔑称歌舞伎演员，给这种人画像有损家名，所以他要化名写乐。但若真是这样，就没必要在十个月里分好几次出版。抱一早就没有追求更多名声的必要，即便评价不佳，往后收手不出就得了。本来嘛，就算分几次出版，他也没法亮明真身。如果作品受到好评，倒有可能因为自我满足而继续玩儿下去……"

"哎哟，认为那些作品受到好评的研究者也很多呢。"

---

① 酒井忠以（1756—1790），姬路藩第二任藩主，对绘画、茶道和能乐大有研究。
② 日本绘画史上最大的画派，从十五世纪到十九世纪一直跟统治者紧密联系，牢牢占据画坛。
③ 琳派，擅长装饰性的大画面，创始人是本阿弥光悦和俵屋宗达，后被尾形光琳、乾山兄弟发展壮大。
④ 指住在肮脏河边的低贱杂工或以低下技艺谋生的艺人，后成为歌舞伎演员的贱称。

"没错。有大量资料证明文献记载有误，写乐版画其实卖得很好，我也支持这种说法。"

"那抱一继续化名出版也就不奇怪喽？"

"喂，你这叫本末倒置哦。这条假说要想成立，必须以写乐是个卖不动的画师为前提。卖不动也想出版，所以选择自费，这才是抱一说的核心吧。"

"啊，原来如此，是我犯糊涂了。"

"如果以作品受到好评为前提，根本就不会有抱一说。所以不管从哪个方面讲，都很难说通。"

冴子总算接受了津田的意见。

"好了，接着是荣松斋长喜的问题。有一点必须说明，这条假说并不单单涉及长喜，而是指长喜在司马江汉的指导下化名写乐，等于说是托江汉之福。"

"江汉就是和那个昌荣也有关系的人？"

"没错。所以这条我们暂时放一放，先解决余下三个人。"

"为什么？"

"等会儿你自然就会明白。根岸优婆塞是个神秘画师，只在茑屋出版的一本书里担任过插画，他的描线和写乐十分相似就是支持假说的唯一证据，仅此而已。不过说他是神秘画师有些夸张了，从他和茑屋的密切关系来看，应该就是当时住在根岸的北尾重政①吧。重政给茑屋的很多书都画过插画来着。"

"就这样？"

---

① 北尾重政（1739—1820），浮世绘画师，北尾派的创始人。

"哎，先别急，后面还要提到他。下一个候补是谷素外，要说明这一条就必须提到写乐的扇面画。"

"扇面……哦，是说画在扇子上的作品吧。"

"除去版画，被认为是写乐作品的扇面画，目前世上总共有两幅。其一的图案是个撒豆子的丑女，另一幅画的右侧是个踩着丰国版画的全裸小孩子，左边站着个光头老人，一脸悲伤地看着这一幕。"

"什么跟什么啊，好奇怪的内容。"

"可不是，所有研究者都对这幅画百思不得其解，不明白其中含义。有人说这老头就是茑屋，或者丰国。不过茑屋理应更加年轻，丰国在宽政年间更只有三十上下。无论如何，若这幅画真出自写乐之手，他和画中人物的关系肯定相当密切。再说回谷素外，他是江户谈林派宗师，权倾俳谐界，门下的演员、浮世绘画师没少沾光，甚至就连大名都拜他为师……他会和写乐联系上，皆因一幅偶然得到的素外肖像画。当时写乐的扇面画正成话题，提出假说的酒井藤吉感觉扇面里的老人长得面熟，似乎在哪儿见过这张脸，结果就想到了那幅素外肖像。他把肖像画翻出来一比较，二者线条酷似，如出一辙——但接下来才是问题。肖像画并没有留下画师的名字，也没有证据能把画师和写乐画等号。藤吉盯着肖像画看了又看，突然想到了从没放在心上的素外亲笔画赞——第一行写着'亲自为己形象题字'！原来这是素外的自画像！藤吉从此坚信不疑。既然肖像画是素外的自画像，线描相同的扇面画自然也该是素外所作，故而得出了'写乐＝素外'的假说。"

冴子一脸狐疑，说道："总感觉有些牵强。"

"被你说准了。首先，这条假说的要点非常暧昧。扇面画固然署名写乐，却不能断言就是真迹，万一是冒牌货，素外说就完全没意义了。再者，若扇面上的老人就是写乐，他自画时为何要摆出悲伤的表情？对手丰国的画被小孩子踩在脚下，他理当高兴才是。还有，对画赞的解释也很别扭，理解为'有人为素外画了肖像并由素外题字'才更合理。如果是自画像，一般都会写成'亲自为己形象作画并题字'吧。素外这人做文章很有一套，绝对不会使用这种模棱两可的写法。"

津田长篇大论不带歇气，冴子一时无语。

只听津田轻叹道："总算要轮到京传喽……"

冴子不禁问道："莫非这个有难度呀？"

"这是最近才兴起的假说，克服了前人的各种弱点，要驳倒它可不容易……看过这条假说之后，甚至会觉得至今没有任何人把京传列入考虑才叫不可思议，只能说是一大盲点。我想你多半知道，不过还是做些介绍吧。山东京传是代表江户时代的小说家，跟茑屋的关系分外密切。算上二代茑屋，京传总共在他家出版了超过八十册著作。再来说茑屋出版写乐的契机，与丰国的崭露头角当然不无关系，不过主因多半是想重振在宽政改革当中减半的家底，这才满怀热情地推出新人吧。刚好，让茑屋家底减半的罪魁祸首就是京传的作品。宽政三年（1791 年）出版的《衣帽箱》和其他几本书里涉及招妓作乐，被幕府追究，当事人京传被罚戴着手铐在家反省五十天，茑屋也被没收了半数财产。"

"罚得真狠呢。"

"怎么说，茑屋本来就出过很多禁书，没准幕府也有杀一儆百的意思吧——总之，京传对茑屋有亏欠，正好他又是很有才华的画师。京传就是刚才提到的北尾重政的门生，还以政演名义发表过版画，初期的小说读物也多是亲自配图。要不是他恰好在文才方面表现得更加优异，或许会成为跟歌麿齐名的画师吧。如果茑屋正是看上他的绘画才能，邀求他创作演员画，以京传的立场也不好简单拒绝。"

"看来条件都具备呢，既擅长画画又跟茑屋深有渊源……以京传的情况，也有隐姓埋名改称写乐的理由，是为了避开幕府耳目吧？"

"嗯，姑且说得过去。"

"不在场证明呢？"

"以京传的业余时间，完成写乐版画还不成问题。"

"时间上也不冲突……他不就是写乐吗？"

冴子的惊诧目光让津田不禁一笑。

"就跟你明说吧……我最不相信的假说就属这一条。"

冴子哑然无语。

"条件上确实非常吻合，可他为什么非化名写乐不可——"

"都说了是为避开幕府耳目啊——"

"假说的拥护者也这么提倡，不过啊……创作演员画完全不需要担心被找碴。奢华的云母粉在当时也并没有成为禁止对象，宣布禁用是在写乐使用之后好几个月呢。还有，就算因为在演员画上使用云母粉被问罪，一切责任也都在出版方，绝对不会牵扯上画师。等于说，从第一幅使用云母粉的作品被莺屋接受的那一刻起，理论上京传就没了任何顾忌。再说了，假如他真害怕使用原名，在宽政三年受罚之后就不该有以京传名义出版的作品，对吧？但事实又怎么样呢？刚翻年就有好几本写着京传大名的作品光明正大地出版了——说明对京传而言完全没有隐姓埋名的必要。京传本人没有改名的理由，或许问题出在莺屋方面吧。可是莺屋为什么隐去京传的名字，改而编造出不为人知的写乐呢？这种假设同样讲不通吧。京传是当时的大明星，其他出版商为了抢他的稿子可是争得头破血流呢。这种大红人要是画了一百好几十张演员画，莺屋不可能沉得住气，反倒应该高举京传旗号大张旗鼓地宣传吧。京传和写乐的知名度完全一个天上一个地下，只要京传那边没有问题，莺屋绝对不会把他的名字从版面上移走，而京传本人几乎没有忌惮的理由。不管其他条件有多吻合，单凭这一点我就不会承认这条假说。可能因为现在写乐的知名度反而高过京传吧，多少起了误导作用。"

津田少见地用了强硬口吻。冴子好奇地观察着他的模样。

"莺屋重三郎是个怎么样的人？听良平的说法，似乎很强硬呢……"

短暂沉默之后，冴子问道。

"先不说强硬，总之是个从不走眼的精明生意人。莺屋最初只是家小书店，不到十年就成了江户首屈一指的出版商，没有相当的经商才能可做不到这一步。"

"才十年？"

"而且他四十一岁就被其他大商铺一致推举为出版商代表。我记得茑屋的小书店开门营业时他二十三四岁，距离成为江户第一的出版商仅仅花了十五年。"

"真是干劲惊人呢。"

"有干劲是自然，应该说他懂得走在时代前沿——眼见江户刚开始掀起狂歌热，他也加入狂歌师的圈子，主动签下出版协议，还让有才能的年轻画师到自己家里寄宿，说句不好听的话就是卖人情，歌麿也是这样被茑屋收入麾下培养呢。如果没押中，损失当然很大，不过歌麿最终成了日本第一的人气画师，事实证明茑屋看人的确有一套。荣松斋长喜、曲亭马琴、十返舍一九①，这些大名人全都是托茑屋之福才得以走上舞台。可以说茑屋是位审美能力超群的企划人吧。"

"这样啊，真是个厉害角色……可是稍微觉得有些可怜呢。"

"你说茑屋？"

"难道不是？你看，歌麿、写乐、马琴、一九，全都人尽皆知，可是几乎没人晓得茑屋呢……"

"这也无可奈何，反正茑屋靠培养他们赚了丰硕回报。我想，在茑屋看来，自己相中的苗子们得到世人认可，施展才华终成大器，也是极大的满足吧。"

"或许吧……不过有这等经商才能的茑屋为什么会放弃写乐呢？"

---

① 十返舍一九（1765—1831），本名重田贞一，通俗小说家、浮世绘画师，日本滑稽小说两大家之一，著有《心学钟草》、《东海道徒步旅行记》、《金草鞋》等。

"也没什么奇怪吧……正因为茑屋有非凡的商业才干，就算再怎么看中写乐的才能，也不会继续进行失败的企划，反而会冷静收手吧。真要论，应该惊讶于写乐版画竟然能连续出上十个月吧。有研究者猜想茑屋是受身价减半的打击脑子不太正常，或者太急于重振产业，又或者只是自暴自弃地放任出版。也不想想，茑屋真要是这种懦弱的性格，首先就不可能把家底做到那般规模。"

冴子寻思道："的确有理。"

"我还是认为写乐获得了成功。作品越是能卖，茑屋就越是强行加大对数量的要求。写乐的版画从豪华的大尺寸锦绘逐渐缩小为中型、小型，感觉变廉价了。至今的定论认为高投入的初期作品销量并不理想，所以茑屋逐渐缩小规模，等着写乐攒够人气再说。我的想法正相反，写乐应该获得了无与伦比的巨大成功。随着人气暴涨，画作销量也一路飙升，而使用云母粉成本很高，茑屋就转而销售低成本高回报的中小型画作，这样利润更高。茑屋在推出写乐版画期间几乎没有发行其他出版物，要知道，他也需要养家糊口，手底下还有雇工，怎么说也得保证一定收入。我之所以认为茑屋推出的写乐版画不可能全是失败之作，这就是原因。即便茑屋醉心于写乐，就算亏本也非出他的作品不可，那大可时不时地出些其他画师的作品，从弥补亏空的角度考虑再自然不过——可是茑屋并没有这样做。为什么？因为写乐的作品远比其他任何画师的都好卖。从茑屋的性格考虑，这是唯一合理的结论。再往后推测，一味追求量产的写乐变得千篇一律，茑屋看透了他的极限，终于弃而不用。又或者写乐意识到自己只是被茑屋利用，于是愤而封笔……不管是哪种情况，写乐版画在第十个月戛然而止的背后多半有类似理由。"

冴子又问道："说写乐作品受到恶评的文献又该怎么解释呢？我是认为良平的解释更正确啦。"

"'虽作演员画却不似……一两年即止'吗？那是写乐消失好久以后才出来的评价。写乐封笔的真相，恐怕是没人知道了。但凡对待一瞬即逝的明星，评价都会走向两个极端，对不对？再说，要想评价一个人，绝不能只靠短时间观察。这是个总共才活跃了十个月的画师，对他的评价能有多少参考价值？的确有人文献来文献去地把《浮世绘类考》当金科玉律，但这东西本身只是私人笔记，当时又没刊行。假如是印上好几百册，有很多人过目的资料，其评论还有某种程度的可信度，可惜只是假设。从学术价值上看，我想这条评论的存在只能证明'当时讨厌写乐的人也不少'而已。反观式亭三马[1]等人，完全把创作生涯仅有十个月的写乐当作知名画师对待。十返舍一九也在书里用插图介绍了贴着写乐作品的风筝画，现实当中或许真有这种风筝吧。连小孩子的玩具都沾了写乐笔墨，足见当时的热潮——孩子的眼光是坦率的，写乐的作品多少带些漫画风格，或许在小孩子当中意外地有人气。说不准家长们都郁闷地看着写乐作品爆发性地大卖特卖，写乐突然消失后长舒一口气的人也不在少数。这样一来，所谓文

---

[1] 式亭三马（1776—1822），作家、浮世绘画师，经营药房，日本滑稽小说两大家之一。

献里的恶评就不难理解，写乐不沾美人画或者秘画的理由也非常清楚。因为儿童被排除在受众之外，所以茑屋不让他画。就跟 Pink Lady①不能唱成人歌曲一个道理，她们是面向小孩子的组合嘛。"

"和 Pink Lady 一个等级啊，写乐真可怜。不过良平的想法十分大胆呢。"

冴子忍俊不禁之余，也满心叹服。

"这些内容到底没法写进研究论文，不过写乐受到好评的证据还有不少。调查写乐的作品就会发现，即便是同一款画，和服的颜色也会有区别，线条也有细微差异，这种情况还挺不少呢。尤其是最初那些使用云母粉的作品，细微的不同更是压倒性的多——这是提出写乐工作室的濑木先生得出的结果，我没有实际算过，不能断定是否属实。不过甚至被做成邮票的《市川鰕藏竹村定之进》，光颜色不同的就有七八种版本。这种情况被称作异版和后版，假如写乐当真不受好评，就绝对没有出现的可能。"

"怎么说？"

"异版和后版，用今天的话说最接近再版。通常初版第一次会印刷两百张出售，如果销量好，就用同一块木板进行第二次印刷，不过受画材的搅拌情况或者出版商节俭经费的考虑影响，印出来的颜色会有所不同，这就叫后版。这样重复进行多次印刷，木版就会受损直到无法使用。只是轻伤可以

---

① 女子双人组合，活跃于二十世纪七十年代后期。

进行填补，整体性的严重受损就必须重新雕版，于是线条粗
细或者位置就会改变，和初版使用不同木版印刷的情况就叫
异版。刚才提到《竹村定之进》有七八种色差，也就是说——"

"就是说再版次数多到那种程度呢。"

冴子补上了后半句。

"完全正确。出现这种情况的画师，写乐之外也就寥寥数
人而已。所以说写乐很成功，人气高得让人嫉妒到写他坏话，
写乐的作品就大卖到这种程度。"

津田不再多言。

"于是说……"冴子略有些恍惚，"得重新审视化名说呢。"

"没错。所谓化名，换种说法就叫蒙面作家，干这种事儿
的人是想在失败时能有条后路。从前也有好些蒙面歌手，一
旦成功可说绝对会主动揭下面具，真名曝光虽然挺难为情，
不过毕竟光荣嘛。既然如此，当时只是二流画师的北斋、长
喜、清政、丰国四个人，再加上饭冢桃叶弟子说和写乐工作
室说通通都已出局。对他们而言，化名写乐获得成功理应是
无比贵重的实际成绩，足够让自己跻身一流画师的行列，不
可能不站出来亮明真身。接着，京传、素外、文晁、抱一和
应举也被除外。假如失败，他们肯定绝口不提，可是写乐成
功了，让人知道也不丢脸。这里还需要重提茑屋的商业才干，
不局限于京传，只要有机会把他们揽到手下，他就没有理由
保持沉默。茑屋对写乐真实身份的严格保密简直称得上异常，
或者他真的只是一介画师而已，公不公开都没差别；又或者，
一旦亮明真面目，茑屋就会自身难保，所以才拼命隐藏，真

113

相只会在这二者之间。另外，写乐又没犯什么罪，素外和抱一的话，完全没有必要保密到那种程度。"

"这样啊……正因为是良平，才能简单地抛掉旧观念呢。"

冴子接受了津田的解释。

"不过这种考虑方式单单不适用于茑屋和优婆塞——假如茑屋就是写乐，他越是成功，亮出真名的负面影响就越大。要是让人知道写乐其实是个完全没有绘画功底的出版商，茑屋就必须承受大众立刻对他失去兴趣的危险。对他而言，把写乐包装成神秘人物更有利于做生意。然后是优婆塞，要撇清他和写乐的关系也很有难度。唯一的着手点只是一本书而已，根本无从判断。"

"不过假如他是二流画师，就该和长喜啦北斋啦一样被淘汰了吧。"

"行不通。长喜和北斋在写乐消失数年、数十年之后依旧活跃，所以才有他们何以不再用写乐署名的疑问。而优婆塞的情况却很暧昧，或许他真是写乐，只是太早离世……这种假说也成立，不是他不想用，而是没机会了。"

"原来如此。刚才说到北尾重政就是优婆塞的可能呢？"

"可能性很高，但也意味着只停留在可能性而已，没法进一步证明。如果单凭可能性就能获得认可，做研究还有什么意义，果然还得拿出让第三者心服口服的铁证——按照优婆塞就是优婆塞的前提进行考虑才显公平，不是吗？"

"话是不错，可他本身就是个谜，说什么都白搭。如果良平相信他就是重政，我也会接受来着……"

津田苦笑道：“如果都像冴子一样就好了。”

“不过啊，从茑屋的性格考虑，优婆塞就是写乐的可能性会大打折扣。”

“以优婆塞就是优婆塞为前提？”

“没错——听好了，优婆塞只在宽政五年春天为茑屋出版的一本书担任了插画，除此之外消息全无。如果说当时茑屋看中了他的才能，决定好好打造卖点，又有什么必要间隔一年半才推出写乐版画，难道不奇怪吗？要知道茑屋是一流的出版商，让他接二连三地画插图，再由茑屋刊行不就得了？当然，如果当时茑屋心里已经制订了把他培养成写乐的计划，那又另当别论，不过说不通——因为普遍认为茑屋是受丰国出现的刺激才会推出写乐。假如茑屋早在一年半前就开始培养写乐，又怎么会让丰国抢先呢？照这种思路得出的结论是，茑屋并没有认可优婆塞的才能。”

“以茑屋的性格，绝不会投资看不上眼的人呢……优婆塞有画画的才能吗？”

“才华横溢，茑屋不可能否认拥有如此水准的画师，所以才有人猜测优婆塞是否就是重政。重政当时就住根岸，可能性自然很高——不过重政怎么说也是京传的师父，如果没有特别的理由，化名写乐的可能性也很低。重政是当时浮世绘界的权威，歌麿北斋那批画师都深受其影响。以优婆塞名义出一本书也就罢了，但一百好几十幅版画全都使用化名，就算他乐意，茑屋也绝对不会服从。”

冴子无言以对。

"还有一点，且不论和化名说的关系，在这里出现重政的大名还真有些意思，而且还有长喜背后的江汉……"

津田翻开笔记本一阵写写画画。

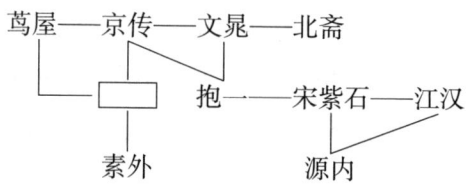

冴子凝目盯着图示，问道："这是什么？"

"当时文化人的交流图。连着线表示接触密切，比如师徒关系或是友人……中间方框里的人物就是重政。重政又是素外的俳谐门生，给素外的好些本书画过插图。只要把重政加进去，关系图就完成了。如果再假定重政就是优婆塞，化名说涉及的人物几乎都包含在图里了。"

冴子再次看向图示，赞叹道："真的呢……好神奇。"

"虽然是很后来了，抱一把家搬到了重政眼皮底下。或许会说只是偶然吧，可是看了这张关系图，怎么想都不像无心巧合。这些人全都和茑屋牵上了线，就算不是直接往来，应该也是相识的同道中人。"

冴子哑然。

"假如当中一人就是写乐，你不认为其他同伴肯定知情吗？"

"是呢，确实都应该知道。"

"可是没有任何一个人就写乐问题泄露只言片语。京传甚至还为《浮世绘类考》做过追记，却绝口不提写乐之事……难道背后的秘密如此重大吗？就好像全员都被勒令封口一样，写乐的秘密放进推理小说的确有趣，不过在现实当中就……我之所以对写乐化名说兴趣不大，就是因为背后的谜团太过复杂。"

冴子失笑道："我倒感觉津田先生兴味盎然呢。"

"呃，反正也要整理笔记，顺便总结一下而已，本身也是没法回避的问题。不过读了这么多其他研究者的论文，到头来我只得出一条结论，写乐就是写乐而已，而且在当时是个不成话题的二流画师。所以写乐在十个月后封笔，之后也绝对不会重返浮世绘界。要不就是死了吧，就这么简单。"

"那就和西岛老师的看法一样喽？"

津田强调道："不对。老师是说写乐是谁都无所谓，抱一也好茑屋也好，只要作品署名写乐，他对写乐的评价就不会移动分毫。我的想法不一样，我认为目前的化名说都不正确，写乐另有其人，而且只是个无名画师。二者完全不同。"

"那就回到原点吧，阿波能乐师的说法又怎么样呢？那人也没名气吧？而且这是很早就有的意见，应该有一定根据吧。"

"并没有他会画画的证据，说到底这号人物到底存不存在都是问题。要说根据，也只有刚才提到的《浮世绘类考》而已，还是抄本。能找到他的画还有探讨的可能，不过一直调查到现在也只是白忙活，希望渺茫啊。"

"这样啊……结果就成了完全出乎预想的人物。既然搜索对象换成了无名画师，怎么说都得花上大功夫呢。昌荣啊……就算硬把他往写乐上靠，似乎也找不出什么联系呢，怎么说，感觉有些没信心了。"

“可能性其实很大。”津田径直答道，“首先，他是无名画家，当然也有作画的证据，而且笔力不凡。从他跟江汉的交情来看，不像是和茑屋完全没有关系。再加上他的画号似乎和浮世绘画师有所关联，又在宽政年间离开江户回到秋田，在我看来这些条件已经足够充分。更重要的一点，他自称写乐。”

　　“那还犹豫什么？听起来简直完全吻合。”

　　“不，还差得远。现在也只是推测，他跟茑屋有何种紧密联系，哪段时间在江户，什么时候回了秋田，为什么停止浮世绘，这些问题都没有确切解答，也就不能立论。不能因为否定了化名说，就理直气壮地说他是写乐。另外，现在完全没有关于昌荣的资料，这是让我最头痛的问题。如果只凭那本画集，无非是多了一条没法解决的化名说。”

　　“可是西岛老师也说很有意思吧。”

　　“虽然有趣，却没有下断定，做研究可没这么天真。”

　　津田简单地结束了对话。津田和冴子周围没客人了。二人聊得很投机，完全忘了时间，一看表都十点了。按预定，明天九点半就得从酒店出发，两人离席各自回房。津田今晚说得太多，嗓子都有些哑了。

第四章　秋田兰画考

十一月一日。

"呀，天气真好。"

碧空明朗，万里无云，温暖得不像十一月的天气。冴子走出酒店，用力伸了伸懒腰。

津田随后出现，催促冴子道："再不出发就来不及了。"

"几点发车？"

"九点三十八分。"

"糟糕，只剩不到十分钟了。是昨天的车站吗？"

"不，小坂线是私铁，站点在别处，不过工藤说很近。"

话虽如此，两人仍一路狂奔。

"这车站可真小。"

冴子冲进候车室，对津田耳语道。离发车还有少许时间，候车室里还有不到二十个座位，正中间放着取暖炉，小小的火苗暖暖燃烧，客人总共只有五名。

不一会儿就有工作人员过来通知检票，二人跟在其他乘客后头进了站台。

"不至于吧。"

津田讶然，长长的站台上只停着一辆红黄配色的列车。

"不是很酷嘛，只有一辆——喂，你看那人，就是刚才在检票口检票的老爷爷呢。"

冴子大惊小怪地指着随乘客一起上车的驾驶员。

孤零零的列车在山体褶皱间穿行，途经好几处停车站，乘客上上下下，车内人数却始终没有超过十人。过客们各自在窗边落座，默默地眺望窗外景色。

山间红叶灼灼燃烧，茂密的树枝似要遮蔽这条单轨线路，树叶带着缤纷色彩涌入车内，不时为冴子的面孔映上绯红。

穿过三条长长的隧道，视野豁然开朗，群山环抱中的小镇映入二人眼帘。漫山红叶围绕之中，沉浸于柔光的小坂镇优美如画，宛如明信片中的风景。津田没来由地预感今天的调查会很顺利。

"请问您是津田先生吗？"

刚抵达小坂镇，二人立刻就被叫住。站前停着一辆黑色双门 Skyline，候在车旁向二人鞠躬行礼的青年看模样也就二十出头，随意地套着一件黑皮夹克，配上窄腿牛仔裤，打扮虽潮，倒留着普通的短发。

"工藤给我来了电话……"

"啊，你是奈良君吧？"

"是的，全名奈良吉秋。"

青年礼貌地报上姓名，这才向二人走来。津田和冴子也礼尚往来交换了问候。

"听工藤说你们的事儿貌似很急啊。小坂最近也闹了些名气，都说忙得只能把工作当休息，我也好歹才挤出些时间。"

冴子讶道："哎呀，工藤先生还说你休假呢……"

"那家伙的请求我没法儿拒绝，在大馆受了他不少照顾来着。"

奈良无所谓地摆摆手，让两人别上心。

"好了，接下来去哪儿？只是个小镇子，没多少地方好转。"

奈良打开车门让二人进入车内，同时带着亲切的微笑询问行程。

"听说奈良君在小坂矿山工作？"

"嗯，不过还没有坐办公室的福分。"

"小坂矿山有资料室吗？"

"资料啊……你们对山感兴趣？"

"不，是想知道小坂矿山从前的情况。"

"那就不清楚了，超出了我的兴趣范围。不过矿山里头或许有吧。"

"这样啊……"

"既然不是冲着山来，可以去乡土馆看看，最近镇里刚建上。"

"有乡土馆？太好了，就把我们载到那儿吧。"

津田不禁暗呼走运。

乡土馆离车站只有五分钟路程。

眼前的砖砌雅致建筑名曰乡土馆，倒更像一座教堂。三人走了进去。

大厅正对面挂着一块巨大的照片展板。起初津田以为照片只有一张，走近一看才发现是由无数块二十厘米见方的白瓷砖拼贴而成，每一块上都印着图案。被刻意印制为深棕色的瓷砖透着古香，鲜活再现了小坂的古老街景，就连沿途而行的路人也清晰可辨。自矿山大烟囱里喷出的黑雾几乎遮云蔽日，传达着当年盛况。

冴子读着展板解说，嘀咕道："这是佐藤正吉居住时期的照片呢。"

"大正二年，是佐藤去世七年后啊……"津田跟着望向解说，"我出发前查了些资料，据说小坂是东北地区头一个用上电灯的镇。"

"真的？果然因为矿山的关系？"

"嗯。地方虽小，小坂在文化方面也比东北其他地区更为进步，甚至还有设着歌舞伎专用旋转舞台的剧场呢。"

"曜，难怪能吸引清亲那种名流雅士。"

冴子继续出神地看着展板。稍后，三人上到二楼的展示厅。和津田的期待相悖，展示物几乎都是当地风土人情的介绍。

"看来没啥盼头喽。"

奈良似乎也明白了津田是在寻找某些东西。

"这也没办法，本身又不是什么名人，没有资料也是自然。不过至少该有洪水的记录。"

"请稍等——我在这儿有熟人，这就去问问。"

奈良说完就冲下楼去。终于，从楼下传来呼叫津田的声音。二人下至大厅，奈良和一位上了岁数的男子正坐在厅内长椅上交谈着。津田和冴子施着礼，在两人身边落座。

"二位好，敝姓千叶。"男子略作问候。此人体形瘦小，发间已有相当银丝。他擦拭着眼镜上的雾，问道，"说吧，有何贵干？"

"我们正在调查明治四十年左右住在这座镇里的人物——"

"明治……是什么人？"

"是叫佐藤正吉。"

"没印象……你说他住在小坂镇？"

"嗯，大概是从三十五年开始，直到明治四十年应该都住在这里。"

"这么说是矿山的人喽？"

"不，这还不清楚。"

津田从挎包里取出画集的复印件，只抽出清亲的序文递给千叶。千叶点上烟，暂且阅读着纸上的文字。

"原来如此……是死于四十年的那场洪水啊，这么说果然是矿山的相关人员吧，那年只有矿山在大汤川洪水里受灾，镇子本身几乎没受影响……"

奈良问道："大汤川……就是那条丁点儿宽的小河？"

千叶答道："没错，是流经矿山的小河。从前上游配合发电站建着堤坝，后来被大雨冲垮，把元山一带毁得干干净净，死亡人数好像在五十以上。"

奈良讶道："竟有这事……我的工作地点就在元山，从没听说过呢。"

"不过挺奇怪啊。"千叶歪了歪头，"这位佐藤是个有钱人吧？元山一带只有下等劳工的职工宿舍……他去那种地方干吗？"

"只是偶尔去山里转转吧。"奈良突然明白了，"是了，他是想去救援，结果被洪水给卷走了——"

千叶点头赞同道："哎呀，怪不得，这的确说得通。"

冴子冲津田问道："可是……佐藤正吉的家没被淹吗？"

"我想没有，序文里没提及家里情况，只说藏画没被冲走。还有一点，之前我一直有些疑问，为什么全家人都安好，只有佐藤正吉一人遇难，听了奈良君的话总算释然了。"

"嗯，确实如此。"

津田问道："接下来——请问佐藤正吉的家住在哪一带？"

"哦，如果是矿山人员……元山之外应该还有一处高岗上的职工宿舍。"

"具体在什么地方？"

"小坂的山丘上，跟矿山隔着些距离，管理人员都住那儿。"

津田追问道："现在那片高岗上还留着宿舍吗？"

"早都改建成了矿山职员的住宅区啦，老房子一间没剩。"

津田大失所望，仿佛乍现的曙光转瞬即逝。

"有什么办法能查到洪水遇难者吗？"

见津田一脸消沉，冴子忙向千叶询问。

"天知道——反正这里没有，就算去其他地方估计也很难查到。矿山这种地方不太寻常，聚在那儿的家伙跟流浪汉没两样，名字也是随便乱报吧……现在当然完全不同。"千叶看着奈良，补上最后一句，"总该有纪念碑之类的吧。"

"没有，至少我没听说过，只知道那场洪水的遇难者很多。"

"可是佐藤正吉并不是普通的劳工呢。"冴子并不放弃。

"你说这人啊——去公所问问或许还能有点儿收获吧，不过户籍移没移过来也是个问题。他是静冈人吧？户籍多半还放在老家呢。"

"不太明白您的意思……"

"是这样，没有户籍也就没法做死亡记录。就算人死在小坂，销户这种工作得在户籍所在地的公所去办。"

（原来是这样。）

津田从没考虑过这种可能。

"那个时代的居民证转移可不像现在这么简单——不过反过来说，就算不办这道手续也没什么大不了……总之，先去公所看看再说吧。"

千叶有些不耐烦了。

"还有最后一个问题，"津田锲而不舍，"您是否听说过一位名叫近松昌荣的秋田兰画画师？"

"兰画啊……直接去隔壁的图书馆就行，那儿有个什么乡土研究所，应该也有兰画的资料吧。"

千叶指向隔窗可见的建筑。三人谢过千叶，移步图书馆。

建筑并不算大，但在镇办图书馆当中称得上气派。穿过入口，左侧是条走廊，尽头处设着阅览室，"乡土研究所"就在走廊半途的右手边。打开门，只有八张榻榻米宽的房间里放着四张阅览桌，一圈书架围在外侧。屋里空无一人，应该可以自由取书阅览吧。书架里收放着秋田县相关书籍，从县内各地收集的公报、同人志等资料都用纸夹装订成册。

"喔，原来还有这种地方，我都不知道呢。"

奈良看着书架，一阵感叹。

"从哪儿开始？"

冴子干劲十足地询问津田。

"唔，先挨个儿找找看起来和秋田兰画沾边的画集或者图录吧，我来查从前的资料——"

津田看向书架，开始从左至右移动视线，《秋田风土记》、《秋田藩与久保田城》、《小坂镇史》……看到似乎相关的书目，津田就取出来查看目录。眼下没有闲工夫让他坐在桌旁慢慢阅读，津田就站着取出一本又一本书快速浏览。

冴子则选出了好些本大型画集或图录放在桌上查看，奈良也无奈地就近拿出几本做做样子。

津田同时也留意着佐藤正吉的信息，仍然一无所获。明治四十年的那场洪水在很多书里都有记述，但没有一本记载了遇难者姓名。甚至还有名叫《乡土史料系列》的藏书，却同样没有提供任何线索。调查逐渐涵盖地方性文艺杂志和镇报，津田认为当中也有提及土古老土地的可能。自打进入房间已有一小时，调查却毫无进展，津田渐显焦躁。

只听冴子欢呼道："有了，找到了！"

津田立刻问道："有什么发现？"

"该叫画集吧——最初从这里开始调查就好了。"

冴子用手指夹着页码递给津田。

《秋田书画人传》是昭和五十六年发行的地方出版物，细致收录了从江户初期直到现代的秋田县籍书法家、画家之成就，是厚度超过三百页的心血之作，编者名叫井上隆明。津田开始阅读冴子所示的页码。

　　近松昌荣,秋田画家,出仕佐竹氏,文政中人〔升〕

"这就完了？"

津田失望至极。这本书总共收录了三百二十三名画家，以昌荣的记述最短。反观小田野直武等人，不仅使用了跨度三页的详尽介绍，甚至还配有四张插图，昌荣却什么也没有。

"哎……最起码，可以证明昌荣的确是秋田藩士啊。"

冴子不满地回答。

"就这么点儿内容，还不如画集的小传呢……这里的〔升〕指什么？"

"哦，貌似是引用文献。"冴子把书翻到第一页，念道，"这个〔升〕是指升屋旭水编著的《羽阴诸家人名录》（故丰泽武藏原稿、大正三年）……其他条目也有带这标记的，都只一两句话，估计是简单的备忘录。"

"唔，或许是没别的资料可用，只好选择那本人名录。"

津田翻着书页，只看引用自〔升〕的条目。但凡带这标记的画师介绍，全都没有配图，记述也寥寥数语。

> 长谷川听秋，秋田市画家，名保敏，南派画〔升〕
> 三浦文溪，鹿角画家，名富作，习自文岭〔升〕

"看来也并非只有昌荣特别简短，或许原作者就喜欢三言两语吧。"

津田深感遗憾。这位名叫升屋旭水的人物应该亲眼见过昌荣的作品，否则不可能记下毫无资料可循的无名画师。参考他对其他画师的记录，似乎流露着非亲触则不书的自信。

（为什么不留下更为详细的记述呢？）

画集的小传也是如此，西岛也认为那段文字或许是摘自挂轴题字或抄本。既然照抄，不如原原本本全数收录，哪有必要刻意精简。

（是因为对汉字的使用太过娴熟，所以养成了简洁表现的习惯吗……）

津田有些着急。

冴子看着目录，意味深长地道："还有叫近松荣和的画师呢。"

"当真？"

"不过好像是明治人。"

"明治年间啊，那就不用考虑了。"

冴子无视津田的意见，径自翻到相应页码。

"哎呀，这人也是秋田藩的画师——而且是江户时代生人。"

冴子摊着书递给津田，这一页上还配着插图，记述也比昌荣长很多。

近松荣和（文政四年，明治二十二年）

画家。本名远藤昌益，号雪翁，字立敬，别号得宜园。父名永昌，汤泽城之城代①。幼主佐竹义诚时期，汤泽城下"黑雾"蔓延，家臣争斗不绝，重臣山方家和原田家之争使家臣对半而分，史称汤泽骚乱。近松作画批原田，绘一武士带原田家徽，另

———————————
① 城主离城时负责守城、行政之人。

书"世间以婆娑二字呼坐女者"双关嘲讽，终酿笔
祸，为避追捕而逃离江户，后归乡寄居矢岛领内（群
马县北部地区），就此当了画师，改姓近松。

"嗯——"

津田若有所思。竖长的配图中画着一只雄鹰，正于松枝
间休憩。雄鹰威风凛凛，笔力可谓非凡。

一旁的冴子探着脑袋说道："这幅画，怎么说——跟直武
的鹰很像呢。"

"直武画过老鹰？"

"刚才看到的。"冴子摊开桌上的画集，翻找插图，"看，
和这幅画很像吧？"

冴子出示的插图也是竖长的松枝雄鹰图，只是鹰眼正注
视着相反方向，除此之外的确非常相似。

"当真很像呢，而且画得很棒。"

旁观的奈良也连连点头。

"不过荣和的画并不是秋田兰画，虽然构图是很像。"

"只有这些还不够啊。"

冴子满脸遗憾。

"很遗憾……其实我更关心他后来为何改姓近松。矢岛大
致在什么位置？"

"矢岛啊，是在本庄附近吧。"

"本庄？"

"对，我有亲戚在那边儿。"

奈良这番话让津田大为惊诧。

冴子问道："本庄？莫非就是那本名画图录提到的昌荣住处？"

"没错，就是那个本庄，绝对没错。"津田点头赞同冴子的推测。

"本莊"是"本庄"的旧写法。经查，秋田县内用"本庄"名的只有一个小镇，距矢岛二十公里，开车只要二十来分钟。

津田看了地图，断言道："他俩果然是师徒关系。他就算没直接被昌荣指导，肯定也为昌荣的画作倾倒，或许是拜昌荣弟子为师吧。我很在意荣和这画号。"

"为什么？"

"虽然口说无凭，但我认为他是借昌荣的荣字……就好比丰国的一众弟子，画号大都带个国字，像国贞啦，国芳、国政，等等。弟子取名时借用师父画号的后一个字，这是浮世绘画师的风习呢。"

"这样啊。"

"还有，虽然荣和是茶童出身，但也是秋田藩的专属画师。能让他甘愿拜师的对象，不可能只是一介小镇画师，而昌荣明显是秋田藩士，从这一层面而言也有充分的可能性。个人推断他是在移居矢岛之后得知昌荣或听闻其名，于是改称近松荣和。"

"这么说并不是偶然呢。"

冴子似在寻求确认。

"绝不是偶然。对画师而言，更换画号是一等一的大事，而且这种乡下地方能找出几个画师？所以说荣和肯定知道昌荣。他甚至还以近松为姓，更加跟昌荣脱不了干系。就算不是徒弟，我猜荣和或许娶了昌荣的女儿或者孙女，从而继承近松这一姓氏吧。"

冴子表示同意，说道："是有可能。"

"总之，荣和的存在可以证明小传里昌荣居住在本庄的说法属实——这一点至关重要。"

除了涉及昌荣跟荣和的资料，津田还从大堆书里挑出洪水记录，在接待处进行了复印。随后一行三人离开了图书馆。

"肚子都饿了，都一小时了。"

津田听冴子一说，也觉得饿了，便向奈良问道："附近有吃东西的地方吗？"

"附近只有食堂……不过前面有餐厅，开车一会儿就到。"

"有件事想请教一下。"奈良抵达餐厅点好餐,郑重其事地看向津田,"说来惭愧,请问秋田兰画具体是个啥?"

"这个,我想想该怎么说……概括来讲,是日本首批学到西洋画技术的画师们创作的日本风景画。"

接着,津田进行了详细讲解。

安永二年(1773年),平贺源内造访秋田,秋田兰画应运而生。时值幕府由田沼意次执政,秋田藩主佐竹义敦(曙山)欲让领地内铜山增产,提出由当时罕见的矿山家源内进行技术指导。而且,源内是田沼意次的著名亲信,曙山此举亦是想以此为契机接近田沼。源内受田沼之命前往秋田,目的地为藩内阿仁铜山。途中,他来到秋田藩属城——角馆。

在这里,源内邂逅了小田野直武。直武为藩士,于角馆侍奉佐竹义躬。二人相会过程已不可考,但直武极擅画,角馆城下无人不知其名,而源内喜画,或经人引介与直武相识。有这样一段佳话广为流传:源内让直武"画自上往下看得之镜饼①",直武煞费苦心总算画成递交,南至源内立刻批评"安能分辨是饼是盆",随即提笔当面为画添加阴影。"此乃西洋画法"——直武闻言当即拜倒,感叹此生首遇值

————————
① 用于供神的圆形年糕。

得拜师之人。故事听来夸张，但从源内其人性格看来，未必就是虚构。

源内对直武大为中意，虽无史料记载，但阿仁铜山的工作结束后，得以谒见曙山的源内想必不吝盛赞直武的绘画才能。源内返归江户后，直武立刻就以"铜山地区产物调查员"的名目被命赴江户。曙山本人学习狩野派，对写生抱有非凡兴趣，恐怕正是他从中安排，希望趁机让直武拜入源内门下学习西洋画法吧。不过曙山此举并不单纯，经由源内亲近意次的线路在当时具有重大意义。将自家藩士放入源内门下，对秋田藩而言绝非损失。

直武来到江户，立刻拜师源内，且寄住于神田大河町的源内家中。源内深爱直武的绘画之才，一有机会就介绍其作品，结果直武之名不满一年就遍传江户，此事甚至出乎了源内的意料——皆因直武负责了《解体新书》的插画。源内向编辑友人杉田玄白的大力推介固然是促成此事的因素，根本原因则是直武本身就具备足以胜任的才能。其精密准确的描写让《解体新书》备受赞誉，直武也一跃成为著名画家。那一年，直武年仅二十六岁。

安永六年，直武结束为期五年的江户生活，暂且返国。自然，五年间直武已从源内那里悉数习得西洋画技法，无疑也向源内的熟识宋紫石多有讨教吧。

宋紫石是承袭沈南苹[①]之流的写生画家，擅长"没骨法"

---

① 沈铨（1682-1760），擅长色彩鲜明的写实花鸟画，1731年东渡日本，对日本花鸟画影响深远。

这一去轮廓线阴影法。虽和西洋画有所差异，但基本理念相同。源内正是在看过紫石的写生画后委托他为自己所著《物类品隲》①绘制插图。

源内身兼博物学家、本草学家高名，《物类品隲》正是最能体现其特质的书籍。全书共五卷，各国物产、矿石、植物，齐聚大量罕见之物并做解说，放到现在该叫自然科学图录集。这类书籍对插图正确性、详尽度的要求可想而知，宋紫石正是符合源内要求的画师。

另一方面，回到故乡角馆的直武接到了意想不到的命令，被要求前往本藩久保田城（秋田市）出任藩主佐竹曙山的内宅专侍，可谓破格晋升。

直武移居秋田，为曙山指导西洋画。曙山本就具备绘画素养，不多时便应用自如，秋田兰画自此诞生。藩主爱好怎容藩士说不，请求拜师者数量之众，让直武大伤脑筋。

一年后的永安七年十月，直武随曙山参勤交代②再度赴江户拜见源内，喜述秋田兰画之勃兴。源内欣慰不已。二人共祝再会，畅谈今后西洋画的发展。同一时期，宋紫石之徒司马江汉出入源内宅，向直武学习西洋画法。

然而，被认为前途无量的直武突然蒙上了小小的阴影。这一时期，源内的精神逐渐异常，不仅因琐事同出版商、资助者口角，还恐惧才能被弟子盗取，禁止一切人等进入他的房间。

---

① 江户中期博物学著作，正文四卷，图鉴一卷，另有一卷附录，行文深受中国本草学影响，插图则偏向荷兰博物书籍，被认为是从原有本草学向西洋博物学过渡之作。
② 各藩大名交替前往江户替幕府将军执政的制度。

源内的异样传至外部，他虽受田沼意次恩宠，弟子直武却在藩中备受非难。而后，安永八年十一月，源内因杀人罪被捕入狱，详情不明。一说偶然拜访源内住处的徒弟误入其房间，好奇翻阅手边资料时被源内撞见，遂遭斩杀。

无论如何，这一事件对直武和秋田兰画是致命的打击。按照秋田藩官方记录，直武于同月接到了经由藩国转交的"解任建议"，但未提及辞退理由。这实际是当政者的避责处置，以此抹消犯罪者源内同秋田藩的关系。"解任建议"听来冠冕堂皇，实则是将直武遣送回国进行幽禁，不容他踏出家门半步。对直武而言正如被投下地狱。

回到角馆的直武被世间遗弃，在绝望中痛苦度日，终于翌年五月十七日离世，年仅三十二岁。切腹自杀、服毒、发狂……流言四起，人们纷纷揣测其死因。

他的法名是"绝学源真信士"。在安葬直武的角馆松庵寺中，死者名册上只记有"绝学源真，安永九年五月，小田野平七之子"——直武之名避而不提，可见他过世之后，姓名更加没人愿提。

秋田兰画随直武死去而告覆没，自生而灭只经历了不到十年。

"归根结底，秋田兰画由源内开幕，又由源内落幕。"

津田一言概之。三人用完了晚餐，咖啡正好上桌。

奈良问道："油画又是由谁起的头？"

"不好下定论，有人说是源内，不过在他之前似乎就有先行作品。"

冴子问道："源内是跟谁学的？"

"地方似乎是长崎，具体就不清楚了，恐怕是自学成才。"

"自学？"

"当时有很多油画流入长崎，恐怕他是依葫芦画瓢。你也知道据说是他的作品的《西洋妇人图》吧，那幅画的原型现在还留在长崎呢。"

"这样啊，他还真能干。"

"不如说是固执吧。"津田笑道，"他似乎还有制作电机和热量仪的根底呢，说是外国人能做的东西日本人不可能做不出来。完全是个牛脾气。"

"电机倒听过，热量仪是什么？"

"就是温度计。源内在长崎的翻译那里第一眼看到实物就宣称弄懂了原理，还向周围人放出豪言，说只消两天就能做出来给大家看，结果往后很多年也没见他动手。"

“为什么？”

“据说源内认为没有制作的价值。盛夏天里遇上酷暑，就算知道温度也没法变凉快，根本没用。”

“话是不错——”冴子失笑，“听起来就像巧妙地搪塞过去呢。”

“周围那些人似乎也这么看。不过很多年之后，他趁着闲暇当真做成了。不过嘛，怎么也花了一个礼拜。”

冴子叹服道：“嚯，真厉害。”

“他总共做了两个，一个给田沼意次，另一个献给了故乡高松的藩主。”

奈良不断点头道：“这人真厉害。”

“所以说，光看着油画就能悟出技法和画材也不足为奇。只可惜源内自身缺乏画画的才能，所以他才四处寻求人才，希望让油画普及开来吧。”

“于是他偶然遇到了直武这号人物喽？”

“就是这样。对源内而言，直武是个再合适不过的人选，既年轻又有旺盛的好奇心……”

奈良奇道：“秋田能弄到油画用具？”

“不，秋田兰画完全不使用油画用具，果然因为太过稀有吧。他们都采用日本画用具创作西洋风格的作品，只是用刷子在画上涂一层香漆，类似现在的清漆，这样做出油画的材质感。”

冴子问道：“香漆？”

“好像是把松脂熔成薄薄的一层。”

"哎呀，那挺费心思的。"

"就算知道画具材料也很难弄到，只能用日本画具代替，但又希望做出相似感，自然得下功夫琢磨。我感觉使用就是源内的主意……虽然只是装样子，这一点也很符合源内的性格。"

冴子微笑道："就算没意义，也要做得像样呢。"

"这么说江汉的西洋画也不是油画喽？"

"他画西洋画是很久之后了，已经用上了货真价实的油画用具。而且江汉本来就不管那叫油画，而是自称蜡画。"

"蜡画……是和蜡烛有关？"

"单纯只是感觉而已吧。他是把'油'跟照明用的灯油弄混了，所以和'蜡'画上了等号。"

"你刚才说很久之后，大概是在什么时期？"

"大概是进入宽政年之后吧。倒也有一两张时间更早，但就我所知的作品几乎都在进入宽政之后。"

"宽政啊，就是写乐时代呢。"

"没错。要说时间顺序，是在源内、直武去世大约十年之后吧。"

"过得真久啊……这么说江汉向直武学习西洋画并不属实喽？"

"不，这话并不假，只不过他所学并非油画，而是西洋画的基础技法。在目前传世的江汉画作当中，有不少完成于宽政之前的天明年间，都是没有使用油画用具的秋田兰画风格作品。刚才不也在图书馆看了吗？是曙山和江汉合力完成的作品来着。"

"对哦，是那张江汉负责人物，曙山绘制背景的作品吧。"

"没错，那就是江汉的初期创作，完全使用日本画具。"

"具体是哪一年？"

"曙山死后的天明五年，最早也就天明三年（1783 年）吧。"

"这样啊……咦，这么说是在直武过世之后喽？"

"画上并没有标注年号，没法说死，但江汉研究者们是这么看的。"

"曙山在直武死后也没完全放弃兰画呢。"

"怎么说，反正不像从前那样热情吧。据说他在得知直武死讯之后也曾表示就此封笔呢。"

"江汉和曙山到底是什么关系？"

"恐怕是江汉强行进行自我推销吧，那时候他坚信自己会成为日本创作铜版画的第一人——加上源内事件大致平息，藩内的紧张情绪也缓和了七七八八，让他赶上了好时机。"

"他会不会还盘算着让曙山当赞助呢？"

"也有这层想法吧。江汉待人处世似乎很有一套，我猜他实际也经常出入藩主宅邸——昌荣和江汉或许就是在那时候结识的吧。"

"啊，对哦，直武已经死掉了，不可能通过他介绍认识。"

"昌荣是在直武晚年才拜入门下嘛。总之，昌荣得知江汉同是直武弟子，应该很有亲近感吧。当时江汉在江户也是一介名人。"

"江汉对昌荣又是什么态度？"

"多半没什么特殊想法吧，只是当着曙山的面也不好敷衍而已，甚至可能表面上装出很疼爱昌荣的样子吧。"

"怎么感觉这人性格挺讨厌呢。"

"也不怪他。照小传看,昌荣生于宝历十二年(1762 年),当时才是二十二三岁的年轻人,而且还有打秋田这种乡下地方走出来的印象。反观江汉,三十五六岁正值壮年,又致力于铜版画,很有走在文化尖端的自负。凭他的性格,不会亲切到因为同样学习西洋画就意气相投。换作师徒关系或许另当别论,但他对所谓同门没什么认识。"

"没办法,秋田在山区嘛。"

始终默默旁听二人谈话的奈良不好意思地笑了。

"啊,并不是这个意思。"

津田完全忘了正身在秋田。

"没辙。"津田从公所出来,打开车门对车内二人说道,"和洪水相关的记录,这儿不比图书馆多。其实那些资料原本就是由公所保管来着,所以两头的内容都一样……至于佐藤正吉更是连查的心思都没有,直接让去乡土馆。接待的是个小姑娘,完全不知道从哪儿着手,忙活了半小时还是白费力气。看来果然只能指望静冈了,可是那时候的矿山管理者几乎都由东京或者关东下派,也不清楚他们姓甚名谁。佐藤正吉的资料自然一点儿没有,对方也是一脸的理所当然。"

津田苦笑着点上烟,密闭的车内飘起浓烈的烟味。

"查不到也没办法,正吉又不是写乐。"

"这倒是。"

津田哈哈大笑。

津田和冴子在奈良的带领下游览了小坂镇，再度返回大馆的酒店已是傍晚六点之后。

　　二人又去了昨晚那间餐厅。

　　冴子享用着煎鸡排，问道："怎么了？瞧你这一脸郁闷的样子。"

　　"回到房间一整理，这才发现似乎没多少像样的收获，真是白忙活了。"

　　"是吗？我倒认为收获多多呢。"

　　津田不语。

　　"良平不也说吗，荣和的存在证实了小传里头昌荣居住在本庄的说法。而且还知道了昌荣是个挺受赞赏的人物……说实话，我是不相信写乐会在那种偏远的地方默默无名地度过一生啦。好在有荣和出场，这下我就安心了，写乐似乎悠然自在地过着下半辈子呢。"

　　"可是这已经不属于小传范畴了。"

　　"至少证明了小传的正确性啊。虽然不能因为其中一条符合事实就断言全部属实，不过昌荣和江汉相互认识也没瞎说吧？我是认为小传传达了相当程度的事实，昌荣在宽政年间返回秋田也不假……"

"嗯，的确可以这么说。这样一来昌荣就是写乐的可能性也……"津田的表情终于恢复明快，"真是如此，昌荣铁定也曾居住在这大馆，从这点入手不知能不能抓到什么线索。"

津田和冴子不禁眺望着餐厅窗外铺开的大馆市景。

（在历史的另一头，写乐也和我身处同一座城市吗……）

津田重生感慨。

"佐藤正吉就是在大馆得到昌荣作品的？今天乘坐的小坂铁路，那时候就有了？"

"不，直到明治四十二年（1909 年）才修了铁路。不过两地距离很近，想频繁来往也不成问题吧，怎么说也是奥羽本线的乘车站嘛——清亲也是在大馆下车，然后再到小坂。"

"角馆离这儿就很远吧，明治时代从小坂到角馆肯定要命。换了本庄，更是横穿整个秋田呢。要说能让正吉弄到昌荣作品的场所，也只有大馆而已呢。"

"是啊，那幅留着写乐名字的挂画如果真是宽政十年的作品，的确该是他住在大馆时期的产物。"

冴子喃喃道："真不知昌荣是什么时候搬来这儿的……"

津田叹道："的确是个问题——事实上也是我最为关心的地方。"

半小时后，津田别过冴子回到房间，开始在笔记本上整理今天的调查结果。电话铃骤然作响。

"是我。"他刚一拿起话筒，国府的声音就闯入耳中，"刚才跟冴子通了电话，你们的调查之旅貌似很有趣嘛。听说还找着了昌荣的弟子？"

"是的，目前只能说有这种可能性。"

"又摆出慎重居士的德行啊。"国府的笑声从电话彼端传来，"对了，昌荣具体是什么时候到了大馆——"

"嗯，这一点还不清楚。"

"不，给你打电话就是为了这事儿，其实偶然让我查到了。"

"当真？"

津田难以置信。大馆的本地人都一筹莫展，国府又何以突出重围？

津田不禁追问。

"也没什么大不了，听冴子说你们在大馆，我突然来了灵感，通完电话之后查了查手边儿的地名辞典。就是那种小本的，三省堂出版的东西。等着，这就念给你听——大馆市，米代川中游流域，大馆盆地中心都市，人口 77664。镰仓时代浅利氏根据地。庆长七年（1602 年），佐竹氏设置大馆城代，统辖比内阿仁。宽政七年（1795 年）秋田藩设郡奉行①——"

津田惊道："宽政七年？"

"没错，宽政七年，正好是写乐停止创作销声匿迹那年。"

"可是和昌荣有什么联系？"

"昌荣后来不是归藩了？我认为这归藩不是单纯回乡，而是就任。他是得了官职，回大馆赴任——去奉行所当公务员。这绝对跟阿仁铜山脱不了干系。大馆曾统辖阿仁，我查了资料，阿仁全盛时有逾两万居民，源内那时正好在阿仁铜山进行指

---

① 江户时代各藩国职务名，统管郡内地方官，负责地方农政、民政、诉讼等。

导，算得上是宽政年的鼎盛时期。然后就顺势新设了郡奉行，因为矿山容易暴动嘛。当时人手不够，还从江户周围招了好些人回去。"

"阿仁铜山啊，这么说来直武的官职是——"

"铜山地区产物调查员，对吧？"

"没错，是这么叫。"

"秋田藩没有以画师名义把直武派去江户，对待弟子昌荣应该也是一个套路。"

"的确。就画师身份而言，昌荣在秋田藩内的接受度肯定不如直武……"

"于是乎，在江户逗留期间，昌荣很可能也被委任了和铜山相关的职务。有了铜山这层关系，又恰好遇上新设郡奉行人手不足……"

"原来如此，难怪小传只写昌荣是藩士，而不提私人画师，这样一来就足以解释了。"

"终于把慎重居士说服了？"

"请别捉弄人，每次都这样。"

国府大笑。

"可是我还真有些害怕。"

国府问道："怕什么啊？"

"宽政七年的确和昌荣接上了线，他就是写乐的可能性的确越来越高，七年对写乐而言肯定是有重大意义的年份……走这一趟本身就是为了调查写乐和昌荣的关系，现在说这种话肯定很奇怪，但我真的不觉得这是现实。"

"谁让你是发现人呢。假如这是别人提出的观点，你会怎么想？"

"嗯……的确，虽说还缺少和茑屋的关系，不过我多半会认为这是相当有力的假说吧。"

"伤脑筋，你也太没气势了……不过或许这也是你的长处吧。要说茑屋嘛，大概已经找到线索了。"

"昌荣和茑屋真有往来吗？"

"怎么说，我也不是光顾着混日子。反正赶在你回东京之前我先整理整理吧。"

"是资料吗？"

"是记性——资料看得太多，脑子都有些乱了。"

国府还认真地加上一句"冴子就拜托你照顾了"，这才挂了电话。

（宽政七年、大馆、昌荣、写乐、宽政七年……）

津田漫无目的地重复着相同的名词，任它们在脑海中出现消失，循环往复。

第五章　天明相关图

十一月二日。

一行人坐着工藤驾驶的汽车，中午之前就到了角馆，全程也才两个半小时。经工藤介绍，二人在地处角馆中心位置的酒店拿到了房间，但还不到入住时间，只能把行李寄放到服务台。之后津田邀请工藤上酒店二楼的食堂用餐。

"我要乌冬面。"

连日的油腻食物已经吃得发腻，冴子连橱窗也懒得看，径直点了餐。津田和工藤则点了吉列猪排。

冴子愕然道："亏你们还吃得下去。"

店里没有其他客人，三人在窗边落座，街景一览无遗。

冴子俯视着停车场，嘀咕道："啊，是昨晚那人呢。"

"谁？昨天的什么人？"

"看吧，正往这儿来呢，昨晚也在大馆跟我们住同一家酒店。"

津田向冴子凑过身子，往下方的停车场望去，一名三十五六岁的瘦高男子正往津田的方向走来。男子登上了从停车场直达食堂的楼梯，看来他挺清楚这里的配置。

"咦，怎么是他？"

冴子问道："你认识？"

"嗯。是盛冈古董店的老板，我常去他店里。"

"这样啊——所以他才盯着我们看啊。"

"盯着我们？什么时候？"

"昨晚在酒店的餐厅——对哦，良平坐在我对面，看不到呢。这人始终一个人坐在最里边喝啤酒呢。"

"嚯，还有这种事。"

"他还时不时地往我们这儿偷看，让人很不舒服。"

"他是喝高了吧，冴子又是个大美人嘛。"

"别贫嘴，才不是那种感觉。"

冴子难为情地笑了。

进入食堂后，男子选择了和津田一行稍稍隔开距离的位置入座。津田始终盯着男子，一瞬间，四目相对。津田反射性地低头问候，男子一阵困惑，这才恍然大悟地打了招呼。

"果真是你啊。"

男子露出笑容，起身向三人走来，却又搔搔头道："你是——真抱歉，一下想不起名字。"

"津田。"

"对，对，津田先生！我就觉得眼熟，结果忘了名字，昨夜就没跟你打招呼。"

"是在酒店的餐厅吗？"

"什么啊，真不够意思，既然看到就吱个声嘛。"

"不，我也是刚刚才听别人提起。"

津田顺势介绍了冴子。

加藤笑着自报家门道："在下是不来方美术的加藤。"

"汉字要怎么写呢？"

"也对，给你张名片吧。"加藤掏起内兜，"这么说，你不是盛冈人吧？"

她是冈山出身——津田代答。

"我就说，盛冈人怎么会不知道不来方嘛，不来方是南部藩的城名①呢。"

冴子听了加藤的说明，点了点头。加藤把位置挪到冴子旁边。

"最近怎么没来店里露露脸？"

加藤点上一根云雀烟，随口向津田问道。

"最近都没回盛冈。"

"对哦，津田先生是在东京。"

"是的。店里怎么样，想必生意兴隆吧？"

"哪儿能啊，简直闲得长草。这一趟也是要物色新货，最近的东西都不够看。"

"浮世绘怎么样？"

"没戏，好货全给中央拿走了，轮到我这儿能有国贞都算走运了。"

加藤的古董店以刀剑类为主，也兼营浮世绘。但凡津田回到盛冈，总会去上一两次。不过加藤是个寡言少语的男人，至今两人几乎没聊过买卖之外的话题，也难怪他叫不出津田的名字。

"你总是亲自出门采购？"

———————
① 最初没有盛冈这一地名，南部氏设城时称"不来方城"，现成为岩手县盛冈市雅称。

"每半年怎么也得给店里换换样子，要不客人都腻了。这回是想在大馆、角馆、横手一带看看。"

"在大馆有什么收获？"

津田灵机一动，加藤的生意需要走访店铺，或许正是打听昌荣的绝佳人选。

"没有像样的东西。津田先生是研究浮世绘的，可那儿只有武者绘之类。"

"有秋田兰画吗？"

"兰画啊……您老啥时候对这种东西感兴趣了？"

"也不算，只是调查刚好涉及这部分，所以才来秋田转转。"

"原来如此。眼下还没见着，我从开店到现在也就收过两三回。好东西大致都现世了，没多少发掘余地。"

"这样啊。"

加藤见到津田失望的表情，安慰道："角馆虽说是发祥地，这儿的传承馆也只是做做样子，真心想查还得去秋田市。"

"倒不是想看画，是在调查画师。"

"曙山还是直武？"

"是直武的门生，叫近松昌荣的人物。"

"这就不清楚了，没听说过。"

"这人也住大馆。"

"曜，这一带还有兰画的画师？也对，毕竟是秋田境内……"

"他留下来的作品还很不少呢。"

"是吗？其实兰画里能卖起价的画师也就四五个。"加藤回忆着人名，"曙山、直武、义躬、云梦，稍差一截的还有独元斋①。就这几人吧，要挖出他们的作品可是大新闻。"

"义躬的儿子义文怎么样？"

"他那是公子哥儿的艺术。不过嘛，说不准还挺值价。"

"其他画师都不值价？"

"倒不是不值价，只是实物很少流通，所以很难标价。有这么条流言，说很多作品都是昭和初期重新落款来的，所以才有直武、曙山他们的假货流进市场。"

冴子没有听懂，问道："重新落款？"

"就是事后用其他画师的名字落款。通常都选没落款的作品下手，有些手狠的就把原本落好的名字裁掉，再在空出的画面上重新落款。"

冴子奇道："这种东西也能流通？"

"很遗憾，这类冒牌货不在少数。遇上卖不动的货色，就用这手换上其他画师的名字挂羊头卖狗肉。貌似秋田兰画这块儿特别严重来着，因为临摹太多，很难区别哪张出自一流画师，哪张又是二流，所以特别容易移花接木。"

"嚯，这么说昌荣也……"

"藏家手里的东西另当别论，在市场上倒来倒去的那些有冒牌货也不奇怪。"

津田呆呆地盯着加藤。

"你要找的那个昌荣，水平很高？"

津田默默点头。

---

① 荻津胜孝（1746—1809），江户时代中后期画家秋田县久保田藩士，向平贺源内及藩主佐竹义敦学习西洋画，号独元斋。

“那可能性就更高了。直武是不至于啦，给改成义躬之类倒很可能。”

“可是……”

津田为之语塞。

（开什么玩笑！昌荣说不定就是写乐啊，却被无知的家伙给……）

不过，津田无意和加藤讲得太深。

“做这种事情是想干吗？”

“你问干吗……一眼就能拆穿的姑且不论，做得高明当然就成了名画师的作品喽。这一行是凭眼力分胜负，买到假货只能自认倒霉。”

冴子语带不善，问道：“明知是假货还卖？”

“明确是假货就不会卖给客人，只会拿去业者间的交易会，算是某种形式的抽鬼牌吧。假货会被最没眼光的同行买走，之后的事情就天知道喽——”

“真有些过分呢。”

冴子意在征求津田的同意。

加藤微笑道：“这是彼此彼此。我也好些次拿到这种嫁接货，那时候也在心里头痛骂卖家不地道。不过开古董店的，这样才能长眼力。怎么说，一想到是花钱买教训，也就不恼火了。”

“但当时之所以会买，自然因为不知道是假货吧，这么说也可能卖家本人也不知道有假？”

“肯定。”

"肯定？一个不知道就不用负责任了？"

"没理由负什么责任吧。卖家之所以敢卖，就是相信那是真货，对买主并不构成欺骗。再有，做这行绝对不会兜售假货，毕竟事关一家店的信用。为了一时利益砸掉好几年辛苦建立的信用，这种亏本买卖可没人做。"

冴子似乎接受了加藤的解释，点头道："也对……"

"如果卖出后才察觉是假货，大部分业者都会照原价收回。"

津田来了兴趣，问道："之后呢，又怎么处理？"

加藤笑道："装出不知道的样子拿去交易会上。一说是假货，谁也不会买嘛。然后作品就在全国不停转手，最后流到日本最没眼光的业者手里，这件作品就算有着落了。"

冴子登时哑然，叹道："真是个不得了的世界呢。"

"只要能赚钱嘛。像横山大观那种画家，二十张里至少十九张是假货，这就是这世界的常识，凭着半吊子的知识只会被假货追着跑……也还有不少趣谈。据说某位古董商机缘巧合买到一幅挂轴，落款是个相当有名的画师。如果是真货，在同行间能给出三四百万的高价，结果那人只花七十万就拿下了。因为别人都吃不准，没敢出手。那人自信，毅然买回店里挂着，结果没有买主。倒不是被人无视，几乎所有人都只是花大把时间左看右瞧。至于理由嘛，貌似是因为画得实在太好了。要知道，那个画师的俳画很多，而且有'难以言喻'之评。可是吧，那幅画似乎精细得过了头。谁也没说那是假货，却都不肯出手。一来二去，古董商就放弃了，只好拿回交易会上转手，可惜同行都不吃这套。最后你们猜他怎么着？"

三人纷纷表示茫然。

"他把落款裁掉了。"

众人无语。

"一口气裁个干净，然后比着宽度重新裱起来。这回他直接拿到中央的交易会，一切以画本身决胜负。结果啊，给报了两百万的高价呢。"

冴子惊叹道："怎么可能！"

"别急，还有后续呢。过了好些年，他跟专攻那位画师的藏家聊天，把当年去掉落款之事一讲，藏家立刻来了兴趣，连忙追问买家。不过东西在谁手里已经说不清，早都在会上转手了。他就给藏家看了那件作品的照片。那藏家一看，当下大惊，立刻不说话了。那是真东西，而且是画师鼎盛时期的作品！藏家说让他给八百万都愿意收！就是这么个故事。"

"唉……"

众人皆是叹息。

"把真品专门重做成近似假货的样子，简直笑死人。太拙劣了不行，太高明了也不行，简直是门不幸的营生。"

话虽如此，加藤却一脸愉快。

津田问道："刚才提到的照片，是偶然拍下的？"

"不是。干我们这行，很多人都习惯给经手的货物拍照。倒不是为了留念，是便于自我学习提升。而且有了照片，到哪儿都能随身带着试探客人的意向。现在有拍立得嘛，很方便。"

"这么说，如果是经手秋田兰画的古董商，或许也……"

"照片应该会有吧。"加藤一笑，"哈哈，你是想查昌荣吧。"

津田点头。

"确实可能留着照片，不过我想并不会让客人过目吧。那种东西多半还记录着价格之类……"

津田叹道："看来很难啊。"

"除非是超级有信用的熟客。"加藤盯着津田满脸消沉的模样，"好吧，我替你找找看……明后天我就在店里了，到时候给我来个电话。"

"感激不尽，有劳了！"

津田深深低头。

冴子目送加藤离去，嘟囔道："真是个怪人。"

"会吗？我是没什么感觉。"

"完全看不出他那人是好是坏呢。说不准啊，那种人意外地有一手。"

"你说对了。他是盛冈最年轻的古董商，都说他很有眼力。"

"是叫不来方美术吧，就是公园下面的大铺子？"工藤有些印象。

"没错。其实加藤并不是盛冈出身，听说是山形还是别的什么地方……反正不是继承父母家业的公子哥，总之人很厉害。该说他是利益至上吧，看穿在我身上捞不到钱，一直也没怎么搭话。这一点算是冷酷无情吧。"

工藤赞同冴子之言，说道："是吗？我倒感觉他很亲切呢。"

津田轻笑道："谁让他对冴子有意思呢。那家伙是单身。"

"才不要呢，那种怪家伙。"冴子皱眉嘀咕起加藤脖子上的细条红围巾，"是挺搭调，可他一副'我也知道很搭调啦'的样子看了就不爽。"

"女人心海底针啊。"津田不觉一叹，"不过还真是听到了不得了的情报。"

"是说昌荣的作品或许被扣上了其他人的名字？"

"嗯，那就真是束手无策了。画上标的'写乐改'指不定是说裁剪篡改。"

"怎么可能，你想太多了——"

"但愿如此。那幅画的水准相当之高，而且是铜版的临摹，就算把落款改成直武，也难一眼识破。"

"可是写乐的名字就能简简单单舍弃吗？"

"直到战前，几乎所有人都相信写乐就是阿波的斋藤十郎兵卫，他的画虽棒，但嫌写乐落款碍眼的人不在少数，就算不出于买卖目的也一样。可不是，阿波人怎么会画秋田兰画嘛……任是查辞典查画集，到处对写乐身份的判定都一样，要我生活在那种时代，肯定也相信落着写乐名字的兰画是冒牌货。那些作品全被藏家保存着还好，如果老早就流入市场，被嫁接的可能就相当大。"

"或许吧……"

"原本的收藏人正吉已死，就算作品很快被古董商收走也没什么奇怪。就算带回静冈，秋田兰画也没什么卖相，倒不如……照这思路，怎么都不会往好的方向发展啊。"

"可是至少有照片啊，能成为证据吧？"

"很遗憾，我担心的还不是这一点。我在想，或许写乐的作品被改换上直武或者曙山的落款，却没能成功地冒充真迹，直到今天也在什么买卖会上转来转去——刚才我还希望能从古董商的照片里找到些线索，现在倒想祈祷别有任何发现呢，要不写乐就太可怜了。"津田缓缓说道，"另外，刚才跟加藤先生谈话，让我想起来一件事。有资料表明写乐会画油画。"

冴子惊呼道："当真？"

"是个叫井上和雄的研究者提到的。他说《浮世绘类考》的副本里似乎有'又能油画，号有邻'的说法，意思是又能作油画，画号叫有邻。"

"为什么说'似乎'呢？"

"他没有亲眼看过副本，最近的研究也都把这段记载当妄说，谁也没上心。"

"是化名说的其中之一吗？"

"但这段话是出现在斋藤十郎兵卫等于写乐的时代，井上先生的原文也是说'十郎兵卫'能作油画……伴随十郎兵卫说被推翻，提及油画的这小段记载也被消去了。现在岩波文库出版的《浮世绘类考》里头也完全删除了副本的记述。没办法，校订岩波版的仲田胜之助似乎认为副本完全没有可信度，自然会删个干净。实际上现今的研究者也都不相信副本的记述，只把它当作异想天开，根本不往心里去。"

"可是，如果昌荣才是写乐……"

"没错，我也早该察觉才对。老师和国府前辈都完全没有触及油画这一块，可见这种说法被无视得有多彻底……因为下意识地把写乐和十郎兵卫捆绑在一起，完全没将昌荣和副本结合起来考虑。在副本里留下那段描述的作者，恐怕亲眼看过昌荣的作品，而且署名还是写乐，或许是他回归秋田改名昌荣之前的作品吧……看了副本的记载，井上先生就简单地置换为十郎兵卫会油画。也不怪他，当时写乐就是十郎兵卫，没有其他候选人。写乐会油画，就等于说十郎兵卫会油画。"

冴子默不作声。

"实际上副本的记述跟十郎兵卫说完全没有关系，哪儿也没写'斋藤十郎兵卫能作油画'，只说'写乐能作油画'而已。因为井上先生巧妙的代换，结果混淆了视听。"

"写乐能作……油画？"

"准确说是指昌荣！"

过度的兴奋让津田忘了控制音量。

"现在怎么开窍了？"

"我在琢磨被篡改的昌荣作品或许正在全国流通嘛，突然就想到写乐时代兰画根本还不火。要是在明治到昭和初期，写乐的名字的确会妨碍兰画的销路，但江户末期兰画本身还卖不动。怎么着也卖不起价，又何必费心动手脚？说不准还有原原本本以写乐名义流通的作品呢……当然是贱价买卖。想到这儿就突然记起了副本的那段内容。"

"嚯，原来如此。"

"真是大打击啊。十郎兵卫说太过深入人心，否则写乐问题说不准早就解决了。盛赞写乐的那个库尔特也相信《浮世绘类考》的十郎兵卫说呢，实在不好否定。回过头想想，清亲之所以点到即止，恐怕也是因为十郎兵卫说吧。国府前辈猜测清亲或许没看过那幅画，其实就算看了也只会当笑话，所以完全没有提及吧。没办法，那是个十郎兵卫说就等于历史事实的时代嘛。"

"这就叫初期调查失误呢。"

津田不无悔恨地咬着嘴唇。

"可不是，结果浪费了至少四十年。其间写乐的画作或许已经被篡改，流散到全国各地了。"

"你的心情可以理解，不过现在都只是猜测，也有可能全被保存着呢。"

"但愿如此，看来我是太把加藤先生的故事当真了。明明是那么优异的画师，从商品的角度看，昌荣的知名度却低得可怜……"

"换了写乐还要更惨呢，真是不可思议。"

"只要有人肯信，就算作假也无所谓，这就是古董的世界呗。"

"写乐和油画就没人肯信吗？"

"说真的，我正头痛呢。现在看来也别指望能在这儿有什么收获了，不如改成观光更有意义。"

津田不禁语带讽刺。

"不过啊，良平能注意到那本画集的题字几乎就是个奇迹呢，换了其他人肯定不会发现。这是写乐在给良平托信呢。"

津田只得向对方报以笑容。

工藤决定利用连休重返久别的老家，二人在酒店前目送他离去后启程前往角馆的传承馆。

　　传承馆同武士住宅毗邻，位于内环，从酒店只需步行两三分钟。这座镇子分为内环和商家云集的外环，酒店正好位于交界处，前方是座被称为"防火地"的广场，建于江户时代，是块防止火势蔓延的空地。

　　穿过广场，宽阔的道路笔直延伸，围着黑板壁的武士住宅还残留着江户时代的面影，于两侧并行排开。左右板壁的包围中，已成为小镇天然纪念物的数百棵巨大垂樱在秋阳中悠悠摇曳，连绵的枝条似将道路掩盖。繁茂的风景中空无一人。

　　冴子悠然漫步，望着巨大的垂樱，赞叹道："好安静呀，真是个好地方呢。"

　　"现在的季节游客正少，你到春天再来，这条路上满满当当全是人。"

　　"来赏花？"

　　"很厉害哟，简直成了樱花隧道。"

　　冴子不觉颔首遐想。

　　这座被誉为"陆奥小京都"的旅游胜地，多年前还只是寂静的乡间小镇。自从NHK的电视连续剧《云毯》将这里选作拍摄舞台以来，便成为游人如织的观光地。通常像这样借剧集热潮火起来的观光地，经过两三年就会迅速被遗忘，但角馆在旅游观光方面至今仍切实地成长着。这座除去武士住宅无甚可观的小镇，正是以历史为卖点收获了成功。武士住宅自不必说，对周围自然环境的保护同样不遗余力，新建高楼也以保护小镇印象为前提，进行了细致考量。

同为居城周边城镇，古迹在盛冈一类现代化都市中只是点缀，角馆则不同，是在完全保有古镇风情的基础上拓展而来。但凡来过的人，定会再度回访，这座小镇就具备如此稀有的特质。

二人前往的传承馆也是最近新建的，歇山顶式屋顶，泥灰涂就的史料室，处处见其用心，也同满布武士住宅的街景完美融合，散发着沉静之美。这里陈列着代表角馆传统工艺的桦木工艺品，配以现场制作，充分发挥着观光中心的机能。然而非常遗憾，以史料馆的角度而言，展出内容实在乏善可陈。

虽是兰画发祥地，却几乎没有相关展示。

津田从前就曾数度来访，自然清楚这里的情况，此行也并未将其列入调查范围。不过进入角馆后，津田改了主意。传承馆里设置着大型土产区，这一路忙于调查，冴子完全没有机会接近类似店铺，津田多少也看在眼里。

津田望着冴子快乐采购的模样，心下感叹这一趟果然来对了。虽然并不打算给同僚或友人捎带土产，津田也挑选了好几个桦木制作的垂饰和钥匙扣。

和冴子约好半小时后在中心二楼的咖啡馆会合，津田拜访了办公室。反正难得来一趟，不如去看看小田野直武的墓地。

进入办公室，只有一名四十来岁的男子坐在桌前。

津田简单阐述了来意，男子亲切地画着地图说明起来。

津田收起地图，问道："我在来这儿的途中看到一户人家的门牌写着小野田，请问是直武的老家吗？"

"不，是他亲戚的住处。"

"那请问他的老家在哪儿？"

"直武出生在后街的宅子，可惜现在没有了。真是遗憾。"

津田点点头。

"看你是对兰画有兴趣吧，去镇美术馆看过没？"

"还没呢。"

"你没赶上时间，那儿开过很多场兰画展览会。稍等——"

男子从身后的书架上取出一本图册递给津田，这是角馆镇美术馆为开馆五周年制作的纪念册，出版时间为昭和五十五年。津田随手翻阅起来，册子里登载着大量漂亮的彩色照片，其中有不少直武的作品。之后的页码刊载了五年间镇美术馆召开展会的全部展品目录，详细记载了年代、规格，甚至附有画师略传等资料，让人叹为观止。津田大致一数，兰画展览会办过三场。

他由衷赞叹道："目录做得很用心呢。"

津田在咖啡厅里翻看着向办公室那名男子借来的图册，对方爽快地让他离馆时再还就行。

"让你久等了。"

冴子拎着纸袋，在津田对面落座。

"再多逛逛也不碍事。"

"都买好啦。"冴子笑着拍拍纸袋，"在看什么？"

"嗯？哦，这是打办公室借来的镇美术馆图册，也收录了兰画。"

冴子盯着津田递来的图册。

"真的，有直武呢。"

"嗯，接下来我打算去那儿看看。"

"现在？那儿在办兰画展？"

"不，现在没有。办公人员说帮我介绍美术馆的学艺员，或许能问到线索。"

一名女子过来为冴子点餐，冴子考虑一阵后要了柠檬茶。

"话说回来，角馆还真是看重文化呢——很少有镇子建着美术馆吧？这座传承馆也超棒，真让我另眼相看了。"

"喂，你看过这一段没？在讲佐竹义躬呢。"

"还没，写了什么？"

"说他是谷素外门生呢。"

"义躬吗！快让我看看！"

津田忙不迭地看着冴子指示的内容，这一页归纳着美术馆展示画师的略传。

佐竹义躬（1749—1800，宽延二年—宽政十二年），北家（角馆城）十三代城主，初名义宽，号小松山人、雪松、一谦亭，师承直武。素外门下，江户谈林派俳人。

168

"会不会是偶然？"

"怎么说呢，素外的门生一大堆，其中有义躬也不奇怪，不过……昌荣和直武一样，最初也是侍奉义躬。倘若这义躬又是素外门生，还真有些可怕呢。"

"是说那幅扇面画吧。"

"对。这一来，那幅扇面画也和昌荣有联系了。虽然不明白画的用意，但画里的老者不排除是素外的可能。如果义躬是素外的门生，侍奉他的昌荣就有可能和素外相识……先前没跟你提，其实除了素外，对那老人的身份还有相当有趣的猜测。"

"既不是茑屋也不是丰国？"

"是司马江汉。"

"真的假的？"

"的确跟江汉的自画像非常相似，虽然年龄稍有偏差，不过听说江汉本人也常常为了显老去剃光头。"

"嚯，素外和江汉啊。不管是谁——"

津田幽幽接道："都跟昌荣有关。"

二人乘坐的出租车横穿镇子，跨过大桥来到郊外。行驶一段路后，前方渐渐能看到一座大型建筑。

"那儿就是美术馆，从前是保龄球馆来着。"

司机将车停在开阔的玄关前，笑着介绍。

"唔哇，好宽敞。"

冴子一进馆内便不禁高呼。此话不假，或许因为原本是保龄球馆，建筑内部没有一根柱子，更显得空间宽广。馆内采光明亮，给人以清洁感。

"啊，您就是刚才电话里提到的先生吧。"向接待员说明来意后，二人立刻被请入里侧的小间接待室，数分钟后就有一名男子前来问候。来人三十许间，端整地穿着西服，额头浮出几根血管，看起来有些神经质，不过态度十分亲切。男子彬彬有礼地低头向津田递出名片，上面印着他的姓氏昆野。

"您是在调查兰画方面的资料吗？"

津田点头，告知男子希望过目这里曾展出的作品。

"明白了，出展作品全都拍了照片，我这就去拿。"

昆野说着离去，当他再度出现时，搬来了几乎难以用双手抱下的大相册。

津田和冴子在相册里寻找着兰画照片。

照片总共有四五十张，却无任何昌荣名义的作品，倒也没发现像是经昌荣篡改的冒名品。

津田失望之余也松了口气。

"二位要找的人叫昌荣吗？没听说过呢。"

昆野无意间听到了二人的交谈，一脸怀疑地从旁插嘴。

"是从《秋田书画人传》里看到的。"

听了津田的说明，昆野再度离开房间，不一会儿就拿着那本书回来了。

"哈哈，当真有，不过没说他是画兰画啊。"

津田又说明了发现昌荣画集一事，当然绝口不提写乐。

"嚯，他画过那种作品啊。是我傻了，他住在角馆嘛……"

昆野直率地笑着点头。

津田询问起美术馆图册中义躬的条目。

"那是我归纳的，跟秋田县相关的画师资料几乎都托了这本书的福。"昆野指着《秋田书画人传》，"网罗了秋田的各种文化人，的确是本难能可贵的好书。"

"除去义躬还有别的素外门生吗？"

"秋田里一大堆，有人笑说安永、天明年间的画画人全是他的徒弟呢。曙山、义躬时期，整个秋田藩都为艺术倾倒。不仅是兰画，还有狂歌、俳句，对什么都感兴趣。或者是殿下的原因吧，进入宽政之后藩里虽然大力重振财政，但还是被人说闲话。毕竟当时在江户藩主宅邸当留守居①职务的都是

---

① 江户幕府及各藩国职务名，幕府留守居受老中支配，负责管理大奥、通行证明，在将军外出时代为打点江户城事务。

佐藤晚得、手柄冈持①那类人嘛，成天就知道寻欢作乐，殿下也是近墨者黑吧。"

"手柄冈持！是说那个朋诚堂喜三二？"

"嗯，就是他，写通俗小说就用你说的那个名字。"

津田无不惊诧。喜三二在茑屋出版了大量小说，是茑屋的核心作者。

"虽然不如喜三二有名，晚得也是个寻欢作乐的专家，都说他把吉原②当作秋田藩的会客厅使呢。这人会书法，也咏狂歌，还是酒井抱一的俳句师父，听说跟谷素外是死党，从能力上说远超喜三二呢。"

津田哑口无言。所谓"留守居"用时下话说就是外交官。藩国各有独立经济，派驻江户的留守居则替藩主跟各色幕府官员、民间团体进行谈判交涉。曙山所处的时代，正好是以贿赂政治闻名的田沼掌权时期。视留守居手腕，被分配到尽可能轻松的任务不是没有可能，比如大致每十年进行一次的江户城修补完善，或者对坏桥进行维修。拥有像晚得、喜三二这样为世人熟知的留守居，对藩国的存续可谓至关重要。

（话虽如此，这秋田藩……）

一心埋头于画师，却忘了环顾左右。津田为自己的愚蠢大为光火，同时也为秋田藩对当时江户文化产生的巨大影响惊叹不已。

---

① 平泽常福（1735—1813），江户时代中期久保田藩士，江户留守居，后以手柄冈持之名埋头狂歌创作。
② 幕府允许公开营业的妓院集中地。

172

"这一来，茑屋和抱一也搭上了线呢。"

冴子呆然。津田则强装平静，向昆野确认书里是否收录了上述几人的资料。

昆野翻开《秋田书画人传》，为津田指示了晚得和冈持的条目。

"能在哪儿弄到这本书？"

津田想从头到尾仔细研究一下。

昆野答道："镇里每家书店都有。"

二人回到镇里。

已是三点过，要想参观直武墓必须抓紧时间。出租车经过酒店，穿越外环的商业街，刚向角馆车站方向左转就停了车。驾驶员默不作声地打开车门，二人一下车，眼前就是写着"松庵寺"的山门。虽是一座古寺，规模却意外地小。

推开门，右前方两米处就立着一块树叶形的石碑，其上用粗体字刻着"小田野直武碑"。

津田从正面给石碑拍了照，接着绕到背后。背面也密密麻麻地刻满小字，津田在冬日的逆光中不停按下快门。

　　小田野直贤之子，宽延二年十二月十一日生于角馆，天赋画才……

冴子读着碑文，说道："这是昭和十一年（1936年）建的。"
"比想象的新嘛。"
"对了，先前加藤先生也讲到了，兰画变得卖钱正好就是这段时期吧？"

津田点头肯定了冴子之言。二人离开石碑，面朝正殿略施一礼，接着就向直武墓所在的深处走去。墓地非常狭小，只是被夹在民居之间的百坪空间。数百座墓碑整齐排列，本以为轻易就能找到直武之墓，怎料老半天也没发现目标。

"还是找人打听打听比较快吧？"

二人分头在墓碑间来来去去，远处的冴子终于忍不住出声催促。

"是啊，我去问问吧。"

津田也死了心，准备向正殿移动。

只听冴子突然喊道："等等，找到了！"

直武墓在其他墓碑后方，仿佛是为了将之隐藏。

墓碑很小，厚仅十厘米，高则四十厘米。或许是长年埋于土中所致，下半部分变成了黑色，且有斜向割痕。自然，其损伤曾用水泥修补过，但就秋田兰画画师——不，就《解体新书》插图画家的墓碑而言，此情此景着实太过凄惨。

二人凝视墓碑，一时无语。若没有一旁"直武墓"的标示，谁能想到直武竟长眠于此。

冴子瞧着别的墓碑，忍不住叹道："简直就像小孩子的墓。"

"感觉像是悄悄藏在深处不让见人，连献花的地方都没有。"

"对了，我去买花。"

冴子受津田之言提醒，立刻转身向正殿方向跑去。津田闭眼合掌，冴子踏着石板远去的足音传入耳中。

"绝学源真信士"……

或许由于法名的缘故吧，直武之墓仿佛在拒绝津田的参拜。

（不单单对我，而是将所有人拒之于外吗？直武……）

乌云蔽空，津田稍觉伤感。

角馆镇沉入寂静，餐厅窗外可见煌煌灯火。

步行不消二十分钟就能从一端到另一端的狭窄长街，今日已是数度往返。离开松庵寺，津田漫步在这座直武曾经居住的小镇，行走于昌荣曾经踏足的街道，同冴子二人穿过小路，跨过大街，在两小时间漫无目的地散着步。

虽然筋疲力尽，津田却心怀和直武、昌荣同化的满足感。这座小镇里住着直武，若知昌荣来访，定会如待爱徒般温暖相迎吧。

志同道合者之间能够自然而然地牵起纽带。只要居住在这小小的镇子，就会收获精神的丰裕。

冴子循着津田的目光望去，问道："在想什么？"

"我在想，这一趟啊，果然来对了……"红酒上桌，津田向冴子的杯里斟酒，"总之先敬你一杯。托福，这一趟非常愉快。"

此言发自肺腑。

"累了吧？今天走了好几小时——"

"有点儿，但很开心……"冴子微笑举杯，"对了，刚才提到的那些话——"

"是说秋田藩？"

"我真的认为那些话很重要。"

漫步小镇时，津田曾向冴子讲述秋田藩和江户文化深深相连的可能性。

　　"虽然不知道茑屋如何起用昌荣推出写乐版画，但至少可以肯定昌荣是知道茑屋的吧。"

　　"前提是喜三二和昌荣非常亲密。不过嘛，这两人都在同一座藩王宅邸，关系亲密应该并不是瞎想……喜三二跟大田蜀山人①的关系也很好，两人也都是茑屋的亲信，一追溯的确能和茑屋牵上线……"

　　"谁也没察觉秋田藩跟茑屋的关系？"

　　"谁都不会想到秋田这种边陲藩国会跟江户文化紧密相连。话说回来，喜三二在茑屋出过很多书，就算察觉也不奇怪……他是江户人，又是秋田藩武士家的养子，或许被认为是局外人吧。"

　　"的确很不可思议。"

　　"我刚才回房整理了一下……"

　　"什么东西？难不成又是图式？"

　　津田苦笑着从口袋里摸出折叠的纸张在桌面展开。

　　"以秋田藩为中心，能得出这种人际关系——"

　　冴子望向图式，讶道："这回很复杂呢。"

　　"此外还有秋田藩在江户的私人画师菅原洞斋②，他娶了谷文晁的妹妹为妻，两人的孩子又和文晁的女儿在一起。"

---

① 大田南亩（1749—1823），狂歌师，著有大量随笔、狂歌、汉诗，别号蜀山人。
② 菅原洞斋（？—1821），江户后期狩野派画家、鉴定家。

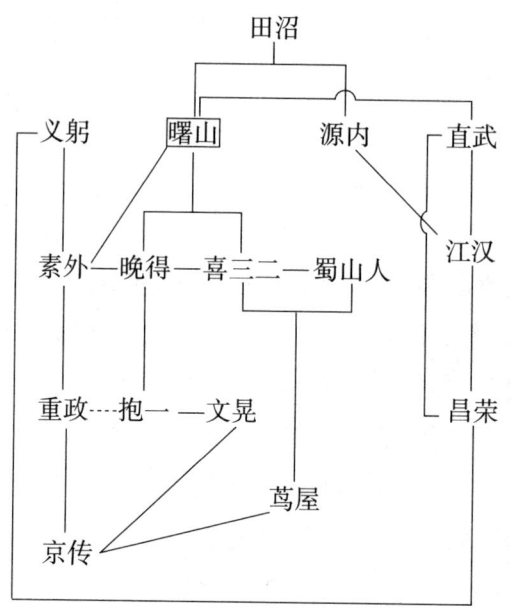

冴子望向津田，问道："这也是从画人传看来的？"

"不敢相信吧？"津田笑道，"这份图式还不完全，进行深入调查肯定还能发现更深层的关系。就算当时的江户圈子再怎么窄小，这些人的关系也很异常。我想，曙山恐怕是支撑当时文化的强大赞助人，完全超出了一般大名的业余爱好。"

冴子不语。

"虽然只是猜测，但我认为写乐可能是田沼政权的意外产物。"

"意外产物？怎么说？"

"田沼意次的昌盛和没落很可能极大地影响了秋田藩或者茑屋……假如田沼政权能存续更长时间，或许根本不会有写乐的登场机会。我感觉田沼下台之后，写乐才有了出头的基础。"

"你是不是知道了什么？"

冴子早就看穿了津田的说话习惯，听他似乎话中有话，不禁两眼放光。

"只是有所启发啦，还得回东京仔细研讨资料才行。目前只能说，几乎就在田沼下台的同时，曙山暴病身亡，而且年仅三十八岁——我怀疑曙山之死或许是政治暗杀。"

"谁把曙山杀了？"

"藩内重臣们的计划吧。秋田藩跟田沼实在走得太近，要想在田沼垮台之后自保，这是唯一的方法。别忘了之前的源内问题，直武也是一枚弃子。"

"可两者毕竟不一样吧，曙山是藩主呢。"

冴子似乎不大相信津田的见解。

"田沼虽然权倾一时，却早在天明四年就不大顺遂了。他儿子意知在江户城中被一名旗本砍死，这是对田沼政治的猛烈批评。杀人犯佐野善右卫门被赞颂为改革大神明，博得世人喝彩。这事件在任何人看来，都足以证明田沼政权命不久矣，而曙山之死正是次年六月。再过一年，在所有人的疑惑中，田沼意次称病辞去老中职务，他多半是自知没有权威了。田沼下台后，松平定信一手策划了俗称'狩猎田沼'的驱逐行动，而秋田藩这头，重点人物曙山'偶然'病故，实在惹人联想——不排除有人暗中动手，只怪时机太巧。"

冴子默默当听众。

"再说茑屋，看来秋田藩对他确实有栽培之恩。"

"果然。"

"没错，茑屋真正在出版界崭露头角是从安永五年（1777年）结识喜三二开始。而后在直到天明六年（1786年）的十年间，茑屋着实成长，宽政初年已是江户第一大出版商。还有一个重点不能不提，天明六年为止，茑屋出版的百来本书里头，喜三二本人的作品加上跟他有关的狂歌集，实际上就占了七成。喜三二虽然没有直接参与狂歌书籍的创作，但茑屋得以迈入狂歌的世界的确是由他做媒——简言之，茑屋凭借跟喜三二建立的亲密关系，得以急速成长。甚至可以推测，茑屋兴盛的背后或许是通过喜三二获得了来自秋田藩的资金援助。"

"为什么？"

"任是茑屋再有经商才能，出版的花费非同小可，而且就算一步一个脚印地认真干，店铺也没法做大，我认为茑屋一定有幕后赞助。考虑到和喜三二相遇之后茑屋异常的发展，或许正是秋田藩看上了茑屋的才干，所以暗中援助。虽然还没有任何资料做证，但这一假说未必就是胡扯，毕竟那是个由藩国经营出版社也不奇怪的时代嘛。还有，茑屋的小书店就开在吉原大门口，或许正是瞄准了天天出入吉原的晚得或者喜三二，希望借他们飞黄腾达吧。"

"茑屋离吉原很近？"

"嗯，就在入口旁边卖细见。"

"细见是什么？"

"介绍吉原的逛店规矩，或者妓女名字、出生地、嫖资之类，总之吉原的一切都写在里头，用今天的话说就是指南手册吧。"

"嚯，还有这种东西哦。"

"估计销量还挺可观，不过对出版业而言算是最下级的工作。但哪怕有志向做别的读物，当时要想出书就必须加入幕府或者藩国承认的商业联盟，这又需要庞大的加盟费。茑屋加入向往已久的富本正本出版联盟是在安永五年，之后才得以步步发展——"

"安永五年，不就是——"

"没错，正好是他和朋诚堂喜三二结识的那一年。"

看来冴子也认为其中定有联系。

"肯定没错，茑屋是因为秋田藩才能发展壮大。"

"冴子也这么想吗？"

"因为茑屋刚开始只是出版业最下级的小店嘛，就算妓女的指南手册卖得红火，也是被其他大出版社看不起的工作吧。这种店要想冲到江户第一，肯定不光是资金问题。如果缺了让世间心服口服的强力赞助人，绝对不可能成功。"

"你的想法的确不错，只要和秋田藩搭上线，就能一次性二者兼得。"

冴子用力点头。

"要是田沼继续掌权，不仅秋田藩安泰，对茑屋也再好不过。可惜随着天明六年田沼垮台，茑屋的经营也逐步陷入苦战吧。不过毕竟有之前构筑的坚实地盘，茑屋也撑过了好几年——直到第一次禁售处分。"

"第一次？"

"宽政三年的京传小说遭禁都是第四次了，打头阵的是喜三二。"

“是喜三二啊。”

“天明八年的《文物两道万石通》，是对推行宽政改革的松平定信政权进行讽刺的小说——喜三二也因此被禁止创作任何黄表纸①和滑稽类小说。”

“真过分。”

“翻年的宽政元年，先后又有两本喜三二的小说被禁，内容同样是讽刺宽政改革。”

“然后就因为京传身家折半——茑屋是在田沼时代发家，碰上宽政改革当然没好果子吃，不过这也做得太过了。”

“可不是，基本每年都逃不掉呢。特别是京传那次，根本和政治没有相干，再往后茑屋也被整得很惨——或许松平定信认为茑屋和田沼是一条船上的人吧，所以故意刁难，意图整垮茑屋。这样一想，茑屋多到反常的笔祸也就顺理成章，要知道其他书店可以说完全没有受到处分。”

“原来如此，这就叫欲加之罪，何患无辞呢。”

“以天明八年为界，茑屋的出版量骤减，虽然靠着再版旧书好歹保下了大店的威信，但新刊还不及以往一半。重振旗鼓是在宽政五年之后，定信正巧就在那一年垮台呢，而次年六月则是写乐登场……把这些事件结合起来考虑，写乐的出现并非偶然，而是以茑屋为首，在宽政改革中受创的田沼相关人士共同放出的信号——绝非茑屋一家的能量。遭到禁售处分的喜三二、京传，被定信排挤的江汉，失去藩主的曙山

---

① 江户时代中期流行的绘本，因封面为黄色而得名，表现技法和现代漫画有相似之处，多面向成年人。

亲信，这是各种人能量叠加的结果。"

"为了什么？"

"为了争口气，只是出于男人的志气。茑屋再度成为江户第一大店，不仅让宽政改革的意义荡然无存，同时也是对定信的猛烈批判。这是他们拼命挣脱束缚的自我主张。"

"可是定信早都垮台了，这么做也没多大意义吧？"

"这你可就说错了，定信的下台和田沼完全不一样，他照样当着大名。就算表面上下台，继任老中有大半都是定信的友人。俭约政治广受批判，定信只是从代表者的位置退下而已，他的方针和势力丝毫没有衰弱。"

"和他对着干岂不是很危险？"

"所以才说是男人的志气嘛。让定信好好瞧瞧田沼阵营的潜力，这就是他们最后的倔强。"

"那又为什么选上写乐？而且理应更加堂堂正正地批判松平定信吧？"

"正面较量立刻就会被击溃，他们只能以合法形式做大做强茑屋的势力。他们可以帮忙筹措资金人员，但具体方案应该是由茑屋负责吧。由此诞生的对抗武器就是写乐。投入巨大资本培养无名画师，让他成为江户第一，假如成功，就意味着茑屋之名成就了写乐，其威望也会极大提升。一切都是为了向定信展示，茑屋具有如此强大的影响力。从这一层面来看，选择早都成名的画师就没有意义了，必须让世人意识到，画师之所以能卖，全靠茑屋的巨大力量。"

津田说个不停。

冴子思索道："原来如此，所以才选择无名画师啊……"

"换作歌麿，放到哪儿都能卖，计划就称不上成功——茑屋必须找到其他出版社绝对看不上的画师。从这层意义上说，昌荣真是再合适不过了。他本就在江户混日子，又怀有藩主被杀之仇。昌荣之所以在曙山死后脱藩，恐怕另有隐情，或者他这个亲曙山派无法在藩内立足吧。昌荣没画过浮世绘，在这一块儿不为人知，而光看画集都知道他有相当的绘画才能。各种条件都符合，茑屋起用昌荣也是理所当然。"

"正因为写乐背后存在和定信对立的田沼阵营——"

"所以茑屋才会竭力隐藏写乐的正体——"

二人握着手，相视一笑。

"这一来岂不是全都解决了？和茑屋是经秋田藩联系在一起的，写乐真实身份保密的原因也清楚了，画画的证据自然不缺，宽政七年之所以封笔，是因为他回了大馆——现在就，对，就只剩他为什么取名东洲斋写乐了。"

"已经有答案了。"

"咦，你又知道了？"

"所谓东洲，常识而言就是东之国。江户时期的东国又仅指东北地方，实际上《解体新书》对直武的表述也是'东羽秋田藩小田野直武'，所以毫无疑问秋田就是东洲。'写乐'的解释早有定论，意思是'以写生为乐'，秋田兰画的基本就是写生呢。"

"东洲斋写乐——东北以写生为乐之人。"

冴子像是自我说服般低喃。

津田别过冴子回到房间，忍不住开了一罐啤酒。他并没有睡前小酌的习惯，只是今晚突然就想来上几口。

一想到返回东京后该如何向国府或西岛说明，津田就脸颊发烧。他在窗边的椅子落座，又将窗玻璃打开少许，冰凉的空气立刻涌入室内。

（谁都认为不可解的问题，竟然被我找到了答案，写乐之谜被我解开了！）

不知不觉，津田嘴角勾起了笑意。

昌荣曾经居住的角馆镇，如今在津田的注视下静静沉眠。

第六章 诀 别

十一月四日。

结束调查，目送冴子启程返回仙台的第二天，津田造访了加藤位于岩手公园下方的古董店。津田自觉在写乐问题上已有答案，对加藤这方并不抱太大期待。不过到底做了约定，也不能放着不管。

久违地在盛冈街头漫步，津田的心却已飞回东京。

"来得真早。"

见津田午前就已登门，加藤笑脸相迎。恐怕他也才开店吧，还是睡眼惺忪的模样。

"昨晚喝高了。回到盛冈本来就晚，还得出去应酬，回到店里都半夜三点了。"加藤往小茶壶里掺着热水，"对了对了，得先让你看看——"

加藤把冒着热气的茶碗搁在津田面前，转身进了店铺里侧的房间。

加藤的店面很宽敞，二十张榻榻米大，整齐排列着五个展示柜，其中陈列着壶和刀剑。周围墙面满是挂轴和浮世绘，几乎不见空隙。

"秋田的兰画交易确实活跃。"加藤拿着厚厚一叠复印件坐到津田跟前，"大抵都是横手市的古董商在做。"

津田讶然看着加藤摊开的复印件。复印件有三十张以上，每页都印着五六件作品，似乎复印自相集，其中有不少津田曾在画集中看到的直武之作。

"这些都是那家店实际经手的？"

"应该是吧，说是涵盖了昭和初期一直到最近的收藏，就连美术馆都向这家店要画呢。"

"真亏加藤先生能要到这些资料。"

"怎么说也是生意上的伙伴嘛，而且复印都是由店里的小姑娘包办，成交价全都抹去了，我一点儿没出力。"

很多照片下方都有记号笔画过的粗线，应该就是标价吧。

津田有些惶恐，忙道："没给你们添麻烦吧？"

"客气什么。我在那家店挺受关照的，一说是想学习兰画，对方立刻就答应了。"

加藤一脸泰然。

突然，津田瞠目惊呼。

"有什么发现？"

"嗯，是连在一起的两幅，和昌荣的作品非常相似。"

"相似？"

"落款是田代云梦①。"津田从挎包里取出画集的复印件，跟加藤带回的相集复印一张张比对，"请看这里。"

他从中选出两张递给加藤。

---

① 田代忠国（1757—1830），久保田藩士、画家，曾学习西洋画，号云梦。

"确实很像。"加藤反复比较复印件，嘟囔道，"是从昌荣的作品上剪下来落上田代的名字吧。我看看，不错，果然是同一个画师。"

　　"能分辨出来？"

　　"你看，松枝上不是停着小鸟吗？在昌荣画号上边儿。"

　　"嗯，确实。"

　　"再看我的复印件，喏，只露了一丁点儿，看不出是什么东西，应该就是小鸟的尾巴。"

　　左上方确实有小小的突出，但画面只到此为止。

　　加藤断言道："没人会这样构图，保准是被裁断了——这是由昌荣篡改的。"

　　津田一时怔住，须臾问道："知道这幅画的出现时间吗？"

　　"天晓得，或许能问到吧。其实我都猜到你会感兴趣。"

　　加藤得意扬扬地拿上电话拨起号码。

　　（你不知道昌荣就是写乐，才能这么不慌不忙！）

　　津田稍感急躁。

　　"你好，昨天真是多谢了，我是加藤——嗯，托福，总算有收获——对了，关于昨天复印的兰画照片——"加藤从津田手里取过复印件，"是这样，不知道在相集的具体页码，不过左上是一幅直武的戏鱼图。好的——正查着呢。"加藤捂住听筒，一句句转告津田，"嗯，劳烦你费心了，没错，就是那一页。在下面有两张署名云梦的作品，请问能查到交易年份吗？"

　　津田极度紧张。

　　"昭和十二三年，是战前呢……也没什么，我这儿有客人在调查云梦。"加藤冲津田一咧嘴,"刚好在店里看到这两幅画,就聊了聊。客人想知道这画现在去了哪儿——没问题,这就给他。"他突然将话筒塞给津田,"你们直接详谈吧。"

可得顺着云梦这条线——加藤低声叮嘱。

津田拿起话筒,重复了相同的问题。

"你问去了哪儿啊,这我不知道,都是老爹那一代经手的旧货了。上面那张直武的戏鱼图在昭和十二年(1937年)进了美术馆,之后往哪儿挪了倒都清楚。"

"这么说,已经不在美术馆了啊。"

"馆里至少会留记录嘛,对买家的铺子也是种宣传。"

男子粗声大笑。听声音,津田判断此人在五十岁许间。

"当时军需带动经济,这一行的买卖也跟着活跃,估计就是那阵子给出了——等等,说不准写了什么。"

男子暂且沉默,电话彼端传来微弱的撕扯声。

只听男子说道:"果然是十二年,不过没提到买主。"

津田失望道:"这样啊……"

"老爹喜欢在照片背后做些笔记,我就想或许有线索。两幅画都是同一个买家,是个已故的大馆人。"

果然……

"莫非这云梦跟长户吕有啥关系?"

"长户吕?"

"就是角馆旁边的小村子。跟那两幅画一起带来店里的好像还有长户吕的风景画,老爹貌似没收,不过留了备注。"

津田表示并不清楚。

"云梦是秋田市出身嘛，奇怪他干吗画长户吕，可能是拜访直武途中在那儿歇脚吧——"

津田暧昧地应付了事，他不清楚云梦其人，就怕露了馅儿给加藤惹麻烦。津田使了使眼色，加藤立刻接过电话，道谢挂断一气呵成。

津田向加藤解释道，担心被问起云梦致使穿帮。

"那幅风景画多半也是昌荣的作品吧。"

津田也这么想。

"估计他有亲戚在长户吕吧，那地方可不值得专程去画。"

"应该是吧。既然紧挨角馆，自然该考虑是昌荣的作品。"

"看来市面上昌荣的东西也不少嘛——昭和十二年还是战前，说不准很多都给烧了。"

津田难掩失望地点点头。

十一月六日。

东京暖意盎然。

每天住着倒也没多少感觉，但从东北归来自然能敏锐感受到气候的变化。

在新宿下车后，津田穿过地下道往纪伊国屋方向走去，他和国府相约在右邻大厦负层的咖啡馆碰头。

店铺面积不小，却已接近满席。津田寻找着国府。

"喂，在这儿呢。"

国府率先发现津田，主动冲他招着手。

"新干线确实方便，早上出门这个点儿就到了。"

津田看着表，在空出的位置坐下。

"貌似成果丰硕啊，冴子也老激动了。"

"嗯，确实抓到了头绪——足够发表的那种。"

津田将各色资料在桌上摊开，细致地做起说明，国府则逐一提问。

"简直确凿无疑嘛——这么多资料任谁都会信服吧。"

一小时后，国府点上烟，满脸严肃终于缓和。

"是从秋田藩跟莺屋的联系入手啊，你的着眼点确实有趣——这一来我手头的线索就不够看了。"

"前辈也有什么发现？"

"是茑屋和昌荣的关系——我还认定他们是通过别的线搭在一起呢。"

"还有其他连线？"

"嗯，你知不知道平秩东作？"

"东作……那个狂歌师？"

"没错。虽然人气比不上蜀山人（四方赤良）和唐衣橘洲，不过跟他们一样都是内山贺邸之徒，其中东作年纪最大。明和七年，以这三人为中心首次举办了狂歌赛，也是天明年间狂歌热潮的头炮——其中蜀山人是公认的天才，人气空前，其实还该感谢东作这个伯乐。明和六年，才十九岁的蜀山人就凭《迷糊老师文集》展现了天资，而且那本狂歌集的序文作者居然是源内。"

"是源内啊。"

"东作跟源内是相当亲密的友人，他凭这层关系托源内向出版社介绍，蜀山人才有机会出书。源内的大部分书籍都是由出版‘文集’的这家须原屋负责——如果没有源内当后盾，一个二十来岁的愣头青就算出书也不会有人买账吧。"

"确实。"

"往后，蜀山人就等于是源内的弟子。听说源内写剧本时遇上难懂的故事需要介绍来历，就由蜀山人代笔，后者就这么得他信任。"

"我还真不知道。"

"蜀山人有风铃山人这么个化名，而源内是号——"

津田点头道："风来山人。"

"从人气上说确实蜀山人占优，不过因为源内这层关系，东作的位置还在他之上，说是狂歌界的首脑也不为过——而且东作还跟田沼政权的主要人物土山宗次郎往来密切，也在金钱层面上把持着整个狂歌界。"

"土山宗次郎是管财政吧？后来在宽政的'狩猎田沼'当中遭到弹劾，被判了死罪。"

"没错，因为违法放贷三千两给杀了头，我猜他实际上还有更加巨额的贪污。要知道这人曾用一千二百两给吉原的太夫（花魁）赎身，平时也花钱如流水——比如招待包括蜀山人、朱乐菅江、橘洲在内的大半狂歌师上吉原豪游。狂歌在吉原流行也是依附土山宗次郎的力量。"

"原来如此，这么说喜三二跟他也——"

"当然亲密无间喽，不仅因为狂歌师这层因素，从财务和留守居之间的关系看也足够理所当然。"

"这一来的确有意思。"

"然后就轮到茑屋登场，他把前途押在了平秩东作身上。借着给东作捧场，茑屋逐步把以蜀山人为首的狂歌师们收入囊中。又经土山宗次郎这层关系成功接近田沼，又和当时人气第一的作家平贺源内成为知己，正所谓一石二鸟。再有，东作还在新宿经营烟草，甚至被视作投机商。他跟蜀山人那种武士不一样，非常平易近人。"

"确实，茑屋非常宝贝东作呢。茑屋涉足狂歌类书籍是从天明三年开始，同年出版的《狂歌师细见》也是交由东作编写。"

"没错。东作在那本书里自称'主笔'，对狂歌师进行评价，等于被放在高出一等的立场。"

"嚯，我还真没注意到。"

"茑屋之所以能成为一流出版社，是因为结交了众多狂歌师——喜三二、蜀山人、恋川春町①，京传也化名轻织助吟咏狂歌来着。还有唐来参和②，他从天明年间就是茑屋不可或缺的通俗小说作者，同时也是蜀山人门下的狂歌师——简言之，茑屋仅凭掌握东作一人，就成长为第一流的出版商。"

"东作的延长线上是源内，还有土山宗次郎，这两人都是田沼的亲信……茑屋真是个往哪儿都不吃亏的厉害人物呢。"

"其实那帮狂歌师或许就是你所说的田沼阵营——宽政改革打击的对象几乎都跟狂歌沾边儿。"

"我算算——蜀山人、参和、京传、春町、喜三二，这些人全是狂歌师——春町更是因为笔祸自杀了。"

"没错，而且全是茑屋出的作品。打击茑屋就相当于打击狂歌师，惩罚狂歌师就等同于削减茑屋的势力。东作能跟茑屋亲密无间，就说明茑屋是田沼阵营的一员。"

"可是为什么唯独狂歌界的大腕唐衣橘洲没受责罚？"

"因为橘洲是田安家的下级武士嘛，也就是松平定信的家臣喽。"

津田大为惊诧。

"田沼垮台，定信刚当上老中那阵，橘洲不知为什么跟蜀

---

① 恋川春町（1744—1789），浮世绘画师，所作黄表纸十分畅销。
② 唐来参和（1744—1810），黄表纸作者。

山人闹翻，结果被狂歌界孤立。可能我这话太过臆断，或许也可以把这看作狂歌师们亲田沼、反松平的示意吧。"

"原来如此，简直是完美的解释。茑屋毫无疑问是田沼阵营的一分子，虽然我是从秋田藩入手，无论走哪条线，茑屋都和田沼连在一起呢。"

"东作三天两头就会上源内家，自然也该和寄住在那儿的直武多有亲近。可以想象，昌荣到了江户，多半会经直武介绍拜访东作，又通过东作结识茑屋——我的想法就是这些，不过照你从秋田藩的关系入手考虑，可能性要高出太多。"

"前辈过奖了。正是结合双方证据，昌荣等于写乐的假说才算有了实证。"

"是啊，这下也能充分证明写乐是田沼阵营精心策划的产物——宽政元年以来，茑屋几乎没有狂歌出版物，就算想出也出不了。狂歌师的仇恨，集结秋田藩和昌荣等人的力量最终爆发，写乐的画也包含了狂歌师风格的嘲讽。这一来茑屋的确不能曝光写乐的真身，更是撕破嘴也不会抖出写乐来自堪称反定信最大势力的秋田藩。"

国府自我总结道。

"还有种看法，说源内并没死在牢里，而是在田沼的领地静冈好好地活着，当然这至多不过传说而已。"

"源内吗？"

"要知道那是田沼的巅峰时代，就算往牢里送进别的尸体换出源内也不奇怪，然后把他直接送去静冈就行。相传源内在牢里绝食将近二十天，现在想来也可能是故意弄得不成人形，给之后的'病死'打基础，要不活蹦乱跳的大活人突然死掉也太不自然了。听说他在田沼垮台后转逃出羽，一直活到了文化年间。在出羽有一座没名没姓的墓碑，光刻了源内净琉璃剧本的一小段。"

"没什么可信度呢。"

"要我说，源内这种田沼的心腹，只因为砍死了一个门生就死在牢里，才叫更加不可信呢。遇上这种程度的小事件都摆不平的独裁者，那真是前所未闻……虽然听起来像是西乡（隆盛）生还说一类的臆说，不过假如写乐真是直武门下的昌荣，源内生存说就不能一口否认啊。"

"其中有什么联系？"

"茑屋拼了老命隐瞒写乐的真实身份，或许还因为能从写乐这条线顺藤摸瓜发现源内呢。"

津田哑然。

"田沼阵营清楚源内还活着，但在田沼垮台的宽政年间绝不能说漏嘴，要给人知道了，全员都得掉脑袋。对松平定信而言，要想把田沼派一锅端，真是没有比这更好的理由了，所以这是不得不赌上性命坚守的大秘密……砸重金在短时间里把无名画师捧红，这种手段放到今天同样适用，就算茑屋有超凡的商业才能，恐怕也不会考虑到这一步吧——源内曾向田沼进言，让他就算舍弃国威也必须和俄罗斯展开通商，可见目光有多长远。源内这人精明到什么程度，他把亲自设计的象牙梳送给吉原太夫佩戴，结果朝夕之间就全面流行开来。所以说，写乐的出现更像是源内策划的逆转大计。"

津田完全沉迷于国府的设想。

"还有昌荣选择近松做姓氏的理由。"

之前的内容告一段落，国府改变了话题。

"写乐通过茑屋发表作品的那段时间，十返舍一九正好在茑屋借住。"

"确实如此，能说明什么？"

"说明一九可能知道写乐。一九在写剧本时会用另外一个名字，大多数研究者也都认同，知道是叫什么吗？"

"抱歉，一下记不起来。"

"近松与七——他也自称近松。"

"真的假的？"

"真不好说只是单纯的偶然……眼下还不知道近松昌荣的本名，假如他是后来改姓，我想很有可能跟一九有关……还有一个问题，写乐的相扑绘。"

"是指大童山①吗？"

"嗯，之前我就一直奇怪，写乐干吗画那种小孩儿相扑力士——"

"因为出羽吧。"

津田料到国府想说什么，不禁苦笑。大童山是出羽出身，国府是想把他和转逃出羽的源内联系起来。

"这也太牵强了吧？"

"你想说源内？怎么可能。我是在考虑长濑。"

---

① 大童山文五郎（1788—1823），相扑力士，两岁时就身高一米有余，人称怪童，备受当时浮世绘画师的青睐。

"角馆的那个长户吕①？"

"是山形的长濑，大童山是那儿的出身。"

"咦，怎么跟我记的不一样？"

"你可别犯糊涂啊，版画上写得清清楚楚——昌荣跟秋田的长户吕有什么关系，而在毗邻秋田的山形，读音相同的地方诞生了人气明星大童山，写乐会对他感兴趣也是当然。"

津田为国府的联想深深折服。

"刚好你也说写乐在小孩子当中很有人气——岂不是跟大童山一拍即合？要知道那是年仅七岁的怪童，比起成年人，的确更像给小孩子绘制的作品。"

"没错，完全正确——大童山是小孩子的英雄。绝不会错，写乐就是昌荣！"

津田激动得嚷嚷起来，周围的客人无不讶异地看着二人。

"我也认为写乐就是昌荣无疑——谜底被你揭穿了。"

国府看着津田喜不自禁的模样，含笑低喃。

---

① 日语"长濑"和"长户吕"读音相同。

十一月八日。

"合乎逻辑——全部疑问都解决了啊。"

西岛抄着手深深一叹。两小时前，津田带着调查结果上西岛家拜访，现在已是汗流浃背。津田的书斋为保护古籍开了空调，室内满是温暖的空气。

"凭这些证据，大抵的研究者都会信服。真是大发现啊——你把写乐视为田沼时代的派生产物，想法虽有些大胆，不过确实需要聚集那种程度的力量，写乐才得以诞生。茑屋和秋田藩的联系也足够可信——就剩以什么形式发表了。"西岛的双瞳绽放着异样的光辉，"是发到艺潮社的杂志好呢，还是先在报纸上预热，再用自家杂志发表呢……下个月会举办江户美术协会的总大会，在席上以研究成果报告的形式公布也是不错的选择。反正不能当作新增加的假说对待，一定要做足功夫，让世间彻底信服——我们有足够的铁证。"

西岛哈哈大笑，再三强调道："总之，画集先交给我保管吧。具体怎么发表之后再议，你先从头到尾总结成书面报告——其间我自会定下最见效的做法。能早一天是一天，不过千万别跟岩越他们走漏风声，要让爱好会的家伙听了去，可不知道会想出什么馊主意捣乱——这事儿就你知我知。"

"老师也点头了？"

话筒彼端的国府惊讶不已。

"我还以为他会更为谨慎呢。不过确实证据确凿，估计也难有反对意见吧。"国府话中带笑，"不过嘛，搬出爱好会压人也太过头了。任是爱好会，没有画集这项关键证据，能弄出什么花样。"

"我也挺奇怪。"

"幸好还没跟其他人提起。看来老师相当投入呢，真稀奇。"

"是吗？老师是想当作自己的成果发表吧。"

"别逗！怎么说也不至于做到这一步吧，把学生的论文占为己有也太不知廉耻了。"

"不过总有这种感觉……我倒是无所谓。"

"说什么胡话！"

"可是我毕竟缺乏说服力，如果由老师发表'写乐＝昌荣'说，肯定会被世人认可，对写乐而言也是好事一桩吧……"

"这……你都跟老师表态了？"

"不，还没。"

"那就千万别说。真是服了，烂好人也该有个限度，做研究可没你想的天真。你是为了什么去秋田？必须由你发表才有意义，这跟老师没有任何相干……总之你什么都别说，你不开口，老师也不好主动提出吧。而且你就忍心让冴子难过？"

津田如醍醐灌顶，的确，这份成果也有冴子的心血。

"明白了，我尽量。"

津田就此结束了通话。

十一月十二日。

中午过后，吉村给研究所去了电话，津田依言动身前往位于吉祥寺的咖啡馆。

抵达时，吉村的咖啡已经见底。津田在对面落座，吉村又点了第二杯。

"昨晚我在老师家里拜读了论文。"

吉村一脸复杂地起了头。

"是吗……"

昨天白天津田才将刚完成的七十页论文送至西岛家。

"老师也真不够意思，一点儿都没提你在做那种调查。"

吉村满嘴不痛快。

"之前一切都还不明朗……"

（干吗叫我出来，总不会专程来挤对吧？）

津田郁闷不已。

"写乐就是昌荣，我认可这点。确实挑不出问题，又有画集这项决定性证据。"

津田颇为诧异，吉村从不曾这样客客气气跟津田说话。

"可是由你出面发表，还缺了些魄力。"

（果然……）

从昨天的对话就能看出西岛的态度。当时他清楚表示"我必须做好万全准备把昌荣推上舞台"，津田佯装不知，想必西岛在他告辞后就叫去了吉村。

"跟小孩子玩儿水枪一样，就算射击也没有任何影响。虽然有老师撑腰，但毕竟只是学生的观点。而且大家都认为老师声援学生是理所当然，其中的分量就会打折扣。还会被浮世绘爱好会那帮人嚼舌根，说老师根本不认同，只是卖面子帮着宣传造势。"

（原来如此，各人看问题的角度都不一样。）

津田并没有考虑到这一步。

"真是那样，好不容易的发现说不定只会当作新假说收场。可是这回绝对不能随随便便就算了，老师可是深怀信心呢。"

津田无言以对。

"假如没有师生关系，就能站在公平的立场进行声援，老师也大为苦恼啊。"

"十分抱歉。"

"呃，你也不用道歉，这也是没办法。不过你也理解老师的心情吧？老师比谁都热爱写乐，好不容易弄清了他的身份，如果像之前的学说就那样昙花一现，打击得有多大。当然，由你发表完全没有问题，不过写乐之谜要是因此落得个半吊子的下场，你就得负全责。"

津田忍不住怒道："为什么我就不行？"

"你还太年轻，在浮世绘界只是个菜鸟，没人会认真听你发表意见，要想批判也易如反掌，而且是跟学说无关的批判——擅长这手的家伙，爱好会里要多少有多少。更别说你是老师的学生，光这就足够煽动他们对付你。研究成果要是因为无关的理由被抹杀，当然全是你的责任。"

虽然窝火，但吉村这话确实在理。也正因为心头有这层担心，津田最初才准备把功劳让给西岛。津田的内心再次动摇，一想到如此重大的发现或许会因为微不足道的理由被抹杀，他就难受得要命。

"换作是我也难负重任啊，偏就有那么些人嫉妒老师的力量。爱好会的家伙肯定会说些有的没的，想方设法把我弄垮。我一垮，昌荣说自然也跟着消失，他们那帮人才不关心写乐到底是谁呢。"

"怎么说也不至于吧……而且吉村前辈肯定压得住场。"

"哪儿能啊，凭我还没法驾驭写乐。"

——你当然就更不行了。

吉村话中有话。

"有力量能跟他们对抗的，眼下就只有老师而已。"

吉村终于点破核心。

"想想你的根本目的是什么——或许该强调'从研究者的立场'，更方便你理解吧。"吉村冷不丁换上了沉稳的语气，"老实说，凭一己之力撼动世界当然很诱人吧？不过研究跟政治不一样，拥有力量并非为了发大财——不管以什么形式，只要自己相信的学说能被更多人接受，对研究者而言就是最大的喜悦，对吧？"

津田自然深有感触，却从没想过会从吉村嘴里听到这番话。要知道，这是为了发家致富爽快地抛弃大学的男人。

　　"你获得了重大发现，西岛门生全都认可，但我们同样不希望你的成果被践踏。对研究者而言，比起计较由谁发表，眼下的当务之急是让全世界承认这一学说。如果由你发表，我和老师当然都会声援，可是得花上多少年才能被学界接受？首先，必须让学说一点点渗透，过程虽不起眼却很耗时间……也没什么不好，就交给我想办法吧，保准不花半年就让它成为定说。"

　　"有什么计划？"

　　"直到下月初，都把论文冠上老师的名字印刷，分英语和日语两种。再由我带上印好的论文去美国、欧洲转一圈，让海外研究者看看，如果争取到支持，就邀请他们参加预定下月二十一日举行的江户美术协会大会——当天也会招待报社和杂志社。论文会在会上正式发表，老师的演讲结束后由受邀的海外研究者表示支持，最终形成经大会共同认可的形式。杂志社本来就是我们这边儿的人，不可能唱反调。明年三月左右再以老师的名义出版昌荣的画集，其中掺混上写乐版画——"

　　（都做好如此长远的计划了吗……）

　　津田哑然。

　　吉村紧盯着津田，续道："你虽然暂居幕后，但翻年出版的昌荣画集会以合作研究者形式署上你的名字，绝对不会亏待你。换了你孤军奋战，肯定走不到这一步。怎么样，说到这份儿上你总没意见了吧？"

"照你的说法，大会上是以老师的个人名义——"

"择优而行嘛。只要说是由老师发现，杂志报纸的报道肯定铺天盖地，这样'写乐＝昌荣'说就会成为学界的定论。对你而言，这才是最大的成果吧。"

"话是这么说——"

"貌似都决定让你去波士顿了吧？"

"呃？"

"老师对你这等器重，自然会全力捍卫你的研究成果。"

（干吗突然提到波士顿？）

津田很不痛快。

"你与其半途而废地抛下摊子飞去波士顿，远不如顶着合作研究者的头衔光荣赴任，为你自己着想也该分秒必争吧。"

（手法真龌龊！）

"就算有个万一，学说没能成立，对你的波士顿之旅也没有任何影响呢。"

吉村一口咬定。

十一月十三日。

国府死死盯着玻璃杯里的冰块缓缓融化，咔嚓一声，冰裂了。

津田和他正位于府中的"恐鸟"。

"结果还是交给吉村操办了啊。"

津田赔罪道："很抱歉。我也知道是自作主张……"

"被他逼到那种地步也是没办法。我还是头一回听说你要去波士顿，拿这事儿做文章当然会让你为难。"

"不，跟波士顿并没有关系，那事儿在写乐问题之前就定好了。"

"没区别的，如果你坚持自己干，老师多半会把你从波士顿剔除。既然是你主动答应去波士顿，吉村当然会从这儿下手，他是看穿了你真心想去——"

津田坦然道："或许吧。我是无所谓，我确实没有能让世人认同昌荣说的力量，被吉村叽歪虽然冒火也没办法。老师跟我完全是云泥之别。"

"是你给了吉村可乘之机，就因为你有这种想法才会被那种人骑到头上。你希望昌荣说能被承认的心情，我也不是不能理解。可是有没有必要把一切心血都让给老师——"

"学术界里头，学生的研究成果以老师名义发表，某种程度上算是常识吧……"

"那也有个度。这是你一举扬名的绝好机会，如果有野心，就算闹翻也一定会以自己的名义发表。换了吉村绝对会这么做——这项发现就有这种价值。"

"实在对不住……我没有足够的力量。"

津田只是一味向国府致歉。

"力量啊……明明是愚蠢至极的东西，在这个世界里却又不可或缺……同样一件事，有的人能被说通，有的人却不买账。"

国府也无可奈何地低叹。

"只是很对不起冴子……"

"我会跟她说明。不过啊，那家伙完全不懂这个世界的规矩，怕是会责备我们没骨气吧。话说回来，老师也真是走到头了。就算十年以上都没有发表己见，他不也获得了学界认同吗？现在却心安理得地掠夺学生的论文，这种行径已经不配称研究者。"

"可是，那只是吉村前辈擅自做主——"

"少来，你心里也没这么想吧？吉村的确能毫不迟疑地下手，但他是个彻头彻尾的利己主义者，得不到好处就不会行动。只要老师没有主动提出，他不会专程来找你。吉村肯定从老师那儿得了甜头，让他出国游说恐怕就是报酬之一吧。"

"或许吧。"

"他是想以自己的方式利用昌荣说吧，而且与其让你这个后辈崭露头角，不如由老师发表对他而言更长面子——今后你也多加提防为妙。还有合作研究者的许诺，实际有没有着落也难说。要是太过轻信，小心被当傻子耍。"

"只要写乐的真相能被接受，怎么样都无所谓了。"

"你这人怎么……"

国府无言以对，最后只能嘀咕着"真是服了"往津田杯里斟上酒。

"总之——"国府的表情像是下定了什么决意，"现在我算弄清楚了，你是打算今后完全抽手吧？不过我确实无法容忍老师的做法。等到昌荣说被承认，这件事告一段落之后，我会以我的方式谴责老师……老实说，这种念头早都有无数次，但唯独这回无论如何也不能原谅。都像他那样，做研究还有什么意义，我绝对不会让他如意。"

"可是，怎么做……"

国府的激烈语气让津田心生不安。

"我自有考量。"国府微微一笑，"放心，不会把你拖下水。"

看着津田不安的神情，国府宽慰地拍拍他的肩。

"接下来和你没有关系，这是我跟老师的问题，你照着自己的想法来就行。具体动手与否还得看后续发展，如果照约定把你当合作研究者平等对待，我就不会采取行动。不过到时候吉村那方要是反悔……他们就算彻底完了，我会亲手葬送他们的一切。"

国府盯着玻璃杯，轻笑低语。津田没来由地肩头一寒。

十二月十五日。

同国府在"恐鸟"分别后，碌碌无为的日子延续了一个月出头。吉村筹措着一切准备，津田则被拦在整个项目之外。照吉村的解释，这是为了确保论文能以老师个人名义在大会上发表，津田也接受了他的说辞。其实津田难免窝火，但既然最初选择了让步，现在也没资格抱怨。这种程度的防范也在预料之中，津田只能强迫自己接受现状。

之后，津田同国府、冴子数度会面，却终究无法再像以前那样快乐畅谈。他虽不断以能力不足做借口，拼命自我说服，但内心深处仍有疙瘩——我会不会太过怯懦？

（当时若断然拒绝吉村的提议，肯定早就被逐出浮世绘的世界了吧……）

津田确信无疑。

（我没法像国府前辈那样舍弃浮世绘，如果能做到，也不会在研究所一留就是好几年。我会留在这个世界，用不同于老师的做法向更多人传达浮世绘的美好。）

因之妥协也是无可奈何。

准备工作有条不紊地进行着。

吉村带着英文论文周游列国，最终有四人同意赴日参加一周后就将召开的大会，他们都是世界上屈指可数的写乐专家。以岩越为首的学生们忙着订酒店、制作幻灯，每天都折腾得不可开交。只有津田留在研究所帮忙代课，西岛则埋头准备江户美术协会大会，跟干部们交代相关事宜，几乎每天都在外商谈。随着大会临近，学生们的集会通气也越发频繁，却没有哪怕一次叫上津田。一切都是吉村的安排，学生们全相信昌荣说是西岛的独立发现，没有半点疑心。如果被捅出是津田的成果，好不容易如此高涨的气氛定会荡然无存。就连几乎天天见面的岩越，也丝毫没发觉那是津田的论文。

"这下就完全是咱们的时代了。"

到研究所露脸的岩越满是兴奋地告诉津田。

"艺潮社决定在二月号的《美术艺潮》上搞一个'写乐＝昌荣'说的专题呢！"

"真的？"

津田一阵雀跃，纵然被排除在外，总归难掩欣喜。

"昨晚跟阿山在'坂本'碰了头，他亲口跟老师报告的。说这是美术界历史性的大发现，到处都议论纷纷呢。"

《美术艺潮》是综合性美术杂志，而非浮世绘专刊，这本杂志都愿意拿出大版面做专题，就意味着新学说几乎已被承认。

"老师也激动得不行，集学社也瞄准了老师的著作集，打算以这回的新说为中心再出别卷呢。还有，虽然还没最终敲定，据说要在大会上推举老师升任协会的理事长来着。"

津田语塞。

"现任理事长退居会长，让位给老师，暂定是这个安排，吉村会替老师进理事会。厉害吧？这一来老师就是名副其实的世界最高权威了！"岩越大笑，"接下来有得忙喽。大会结束后，老师会应邀去国外演讲，我和阿山则去秋田转上一圈。"

津田讶道："去秋田？"

"吉村虽然去了，不过阿山要给杂志拍照片，这回就由我陪着走一趟。"

"吉村前辈去了秋田？"

"不是替老师去做调查吗？"

津田的一无所知让岩越大为讶异。

"经过就是这样。"

吉村满是歉意地解释了经纬。岩越刚走不到几小时，吉村就来了电话，多半是从岩越那儿听说了吧。

"没办法啊，东京有一大堆事情要忙，老师最近实在脱不开身，不可能上秋田做调查，就只好由我代劳了。"

津田无语。

"先前我跟老师一起去见董事长，突然被问起——结果嘴一快就报了我的名字，真是抱歉……总之，木已成舟，当时就定下了，事到如今很难改口说让你去。"

"可是这和之前的说法——"

"我自然深知跟当初的承诺相悖，但好不容易走到眼下这一步，一旦穿帮，煮熟的鸭子就飞了。我向你道歉，为了老师，还请忍耐。"

话的内容虽是低姿态，但吉村的口吻却带着不准反驳的压力。

津田放弃了。这样的发展的确出乎预料，到头来，还是自己太过天真。如果现在跳出来反抗，别说'写乐＝昌荣'说，也是给所有相关者添麻烦，大会更不知会变成什么样。这是西岛久违的新说，新闻界也投入了极大关注。

一旦选择明哲保身，往后就再也无法从中出逃。

（如果吉村的调查之行获得承认，也就不可能以合作研究者的形式登出我的名字。）

这是吉村设下的巧妙陷阱，津田恍然大悟。然而，又有什么办法？这也是为了"写乐＝昌荣"说着想吧……

（我真是个胆小鬼。）

津田胸中头一次涌上悔意，同时也察觉到自己口口声声说着为了研究，内心深处却燃烧着小小的野心。

同冴子一起旅行的三天时光，如今在津田心中宛如遥不可及的梦幻。

（我甚至连冴子都一起背叛了……）

阴暗的研究所里，津田形单影只。

十二月二十一日。

下午一点之前，津田抵达九段会馆，为两点开始的大会做最后准备。会场并不缺人手，但饶是吉村也没法在大会当天把津田排除在外吧。昨天傍晚，吉村给津田去了电话，让他在一点前去会场露个脸。

津田进入会馆，岩越和研究班的学生们早就忙活开了。

"哎呀，津田前辈。"

身着华丽褶边衬衫和藏青西装的内田裕美远远看见津田，立刻向他小步跑来。她是还在读的三年级学生，也是研究班里的一点红。津田看惯了裕美的牛仔裤打扮，眼前穿戴美艳的女子让他略有些出神。有所察觉的裕美嫣然一笑。

"津田前辈也是接待吧？"

津田吞吞吐吐，答道："嗯，受吉村前辈之托——"

（不知不觉，反倒是我局促不安了。）

津田回想起昨天吉村打来的电话。

"事到如今讲这种话确实伤情面，可是老师开始担心看到你的脸会定不下神，没法安心演讲。我多少也能理解老师的心情，这是在发表你的论文，他当然会有疙瘩。"

虽不知吉村的表情，但他的声音很是沉重。

"就是叫我别出席大会吧？"

津田本身也不太想出席，此刻反倒松了口气。

"不，没说不让你来。单你缺席其他家伙也会奇怪吧，而且岩越也说你样子怪怪的，让他瞎猜总是不好。"

（你跟我谈什么瞎猜不瞎猜……）

津田着实光火，没想到吉村还有脸若无其事地说出这种话。

"连大会都不露个脸，难免有些小问题。"

"那你想怎么着，老师说了别让我出席吧？"

"说话别这么冲，我也为难得很啊。只能委屈你明天待在接待处了，成不？"

津田怒火中烧，重复道："接待处？"

"只要在老师做完报告前别让他瞧见就行。我理解你的心情，这也是没办法的办法。拜托了，一切都赌在明天——"

"跟老师闹矛盾了？"

"干吗这么问？"

"听岩越前辈说了，津田前辈这回被排除在外呢。"

"哪儿的事——我今天不也好好来了吗？"

"也对呢，真是瞎担心，让前辈看笑话了。"裕美笑道，"不过真的好厉害，听说今天电视台也会来呢！不晓得会不会拍接待处啊。"

"曜，电视台啊。"

"台里来了好些人，报社也有一大堆。老师果然厉害。"

津田的心情无比复杂。

捆好的流程送至接待处。

在大会项目之前，首先印着"特别研究成果发表"几个大字，下方是西岛的名字。随后是补充演讲"秋田兰画及秋田藩"，由吉村担任。再往下是四名海外学者的姓名，演讲内容未定，想也知道肯定是为西岛提供支持。

学说的正确与否到底无法在会上立见分晓，不过之后的大会上，西岛会被推举为理事长。一旦决议通过，先行抛出的新说就等同于被与会全员认可。虽然各人的真实看法又是另一码事，但在社会大众眼中就是如此。

（手法很高明。）

津田为西岛的强硬做法栗然不已。

"哟。"裕美见艺潮社的山下出现在接待处。故意装傻道，"是艺潮社的大官人吧。"

"真会挤对人啊，这小姑娘——咦，电视台也来了？"

山下戳了戳裕美的脑门儿，后者扑哧一笑。

"不过到底倔不过老师喽，关键的照片始终不让拍。"

"什么照片？"

"登到杂志上的照片呗，老师说古书不能见光，硬是不给看画集，只打发取材那帮人去翻吉村他们鼓捣的幻灯，可是吉村他们的拍照技术完全不行。"

"反正也只是黑白照吧。"

"说是今天先看看情况，只要对准了焦没拍糊就行。怎么说也是老师的珍品嘛，自然会严加收藏。"

"制作复制之前都会宝贝地藏着吧。"

"还有这种计划？"

"听说想用附录形式加进翻年出版的画集。"

"原来如此，那也难怪。"

山下挥着手进了会场。

接待处迎来了众议院议员横山周造。横山从前就被称作浮世绘通，也是江户美术协会的挂名顾问。

横山在接待处拿过裕美递出的流程表，闪光灯此起彼伏，伴随着摄影机的运转声。裕美虽然满脸通红，却始终保持着笑容。在刺目的灯光下，津田既紧张又惶恐。一想到冴子或许正通过新闻看着这番场面，津田又骂自己没出息。

"报告开始了。"

负责会场秩序的太田通知负责接待的二人，他是和内田裕美同级的学生。

"哎，前辈不去吗？"

太田不可思议地看着留在接待处的津田。

"嗯，这儿好歹得留一个人守着。别管我，内田君你去吧。"

裕美满脸歉意地冲津田一鞠躬，跟在太田后头进了会场。

一个半小时过去。

津田始终坐立不安地等待着。会场中不时传出欢呼，让津田倍感悸动。发表者是谁都无所谓，总之能得到承认就好，这是津田现在唯一的念头。

潮水般的掌声倾泻而出，看来西岛的演讲已顺利结束。

经久不息的掌声骤然放大，一名佩戴着报社袖标的年轻男子冲出会场。

"哪儿有电话？"

男子态度傲慢，津田告诉他接待处背后有公共电话。

"借我用下。"男子冲接待处的空椅子扬了扬下巴，也不等津田答复就一屁股坐下，"对，是我……嗯，刚结束，简直是大新闻。接下来我打算直接跟西岛先生对谈，还有很多细节要问。总之是大猛料——有决定性证据，配图上确实写着东洲斋写乐——假货？不会假，是在明治四十年出版的书里，在库尔特之前，朱利斯·库尔特，明白不——具体内容等我回报社再说，这条新闻不能放在文化栏，得上社会版，实在太有价值了。不只是绘画，还跟当时社会大有关系，绝对吸引眼球，还牵扯田沼意次那些人——谁骗你，是说写乐是田沼一派，够料吧？嗯，当然，那方面也会好好查实——我是想赶在其他杂志发表之前，由我们分好几次连续独家报道，不过也得等见了西岛先生再从长计议——总之务必留够版面，放心，绝对会火——"

男子粗暴地放下话筒，这才有空搭理津田，问道："你是协会的？"

津田目光下垂，答道："是的。"

"认识西岛老师吗？"

"我在老师的研究所。"

"嚯，还真是碰对人了。"

男子赶忙起身递出名片。

“辛苦前辈了，接下来换我吧。”

裕美的归来让津田如释重负。

“这位先生是报社的，想询问一些老师的情况。”

“这样啊。”

裕美听到报社二字立刻来了兴趣，礼貌地冲男子鞠躬问候。津田将裕美介绍给记者，随后就起身离席。

津田并未进入会场，而是下楼去了负层的休息室。津田是唯一的客人，他叫了杯咖啡，疲惫地合上眼。

（全都结束了。虽然想着只要能被承认就行，可是当面听到那些话，到底还是……）

少许寂寞涌上心头，那记者的采访对象本该是我啊——津田恨不得立刻离开会场，但先前的隐忍就将毫无意义，最终他只能恍惚地沉浸于对冴子的思念中。

十二月二十二日。

津田钻出被窝，去门口取了报纸，又给室内点上暖炉。他昨晚难得独自喝起闷酒，这会儿宿醉正让他头疼欲裂。他死死盯着报纸，却没有打开的勇气。

虽然不停做着心理建设，但始终不敢伸手。不过津田最终放弃挣扎，认命地打开报纸。

昌荣的"狮子图"赫然入目，吓得津田咯噔一下，西岛的半身照也紧挨着占据了大片版面。津田一扫踟蹰，飞速浏览起来。

写乐竟是平贺源内徒孙！
田沼政权产物

东洲斋写乐之谜时隔约两百年终于真相大白。据闻写乐为平贺源内徒孙，秋田兰画无名画师近松昌荣。且写乐所侍秋田藩同当时江户文化紧密相连，为文化人提供资助，培育大批英才，以接近老中田沼意次——

内容完全是摘抄津田整理的论文，没有任何添补。在介绍写乐说的长篇大论之后，也对西岛进行了详尽介绍。

　　武藏野大学西岛俊作教授完成了震撼美术界的历史性大发现。西岛教授是代表日本的著名浮世绘研究者，此次新说发表后经全场一致推举，成为"江户美术协会"新任理事长，这也意味着"写乐＝昌荣"说在浮世绘研究者之间已被广泛承认。出版社企划、杂志取材，以及海外接连不断的演讲邀请纷至沓来。临近新年，满满当当的日程让西岛教授忙碌并快乐着。西岛教授谈及今后抱负，表示会倾尽全力发掘理论上早已流入市场的昌荣作品——

得知"写乐＝昌荣"说被全面承认，津田顿感满足，同时也难掩心头焦躁。

幸好大学从前天开始放寒假，这段时间不用进出研究所，对津田而言算是唯一的救赎。为了转换心情，津田决定暂时远离东京，回盛冈老家疗伤。就算缺了津田，西岛也不会询问他的行踪，或许还会觉得一身轻松吧。津田万万没有料到，仅仅一个月，二人就已如此疏离。

十二月二十四日。

"津田先生也太不够意思了。"

加藤认清来人是津田，立刻嚷嚷起来。店里没客人，加藤正给刀剑做保养呢。

"非常抱歉，我本打算落实之后再向加藤先生转达……"

"我就奇怪，干吗为了听都没听过的画师专程赶去秋田。"加藤微微一笑，把刀放回陈列柜，"不过真是大发现啊，我这儿也热闹得很，最近两三天上门的客人都在谈论这件事儿。秋田的古董商听说发现了昌荣，也全忙着动作呢。"

"都有这么大动静了——"

"不过都是白忙活，根本就不清楚昌荣的画风嘛。有落款还好说，可是昌荣的作品几乎都给篡改了。"

津田点头道："多半是吧。"

"对了，之前你让我看过那本画集的复印件，还留着吧？"加藤自下往上盯着津田。

"嗯，这趟一起带回来了。"

"是吗……我想再瞅瞅，方便吗？"

这种小请求自然不好拒绝，津田当即应下。

加藤暧昧一笑，解释道："那真是帮了大忙。报上只登了'狮子’，其他作品谁都没见过吧。先看看配图，占个起手……”

“我手头这份是从复印件翻印来的，比不上用原件复印的效果，就怕加藤先生嫌弃。”

“足够了，足够了，复印费我照付。”

“那我就明天带来吧。”

“劳烦你多跑一趟了，感激不尽啊！”

“明年应该就会出版画集，复印件留着也没什么用处。”

“还有这种事啊……那原件现在放哪儿了？”

“西岛老师保管着，听说宝贝地锁在书斋的保险柜里。老师说见光伤书，谁也不让看。”

津田一阵轻笑。仔细想来，原件真不该让给西岛，真是所有筹码都被他蚕食殆尽。

（出了旧书市场就没见过水野先生，兴许他正恼火呢……）

原本就是从水野处得来的画集，可眼下的状况又该怎么去跟他交代……津田想到给如此多人添了麻烦，自惭不已。

“不知道画集什么时候能出版呢？”

加藤挺在意。他多半是想打探好复印件的有效期，以便抓紧时间下手吧。

“听说是三月吧。”

“三月啊……这么说还没开始拍照喽？”

津田反复强调道：“翻年的一月十日之前都没法拍吧，老师要忙着协会的继任交接之类，今年日程全排满了，正月也闲不下来……没问题，还有三个月呢，肯定来得及。”

加藤难为情地一笑，说道：“呃，也不是这意思……”

一月三日。

闹钟叫个不停，断断续续地响了又响。津田继续缩在暖烘烘的被窝里，伸手去够枕边的闹钟。然而声源并非闹钟，铃声仍未停息。

津田终于想起这里并非国立的公寓，而是盛冈老家。铃声也并非来自闹钟，而是楼下的电话。津田眯缝着眼从被窝探出头来，太阳早就升得老高。母亲的催促从楼下传来。

电话是岩越打来的。

津田一个打挺，只在睡衣外头披了件毛线衫就慌忙冲下楼去。

"抱歉，昨天睡晚了……"

津田找着借口接过电话。

只听岩越黯然说道："果然在那儿啊。今早给你公寓去了电话，结果一直没人接，就想你是不是回了老家。"

"有什么急事？"

岩越从没给盛冈来过电话，津田顿感忐忑。

"老师今早过世了……"

"啊？"

岩越几乎是狂吼道："西岛老师死了！"

津田膝头微微发颤，勉强振作精神，问道："什么情况？"

"老师家里起火了——在废墟里发现了老师的遗体……"

岩越无语凝噎。

死者只有西岛俊作一人。不幸中的万幸，他的家人都于二日夜里去了箱根，得以逃过一劫。每年正月二日，学生们都会齐聚西岛家中举办新年庆祝会，从早晨一直玩到傍晚。庆祝会结束后，西岛则带着家人一起出门进行温泉之旅，这已是惯例。不过今年从五号开始就有杂志的取材预约，西岛只好单独留下。

岩越也出席了新年庆祝会，西岛始终心情大好，跟吉村和山下一干人热火朝天地聊着写乐。等到散伙，老师已经完全醉了——岩越补充道。

"收拾妥当送夫人孩子们出门是在八点左右……之后老师就去了书斋工作……起火是在半夜十二点前后。老师的遗体躺在书桌旁边的小睡床铺上，消防局认为失火是由老师自身造成的，似乎是烟草意外点着了原稿纸一类的易燃物。当时老师睡着了，来不及逃脱。"

岩越满是悔恨。津田无言以对，一切来得太过突然。

只听岩越泣道："怎么会有这种蠢事，才刚起步，这是要我们怎么办啊……"

津田许诺一定会参加明天的遗体告别式，就挂了电话。他回到房间，扑倒在被子上，泪水不停地往外涌。津田理不清这份感情。

（原来我是恨着老师吗？）

正因憎恨，才难以承受吧。津田甚至无暇整理心情，西岛毕竟是他的恩师。就算如国府所言，西岛走上了研究者的歧途，但毫无疑问，也正是他教给津田浮世绘的绝妙。津田从未打算抱着憎恨和西岛诀别，所以才会暂时远离。

（你一死，我的心情又该怎么办？）

津田为西岛的任性愤怒不已。

第七章　画师的不在场证明

一月七日。

午后一点，西岛俊作的葬礼于中野总门寺举行。治丧委员长由众议院议员横山周造担任，出席者超过七百人。接待处共设有四个，津田和内田裕美二人负责其中一处，协会事务员也交替进行接待。

（和嵯峨先生那时相比，真是天差地别啊……）

上百花圈送至葬礼会场，寺里搁不下，只好一路排至山门外。预定会由文部大臣致悼词。事到如今，津田才深刻体会到西岛权力之强大。

"津田前辈。"从津田身后传来一声轻呼，是研究班的学生，"吉村前辈在休息室等你。"

吉村是治丧委员之一，负责接待安排出席者。西岛过世的打击起初让他一蹶不振，经过数日倒也逐渐恢复了元气。

津田刚到休息室，吉村立刻出来将他迎进室内。休息室里没有其他人，津田暗自琢磨着吉村在这当口专程叫来自己的用意。

"刚才大崎美术的编辑来过了——"

昌荣画集的出版正是由大崎美术策划。

"非常难办。还好论文有备份，小字辈手里留着底片，照片也不成问题，只是关键的序文和小传还没拍照。最初就定好在复刻版的附录里头收录，老师也没料到会变成这样吧……"

"到底怎么了？"

"原件给烧了。"

津田都把这事忘了。

"听说原本都定在昨天左右开始拍照……编辑说只是活字部分倒能照着复印件重做——我一想到你手里正好有，当时就给了回复。"

（贪得无厌也该有个限度吧！）

津田一时怔住，须臾问道："没有其他复印吗？"

"你得讲理吧。我从老师那儿得知整件事都是'写乐＝昌荣'说解决之后了，哪儿还需要制作复印。何况，老师把画集当作心肝宝贝护着，连拍照都不让。"

津田懒得开口。

"拜托了，缺了那部分就没法完成复刻，这也是老师的遗作，请务必借复印件一用。"

吉村难得地低下头。

（还好意思说什么遗作，分明是想在老师过世之后唱主角。）

津田婉言拒绝道："复印都留在盛冈了。"

"那就等你方便了再拿过来就行，一切费用都由我付。"

吉村的强硬让津田慌了手脚。

"请给我些时间考虑……老师才刚过世，眼下谈这种事恐怕不合时宜。"

"这样啊，那我过几天再跟你商量。"

吉村好歹还知道看脸色，没再纠缠。恐怕他也明白在这里惹恼津田会难以收场吧。

津田回到接待处，意料之外的男子正等着他。

"哟，好久不见。"

"这不是小野寺先生吗……怎么有空来这儿？"

"唉，稍微有些事儿……话说回来，葬礼办得可真豪华，果然大不相同啊。"小野寺刑警冲裕美亲切一笑，压低嗓门询问津田，"待会儿想跟你打听几个问题，不介意吧？"

葬礼结束后，会在总门寺的分馆举行盛大的法事。津田并未受邀，索性利用这段时间跟着小野寺出了寺院。津田除去了领带，反正穿着外套，并不算显眼。步行五分钟的距离有一间小餐厅，小野寺一声不吭地推开店门。

小野寺喝着番茄汁，说道："刚才还瞧见水野先生了。"

"水野先生也来了？我都没注意。"

津田心一沉，他还没跟水野打上招呼。

"他说这叫礼尚往来，答谢你之前出席嵯峨先生的葬礼。"

"这样啊。"

"说起来还真遗憾，才短短两个月，嵯峨和西岛这两位浮世绘研究界的核心人物就先后过世了。"

小野寺意味深长地盯着津田。津田这才恍然大悟。

（原来如此，所以他才专程现身。）

仔细想想，就算小野寺不提，也的确奇怪。

虽然实属巧合，但仅仅两个月时间，"江户美术协会"和"浮世绘爱好会"共同失去了各自的中心人物。加之二人又是数十年的好友，任谁都会起疑吧。

（我们怎么就没意识到呢……）

津田愕然，周围竟无人将西岛之死和嵯峨的自杀联系起来，也正说明西岛是如此亲近的存在，而嵯峨是如此疏远无缘。二者在世人眼中同为浮世绘研究者，在圈子内却身处不同世界。

津田先发制人，问道："老师的死因有什么疑点吗？"

小野寺苦笑道："不，还不好说。"

"还不好说，是指——"

（难道失火并非老师的疏忽？）

津田立刻追问。

"起火原因还没确定，不过可以断定起火点是在书斋，毕竟书都给烧成那样了……可是不清楚具体火源，当地警局似乎也在考虑人为纵火的可能。"

"人为纵火？"

这就意味着西岛可能死于谋杀，津田失控地质问小野寺。

"只是单纯的疑问，毕竟接连发生了两起事故嘛。听说是由辖区刑警首先提出他杀可能，于是久慈警局也跟着检讨了嵯峨先生的死因是否存在疑点。"

津田惊道："就是说，两人不是死于自杀或者事故？"

"怎么说呢，只是不排除这种可能。"

"可是为什么非得把两人都杀了？他们从前确实有往来，可现在几乎就是陌生人。"

"没错。没有同时针对两人的共同作案动机，所以可以考虑是单方相关人员出于复仇目的杀害了另一人。"

"你还认为嵯峨先生的自杀是因为老师吗？"

"别激动，那只是开玩笑而已，嵯峨之死和西岛先生无关。可是，只有这样考虑才能把两人的死联系到一起。"

津田也理不出头绪。

小野寺略一犹豫，说道："所以我打算调查到信服为止。个人认为嘛，最终还是会得出自杀和事故的结论，可是有两点让我很在意。"

"哪两点？"

"你最近跟国府先生见过面没？"

津田急忙反问道："没，今年还一次都没见过……国府前辈怎么了？"

"实际上，有证词显示，西岛死亡当晚，曾有酷似国府先生的人物出现在事发现场附近。"

"怎么会！"

"附近酒馆的店员在夜里九点左右出门扔垃圾，据称正好目击到酷似国府先生的男子往西岛住宅方向走去。国府先生上门拜访老师时常在那家店买酒，店员记得他的长相。不过当时相互都没打招呼，店员也说没法断定，可是总有些在意。"

"去了老师的住所……"

这让津田难以置信，再一想又不无可能。自津田的发现被西岛霸占以来，国府的确暗自盘算着什么。这是事实，但绝不能告诉小野寺。一来会对国府造成不利，二来也不得不说明西岛的蛮横行径，这对津田而言太过艰难。既然无法告知来龙去脉，小野寺想必也无法理解国府的愤怒吧。

"听说国府先生是去跟西岛断绝师生关系来着——"

津田哑然。

"立刻就有人拿这做文章呢。"小野寺摇头点烟，"九点跟十二点毕竟有时间差，现阶段也没有国府先生和火灾的直接联系。只是，一旦确定了人为纵火，这动机嘛……"

"只因为认识嵯峨先生就说前辈有动机……"

"没错。辖区警局那帮人并不知道国府先生的为人，只是单纯从程序上把他跟案子联系起来。国府先生绝对不是那种人，这只是我的直觉，但我相信他不可能是纵火犯。"小野寺爽朗一笑，似在鼓励津田，"我是打算赶在同行发难之前还国府前辈一个清白，所以想事先知会你一声。"

小野寺不再多言。二人走出小店，左右分头而行。

确认津田走出视野之后，小野寺重新回到餐厅。

"辛苦了。"

在方才两人就座的席位背后，一名年轻男子主动打起招呼。小野寺毫不掩饰满脸的不快，在男人对面重新坐下。

"我可传达清楚了。"

"真是抱歉，让你为难了……"

男子忙向小野寺赔不是。

"说真的，这么做太过火了，我认为国府先生跟案子无关。"

"没办法，眼下唯独他有作案动机……也有吉村的证词。"

小野寺不悦道："吉村那只是中伤，东京的警察都这么办案？"

236

"怎么会。小野寺前辈不也说吗，接连死了两名研究者很不寻常。"

"说是说了，但我又没说跟国府先生有关。"

"这样下去我们只会陷入被动。如果国府洋介和案子无关，自然会有别的发展。"

还请见谅——男子不停向小野寺低头道歉。

"不过他能向国府先生透露多少还是个问题，而且最近两人都没见过面。"

"确实。不过只要存在可能性就该放手去做，科长也没异议。"男子说完沉思一番，又补上一句，"一切都看国府洋介知情后会采取什么行动。"

等津田回到总门寺，法事已经结束，人潮从山门后涌出。津田一路小跑赶到接待处，桌子都已收拾干净，岩越等人正围着火盆抽烟。

"你听说吉村的事儿没？"

岩越的唐突提问让刚回来的津田摸不着头脑。

"貌似从今年开始那家伙就要回咱们大学当讲师了。"

"你是说吉村前辈？"

"校长出席了告别式，算是正式提出吧，吉村也痛快地答应了。开什么玩笑。"

"美术馆那头怎么办？"

"他是非常驻，打算脚踏两条船呢。听说直接让他接替老师讲课。"

“这样啊……”

“一句‘这样啊’就完事儿了？你不觉得委屈吗？咱们是为了什么才留在研究所的？吉村心里头也该清楚才对，就算是校长提议，也不至于一口答应吧，怎么着也该跟咱们商量商量。”

全员也都表示赞同。在场几乎全是研究班的学生，比起吉村，还是跟岩越和津田更为亲近。

“真是看走眼了，吉村也好大学也好——”

“总觉得老师过世之后，唯一受益的就是吉村前辈。”

裕美之言让全员愕然。

岩越大怒附和道：“说来真是，听说昌荣的研究也由吉村继承了。”

“哎呀，差点儿忘了，刚才水野先生来找津田前辈呢。”

津田故作随意地答道：“是吗？”

“他交代说让前辈明天下午给这里去电话……”

裕美从口袋里摸出留言条递给津田。

（水野先生肯定火冒三丈吧，自从拿走画集就再没联系……）

真是厄运不断的一天——津田谢过裕美，心下一片呆然。

"不干了⋯⋯你真打算放弃浮世绘？"

国府愕然盯着津田。这里是神保町的寿司店。葬礼结束后，津田给国府的公司去了电话，二人约定久违地喝上一杯。

"厌倦啦。"津田正色道，"老师不在了，而且听说今年吉村前辈会回大学任教，突然就懒得继续了⋯⋯"

"波士顿怎么办？"

"多半去不了吧。严格来说是协会负责安排，老师这一走⋯⋯"

"这样啊⋯⋯真是太委屈你了。"

"都怨我太天真，如果那时候能听国府前辈劝告再努把力⋯⋯"

国府略一沉默，幽幽问道："那你今后有什么打算？"

"还没考虑太远。最近计划抽空回盛冈跟父母谈谈，多半会在老家找份工作吧⋯⋯眼下还得给研究班代课，三月前没法离校，我也想趁这段时间好好想想。"

"这样啊，连你也放弃了⋯⋯"国府寂然低喃，"到头来只有吉村一人受益。他还好意思回大学教书，脸皮真够厚。"

津田正伤脑筋，今天跟小野寺碰面听来的那些话该不该对国府讲，他还犹豫不决。

"我看到昌荣的新闻报道的确一肚子火，可是老师居然这么一走了之，生气也好埋怨也罢，简直都成了笑话……成果被老师抢去或许还能想通，可是换作吉村就……"国府苦笑，"其实吧，二日晚上我去过老师家。"

津田一个激灵。

"你说能有多凑巧。我下车走到老师住家附近才想起屋里应该没人，每年这时候老师全家都会出去泡温泉，于是就折返了，没想到那晚老师竟然在家……早上看到新闻我整个人都蒙了，明明恨他却又沮丧得很。唉，怎么也是十年以上的交情，即便反感老师的品行，知道他人不在了还是会脱力啊……"

津田终于松了口气，这下也能给小野寺一个交代。津田放下心来向国府透露了小野寺的怀疑。

国府愕然瞪眼道："怎么可能！他说那是纵火？"

"小野寺先生说可能是过失纵火。"

"是吗……想不通啊，有什么动机非杀老师不可……"

"也不排除是单纯的纵火狂。"

"哪儿能这么凑巧。假如真是放火，一定不是偶然，而是瞄准老师下手吧——犯人应该能从中获益……理论上该怀疑吉村，但他没这个胆量。吉村只是走了狗屎运，老师过世时他也没料到之后的发展吧，而且老师活着对他的好处更大……这样一来，从常识上考虑，有作案动机的就只剩我和你了。"

津田栗然。

"如果当作故意纵火案进行调查，估计吉村会向警方爆料吧，他知道我们对老师心怀怨恨……不对，你不用担心。"

"为什么？"

"吉村不会供出你。告诉警方你有嫌疑，就等于承认他们强抢了你的论文，他还不至于自掘坟墓。等于我就成了众矢之的喽。"

"怎么会，别开玩笑！"

"说不定他早都把我卖了，小野寺会来东京也是为这事儿吧。"

津田语塞。

国府笑道："现在看来，二日晚上我去拜访老师可就成了大问题。"

一月八日。

次日，津田拨通了小野寺留下的电话号码。

"这样啊。嗯，他以为对方不在家吧，我猜也是。"小野寺爽朗地应对道，"请听好，并不是我主动发问，而是国府前辈自然而然地提到老师这件事，我相信他绝对没有撒谎……"

结束和小野寺的通话，津田直接联系了水野。虽然不情不愿，但毕竟自己也有责任。水野立刻接起了电话。

"你好，你好，真遗憾昨天没见上面啊。"

出乎意料的明快语调让津田大为振作。

津田首先道歉道："画集的事真是万分抱歉。"

"啊？嗨，你道什么歉，画集本来也是别人送的，能派上用场就好。"水野豪爽大笑，"不过确实没想到啊，那些画居然出自写乐之手，做研究的真是不简单。"

津田不知该如何作答。

"对了，你从哪儿打电话呢？"

津田应邀来到新宿西口的咖啡馆。水野说无论如何都想让他见一个人，名字却先保密。津田无法拒绝，只好赶往新宿。抵达时间稍迟于约定，水野正同一名男子交谈。

"哎呀，你好。"

水野笑着邀请津田在身边的席位就座，津田也跟另一名男子相互问候。

（似乎在哪儿见过……）

男子年过四十，戴着厚厚的眼镜。虽然已有银丝，但长发和夹克的搭配很显年轻。

"这位是峰岸昂先生。"

（难怪。）

津田恍然。峰岸是浮世绘爱好会成员，跟嵯峨尤其亲密，虽非师徒关系，旁人却都把他视作嵯峨门生。水野是担心津田犹豫，所以才事先保密吧。津田常在杂志上看到峰岸的照片，但还是头一回面对本尊。

"峰岸先生说务必想见你一面。"

水野略显为难，似乎在斟酌该如何说明。

峰岸主动解释道："我也是从继司那儿听说你收下了写乐的画集，才硬是让他帮忙牵线。"

水野笑道："貌似有什么地方让他挺在意。"

（对啊，峰岸的专攻方向是清亲。）

津田领会了对方的用意。

"刚好我从去年秋天就一直不在日本，完全不知情。"

峰岸皱眉看向水野，似乎在埋怨他干吗把写有清亲序文的书让给别人。峰岸是位摄影家，以拍摄风景为主，因此对浮世绘的风景画产生兴趣，还曾以清亲的光影技法撰写论文，可谓是日本屈指可数的清亲研究者。

峰岸询问道："听说西岛先生过世时，写乐的画集陪着被烧掉了？"

"是的，非常遗憾。"

"话虽如此——津田先生，不知你是否留着复印件之类？"水野插嘴道，"报纸上也只提了提有清亲的序文，并没给出具体内容。我是被峰岸先生烦到死了，一再跟他说序文无趣得很，他偏要眼见为实——结果就一路追问到你是否留着什么记录。"

水野苦笑着瞅了瞅峰岸。

峰岸连忙解释道："甭管无聊不无聊，总之在意得紧，还请包涵我的任性。"

"有复印件，但没搁在东京。既然峰岸先生想看，我改日取来就是。"

"真有吗？那简直再好不过，这下我也算对得起峰岸先生了。"

津田向峰岸询问道："您刚才说对画集的某些部分很在意，具体是……"

"眼下我刚好在制作清亲年谱，尤其欠缺清亲东北之行的资料，所以想从画集的序文找些参考。"

津田点点头，他能理解峰岸的心情。

"可是就如水野先生所说，序文只是形式上的客套话，并没有什么实质内容。"

峰岸失望道："这样啊……"

"不过至少能弄明白清亲访问小坂镇的日期吧。"

"嚯，留了日期吗？"

"是的，我记得是十一月二十日左右。"

峰岸喜道："只弄清这一条也是大收获了。"

"对了，你说复印件不在东京，那放哪儿了？"

水野若有所思。

"留在盛冈老家了。"

"盛冈啊！"峰岸又是一喜，"我常去呢。不只是工作之故，像仙台、盛冈、青森、弘前，我每年都会沿着清亲的足迹转上两趟呢。"

"如此说来，清亲也在盛冈待了很长一段时间呢。"

"直到现在那一带也经常发现清亲的手绘，我都跟古董店说好了，一有货就立刻通知。"

"您知道盛冈的不来方美术吗？"

津田提起加藤的店铺。

"不来方啊，就是公园下头那家？"

"没错。"

峰岸回忆道："我记得那家店也经手浮世绘。"

最终峰岸和津田相约同行前往盛冈。峰岸一心盼着尽快看到序文，加之在青森发现了清亲的手绘画册，更希望赶早上路。津田是在返程转车时接到峰岸联络的，自然也没异议。

一月十四日。

盛冈风雪交加。难得迎来无雪的正月，十日之后下雪的日子却逐渐增多，道路也被好几厘米厚的积雪覆盖。三天前再度返回盛冈的津田在傍晚时分接到来自峰岸的联络后出了门，街区中心部位相向建着大型书店，峰岸正在其中一侧的二楼咖啡馆等着。津田在出门前也联系了加藤，加藤对峰岸印象深刻，老早就说到了盛冈一定做东款待。加藤的古董店临近大路，应该先于津田抵达了咖啡馆。

"这儿呢。"

峰岸向津田挥手示意，他对面坐着加藤，二人似乎相谈正欢。

"这场暴风雪来得真猛。"加藤笑着邀津田并排坐下，"正准备看看峰岸老师带来的清亲画帖呢。"

津田边脱大衣边问道："是从青森弄来的？"

"嗯。是好东西呢，我就直接买下了。"

桌子上放着打好包袱的画册。

"能打开吗？"

津田见峰岸点头，便解开包袱，翻开画册。册子里贴着超过二十张手绘画，全都是花或静物，色彩沉稳宁静，无可挑剔，呈现出不同于风景画的韵味。津田不禁感叹清亲的素描功力。

"确实厉害。"加藤跟着一张张往下看，同样啧啧赞叹，突然惋惜地嘟囔道，"这张……画的是盛冈的旅馆啊。"

"这样啊，确实遗憾。"

"怎么会让青森那边儿收去了——"

"不，似乎很早之前就在青森了。"

峰岸似在安慰加藤。

"东西的确棒，不过委实贵了。我本打算只拍照就好，哪晓得最末附了日期，结果一咬牙硬给拿下了。"

峰岸哭穷之余，也不掩得意。

"对了，您要的资料我复印好了。"

津田重新包上画册，将复印件交给峰岸。

"谢了，还麻烦你专程为我跑一趟。"

峰岸谢过津田，立刻读起了序文。果然无趣吧，正所谓期待越高，失望也越大——津田看着峰岸始终淡漠的表情暗自思忖。

"啊。"

峰岸轻声一叫，目光停在某处，脸色眼看着起了变化。

"发现什么了？"

峰岸的讶然之色让津田疑惑不已。

"唔——"峰岸沉思一阵，喟然长叹道，"完全着了道啊。我买来的清亲画册……是假的！"

峰岸敲了敲画册，追悔莫及。

"怎么说？"

津田完全看不出哪里有假，只得追问。虽然清亲并非津田的专攻，但从运笔或签名来看确是真迹无疑。

"日期，是日期。"

峰岸再度打开画册，径直为二人翻到贴在最末的作品，画面左侧留有清亲的题字。

卧病观写，十一月二十日至同月二十五日，于南部盛冈，大盛馆——

"盛冈有叫大盛馆的地方？"

峰岸此问搞得二人茫然。

只见峰岸沮丧抱头，叹道："难怪查不到资料啊，我一直往青森调查，结果他竟然待在盛冈。"

"可是并不能因为没听过大盛馆就说这是赝迹吧，万一只是拆了呢？"

津田并不认为有多大问题。

"清亲从明治三十九年（1906 年）七月到翻年五月都在东北，没错吧？"

津田自然知道。

"所以这本画册提到的十一月一定是指明治三十九年。"

津田颔首。

"再来看看你这本画集的清亲序文，上面说他在三十九年的十一月二十三日到二十八日都在小坂镇的佐藤正吉家。"

峰岸将复印件摊在桌上。

"画册直到二十五日才完成，而且是'卧病观写'……他都病得没法动了，还能立刻跑到小坂镇做客？"

"啊。"

这回轮到津田和加藤一愣。

"都怪我成天清亲长清亲短，怕是给人瞄准了下手……东北的清亲赝品本来就多，真该仔细检查。"峰岸懊恼地咬紧嘴唇，"做得太像了，我根本没起疑。"

"的确，谁看了都会认为是清亲的真迹。"津田反复翻看画册，询问加藤，"这封面装帧确实挺有年头吧？"

"是啊，不过装帧成色都有办法做旧。其实嘛，我猜题字是伪造的。"

峰岸叹道："肯定啊，这是假货嘛。"

"不，我是说画是真的，只有文字是经他人添加……"

"啊，的确也有这种可能。嗯，你的说法可能性还更高，怎么看这些画都该是清亲的真迹。不过字的特征也把握得很好——"

加藤说道："如果画没有问题，那就只可能假在文字。这种情况常有。"

"也对。而且就算只是应付，想必清亲也不会在序文里头胡编乱造。多半真就像你所说吧。"

峰岸总算有些安心地点点头。津田却一个寒战。

（不会吧……难不成还有一种可能……）

小小的疑问在津田心中扩散开来。

津田辞别二人回到家，立刻从纸袋里取出复印件。当初制作资料时，津田从封面开始一页不漏地复印了整本画集，现在他从头看起，重新核对了每一个角落，却并没发现让人起疑之处。

（是我想太多了吗？）

津田怀疑清亲的画册或许并非冒牌货。如果画册是真的，日期上存在冲突的画集就会变得可疑。然而津田翻来翻去也挑不出漏洞，而且找不出作假的理由。若是画册，造假自然因为有暴利可图，可是画集又另当别论，无论收录了何等珍奇的作品，到底只是照片而已，不是实物就谈不上价值。津田当初买下那本画集的价格相当于白送，假如没被他看上，说不准眼下还在旧书店之间转手，这种东西哪里值得假造。津田终于打消了疑虑。

津田将复印件放回纸袋时，一张美术明信片掉落下来，当初被夹在画集里，如今已是留给津田的唯一纪念。

津田感慨万千地看着明信片的画面。这是昭和初期的温泉风景。山峡之间架设着巨大的吊桥，对面能远眺热气袅绕的温泉小镇。吊桥上站着两名看似艺人的女性，正冲着照相机镜头露出微笑。整个画面呈现出闲适悠然之感。

津田盯着照片发了会儿呆。画面右下方写着"鸣子温泉峡"。收信地址在横滨，多半是温泉游客给朋友寄出的纪念品吧。

（冴子是在仙台吧，也不知她最近如何……）

津田只想跟冴子见上一面。

一月十七日。

加藤激动地告诉津田："这月要去伦敦喽！"

津田久违地来到古董店，加藤正和一位老者交谈着。男子姓千田，在盛冈的私立短大教历史，对古文献情有独钟，是加藤店里的常客，津田也同他有数面之缘。津田坐到千田旁边，加入话局。

"出国旅行？"

"不是我单独去。"

加藤又报上两三名美术商的名字，他们的店都开在盛冈。

"那你这是去工作？"

"主要是去苏富比。"

加藤两眼放光。说到伦敦苏富比，自然是指世界第一的美术商。任何人都能参加苏富比定期举办的拍卖会，每年都有超一流作品在会上出卖。世界范围的美术馆、画廊群集而来，成交价将决定美术品市场整年的价格走向。任何人都能参加，却绝非任何人都出得起价，绝对是画商们无不憧憬的顶级拍卖会，甚至于旅行社也推出了相应线路。

"我们当然是跟着旅行团去，就不知有没有咱也买得起的东西喽。"加藤笑道，"不过这回的东洋美术很多，单去饱饱眼福也好啊。反正二月店里也清闲，之前受了邀请，就干脆给定了……传说中的苏富比拍卖啊，干这行的谁不想在有生之年参加一次……"

美术商的梦想嘛——千田也笑道。

"大盛馆的确在盛冈。"千田回忆道，"是在八幡背后，现在给修了高楼，从前是挺有名的旅馆。"

津田和加藤全神贯注。刚才，津田重复了峰岸前些天的意见，表示正在调查清亲之事，千田随即娓娓道来。

"不过战前就给毁了。"

加藤点头道："那我们自然不知道了。"

"虽说是一流旅馆，昭和初期开始就成了招妓玩乐的去处。"

加藤笑道："正所谓时代潮流嘛。"

"这么说……那本画册——"

"事先做了调查吧。关系地名建筑，找上了岁数的人一问就知道，不会傻到在这种地方露出破绽。"

"现在也只说明的确有大盛馆而已，至于画册真假——"

加藤坚信画册的题字是伪造的。

（可是既然有心事前调查，为什么不挑选从明治延续至今的一流旅店？沦为招妓场所的大盛馆反倒不自然。反正也不会留下明治四十年左右的登记簿，换其他旅店岂不更好？）

津田心底仍有解不开的疙瘩。

当晚，津田电话联系了国府。

"你认为画册是真是假？"

"这……"

津田语塞。这样被反问，他也下不了结论。眼下峰岸和加藤都偏向赝品，这两人又都是专家。

"画本身应该不假，他俩都猜测题字是后来被人添上的。"

"峰岸先生说画没问题？"

"是的，他也使用了类似的说法。"

"在清亲问题上峰岸是日本第一，既然他认为不假，那就真有些问题。可不是，有什么必要在真迹上伪造题字？"

"按照加藤先生的说法，可能是把原本很厚的画册拆散了重做成很多册，其中完全没署名的部分被合订在一起，就是峰岸先生手里那册……于是就只在画册最后加上清亲落款。"

"原来如此，构思很巧妙。单听你讲，这种解释似乎行得通。不过我又没实际过目，没法做出评价。但你要做好准备，一旦画册是真，就必须考虑画集的可信度。"

"是啊……如果问题出在画集，前辈怎么看？"

"怎么看啊……或者是清亲记错了，或者是单纯的印刷错误，又或者——"

"或者什么？"

"序文是假的。"

津田长叹。他也有相同考虑。

"清亲记错的可能性微乎其微，毕竟精确到了具体日期，恐怕参考了日记之类吧。接着是印刷错误，貌似也不太可能啊。那本画集的文字本来就少，虽然不说绝对不会出错，但也没什么概率恰好印错日期吧。"

津田默不作声。

"如果画册完全是真迹，或许就可以直言清亲的序文是假的。"

津田冒出一层薄汗，反驳道："可是，完全想不出画集作假的理由啊。造假终究跟利益挂钩，一定有人能从中牟利。可是目前看来获利的反而是我方，此外没人捞到好处。"

国府哈哈大笑道："吉村不就出人头地了？"

"若想借画集抬高昌荣的商品价值，那也得在昌荣小有名气的前提下才能奏效，可是昌荣直到现在也默默无闻。浮世绘研究者也好，兰画研究者也罢，都是因为昌荣说发表才头一次看到那本画集，可见印刷极少。能有人从中获利吗……"

"可不是，都宁愿把昌荣的落款给切了再流入市场。"

"没错，所以说清亲的序文完全没有造假的意义。"

"没有意义吗……确实如此。"国府难得对津田的发言表示赞同，继而别有深意地问道，"于是你得出了什么结论？"

"果然还是清亲画册的题字有假？"

"听了你的想法，到底也只能这么考虑吧……我压根儿没见过画册，发表不了任何意见。那本画册峰岸先生最后怎么处理了？"

"因为画本身似乎是真迹，他就带回家了。"

"这么说是在东京喽？好吧，稍后我跟峰岸先生联系联系，反正之前在嵯峨先生那儿也常跟他碰面。"

"真抱歉，老给你添麻烦。"

"我倒没觉得有什么麻烦，刚好也有兴趣嘛。对了，能把画集的复印件送到我这儿吗？"

"没问题，全都要吗？"

"如果能提供从封面开始的全部内容那是最好。"

"明白了,那就连美术明信片的复印件一起给前辈送去吧。"

"美术明信片？什么东西？"

津田开始说明，表示想连位于横滨的收信地址一并调查，他一旦认真起来就不放过蛛丝马迹。国府也表示出兴趣。

"我倒希望你更早之前就能给我看看啊。"

"一直都给忘了。"

"哈哈，反正也没什么大不了吧。"

国府笑着挂了电话。

一月二十九日。

国府穿行于鹤见的古旧住宅街。他手持昭和十年前后的区划地图复写，图纸中勾着一个红圈。国府原以为街道已在战乱中面目全非，早有扑空的觉悟，实际走街串巷却发现道路几乎保持原貌。越接近目的地，地图的吻合度越高，看来这片土地曾在当年的空袭中逃过一劫。

（就在这一带了。）

国府停下脚步环顾四周。这座镇子坡道不少，国府有些气喘。他挨户查看着地图红圈一带的住家。虽然只是瞅瞅门牌，但毕竟是在阳光普照的午后时分，多少有些难为情。路过的行人甚至误以为国府是推销员，纷纷避而远之。

"啊。"

国府终于在一栋老房子跟前发现"松下"的门牌，不由得拿起地图确认。绝对没错，当年的住所地址的确就在这里。意外的顺利让国府激动不已，他本以为老早之前就没了。

国府一口气打开玻璃格子拉门，挂在门上的铃铛丁零作响。

"先生有何贵干？"

上了年纪的妇人从屋里走出，讶然打量国府。幸好国府看样子不像匪类，妇人放下心来，礼貌地询问来意。

国府进行了说明。

"是没错，我家一直在这儿。有什么事吗？"

"请问松下勇二先生是——"

"是我爷爷，他老人家早就过世了。"

国府从口袋里取出叠好的明信片复印件让妇人过目。

"哎呀，这是寄给爷爷的，怎么会在您那儿？"

"被夹在一本书里，因为某些原因需要调查那本书的来历。"

国府所持正是津田送来的复印件，收件人是鹤见的松下勇二。

"原来如此，辛苦您了，还专程上门。"

妇人似乎错以为国府是政府人员，没追问具体原因，国府也省得解释。

"不过应该和那本书无关，这是爷爷过世之后才整理的。"

"您说整理？"

"是想当作遗物送给亲戚们留个纪念。我想想，是谁来着，很稀罕爷爷的美术明信片，当时就整理出来一起送了……"

妇人阁下一句"稍等"就进了屋，留国府一个人心急如焚。

"找到了！"妇人拿着旧巴巴的大学笔记本回到门口，上面似乎留着记录，"全送给亲戚的孩子了，小家伙喜欢集邮，硬是央求了好久。"

"请问是哪一年的事情？"

"爷爷过世是在六年前，那孩子现在也该上大学了吧。"

国府哑然。因为明信片的年代遥远，他下意识地以为这也该是陈年旧事。

国府记下那名大学生松下良武的住址和电话号码，道谢后就此告辞。妇人提供的住址位于五反田，正好在回程途中。国府在鹤见车站拨通了电话号码。

没想到松下良武星期六也待在家里。

"你好，我是良武。"

到底是陌生人的来电，应答的声音充满警戒。国府开门见山直述用意，半途良武的语气也转为安心。

"惨了，那事儿该不会让姗姗给知道了吧？"

良武满不在乎地嘿嘿一笑。国府提出见面详谈，良武欣然答允。两人约好一小时后在五反田站前的咖啡馆碰头，国府穿着苔绿色防水外套，应该很好辨认。

良武笑道："要不我在胸口别朵玫瑰花得了。"

"刚刚结束通话，正在买票。好的，回头联系。"

男子匆匆切断电话，装作若无其事地尾随国府进入月台。此人正是在总门寺附近同小野寺有过交谈的年轻刑警。

"是国府先生吧？"

国府刚进店里，就被梳着大背头的年轻人叫住，男子个头不算高。

"良武君？"

男子叼着吸管点点头。他穿着皮夹克，配上松松垮垮的黑长裤，夹克里头只套了件薄 T 恤。他面前搁着冰激凌苏打。

国府对着良武坐下，说道："抱歉啊，让你特意出门。"

"客气啥，多亏你我才终于能出门。"

"怎么了？"

"我今天被关禁闭，差点儿给老妈烦死。"良武挠挠头，笑道，"之前捣蛋闯了祸，刚才还真以为警察找上门了……"

"我想想看啊，应该是去年春天左右吧。实在急着用钱，就把邮票啥的一起卖了。"良武思索着回答国府的提问，"怎么说也是打小学拼命积攒的宝贝，我还哭了一场呢。"

国府完全无法想象良武每天端详邮票的模样。

"我记得最后卖了十来万吧。"

"挺值钱嘛。"

"不跟你开玩笑，光邮票的零售价就能上七十万呢。店家这儿说不行那儿说不好，砍价那叫一个狠。我只能挨他宰，没办法，谁让急着用钱呢。现在想来还一肚子火，那臭老头。"

良武愤愤不平。

"美术明信片总共有多少？"

"有三百张吧。"

"嚯，你还挺能收集嘛。"

"因为想要邮票嘛，就顺便收集了。明信片虽然没啥稀罕，在店里要三百日元才能买一张呢，我那些放到百元店也值三万不是。结果总共才卖了五千，这生意也做得太黑了。"

良武抱怨之余又添加了番茄汁。

"可是这下完蛋了，明信片我是偷偷卖掉的，真没想过会让婶婶知道。"

"抱歉，但这件事我非查不可。"

"有犯罪的味道哟。"

良武的玩笑逗乐了国府。

"对了，你都卖给哪家店了？"

良武报出的店名在新宿，国府也知道那里。店铺虽小，却时常往杂志上打广告。

谈话结束后国府站起身，良武说要留在店里等着跟朋友碰头。

"我是那儿的熟客，报上名字老板自然知道。"

临别之际，良武不忘补充。

的确是个和善的好青年嘛，国府不禁暗赞。

走出新宿车站，已将近六点。自打十二点离开公司都过了五个多小时，一路下来国府的肚子也开始叫唤。不过调查能早则早，邮票商的店铺应该就在三越里街，国府加快了步伐。

店铺很好找。一进门，五十来岁的发福店主立刻亲切相迎。店里没客人，国府简短传达了来意。店主明白上门的并非买主，满脸不耐烦，却也没打断国府。

"哦，那小子啊。"看来店主的确对良武印象颇深，"最近都不见他上门呢。"

"听说他放弃集邮了。"

主人大笑道："放弃才好，不能贯彻到底就只是浪费时间。"

"想请问你这张明信片——"

国府无视店主的揶揄递出复印件，对方接过去一阵端详。

"记不起来……之前的确从那小子手里收了一捆明信片，可也不能张张都记得。而且这种东西又不稀奇，我收的货都堆成山了。"

店铺左侧墙壁用隔板搭着架子，其中成捆成捆地堆着美术明信片。"昭和初期东京都火车"、"日本火山"、"国立公园"……附着各种标题的胶圈将明信片按主题分类，每捆都有好几十张。也有一张一张用玻璃纸单独包装的商品，标价都是天文数字。此外还有不少明治时期的浅草风景。

"如果是那种东西——"店主指着标有"浅草十二阶"的美术明信片，"多少还能有些印象吧。"

"真的完全想不起来？"

国府紧追不舍。如果线索就此切断，之前的努力就会全部付诸流水。

"假如给这张明信片分类，会用什么标题？"

国府尝试着引出店主的记忆。

"是哦，大概是'温泉风景'之类吧，总之差不离。"

复印件右下方的文字难以辨识。

"这张似乎是鸣子温泉的照片。"

店主若有所思道："嚯，鸣子是在仙台附近吧……咦，该不会是那谁？"

"有什么印象吗？"

"唉，怎么说……我也闹不准是不是那人，去年夏天有位客人常来店里，虽然我不记得你这张有没有被他买走，但他说过用东北名胜古迹做主题的美术明信片都成，先后买了一大堆……当然并不是鸣子温泉这种，还得更古老些的地方，像松岛或者弘前城之类，基本都是明治时代的东西。"

"是个怎么样的人？"

"怎么样的人啊……就是普通人喽。对了，应该留了名片。请稍等，我记得是在抽屉里……"

店主在收银机下面的抽屉里翻找起来，国府的胸口怦怦直跳。

"啊，找到了，找到了，这儿写着'东北美术明信片'，是我特意做的备忘。"

店主将名片递给国府。看清姓名的瞬间，国府倒抽一口凉气。

（什么情况，怎么偏偏是他？）

国府一阵眩晕。

"真不记得卖给这人了？"

国府激动地质问，这是连接一切谜底的关键。

"就算你再怎么问——"

店主抄着手，努力回忆。

"我回来了。"

店铺里侧传来女性的说话声，店主恍然大悟地叫嚷起她的名字。女子披着蓝色外褂来到店里，店主向她转述了国府的来意，又递上复印件。

店主说明道："我只记得打包了一捆东北温泉的明信片。"

"是叫'东北温泉信'吧。"

"对，应该没错。"

女店员断然道："那就的确卖给那位先生了。"

"当时老板刚好外出，那位先生说一捆当中有三分之一都不想要，让给他便宜点儿。我说不晓得该怎么定价，最后他还是全买下了。"

"哎呀，是那时候的家伙啊。"

国府急忙追问道："请问还记得具体时间吗？"

"大概是去年十月吧……我记得还没开始供暖，但也稍微有些冷了。"

（正好是发现昌荣画集的时间！）

国府哑然咀嚼着这句话代表的意义，空腹感早已抛到九霄云外。

"不太清楚他的目的。现在进了府中站前的拉面馆，没有可疑举动。之前在五反田的咖啡馆和一名看似暴走族的男子有过谈话，毕竟我是单枪匹马，又不能直接询问内容——自然，明天一早就拜访新宿的邮票商，眼下已经关店了。不过国府至今也没有任何异常举动，个人认为他和案子无关——接下来他也该回家了，确认之后可以收队吗？好的，明白。"

年轻刑警放心地结束了通话。

一月三十一日。

小野寺接到东京方面的电话，松了口气。

"是吗？果然没有明显的可疑之处呢……"

"是的，我想跟案子无关吧，或许是工作上的需要……嚯，美术明信片啊。不，我完全没有这方面的情报。是吗，找到买主了？"

对方报出了买家姓名。

"哦，这样啊……"小野寺猛然一怔，"不、不好意思，能麻烦你再说一次名字吗？"

对方依言复述。

（怎么可能，怎么会提到那个男人的名字！）

小野寺一片混乱。

二月一日。

国府在外用过午餐回到公司，就见桌上放着一张便笺，记着峰岸的名字和电话号码。国府猜想他多半回了东京，这才主动跟自己联系。最近国府几乎每天都往他家去电话，但峰岸因为工作去了九州，屋里始终没人。

国府连忙拨下号码。

"哟，貌似你打了不少电话？"

峰岸立刻接起了电话。这是四谷某间公寓的号码，峰岸一直把那儿当工作室。

国府提出希望借画册一看。

"从谁那儿打听来的？"

峰岸讶然。国府报出了津田的名字。

"对哦……说来你也是西岛先生的——"

峰岸笑说忘了。他和国府只在嵯峨家中见过面，才有此误会吧。

"正在复印呢，现在就在我手头哦。"

峰岸发出邀请。国府的公司位于神田须田镇，打出租去四谷还不到二十分钟。国府单手向身边的同僚示意，拜托他暂时帮忙顶着。

"怎么看都是真迹呢。"

峰岸泡着红茶，对紧盯画册的国府说道。

"的确是上乘之作。"

"不，我是说题字。"

"题字也是真的？"

"嗯，跟其他字体比较来看也没有可疑之处……说是笔迹鉴定到底有些小题大做，不过单只清亲的署名照片，我就从同时期的手绘作品当中拍了好几十种。缩放成同样大小一比较，除了文字位置有些微出入，整体结构简直完全一致……这叫一个头痛啊……"

"真不愧是峰岸老师，我们可做不到这一步。"

"没什么大不了，我是靠这吃饭呢。"峰岸颇为自得地笑道，"不过我想问问你的意见。"

"如果题字是真迹……"

"很奇怪对吧？难得一口气找到两份资料，这下该信谁？反倒更混乱了。"

国府默然不语。

"从九州回来的途中，我顺道去了湖西市和三保。"

峰岸突然改变了话题。

"湖西和三保啊，是静冈的——"

"清亲曾随德川庆喜在那一带住过两年。因为佐藤正吉的关系，我想稍微调查调查。"

清亲是幕府臣下，明治维新后庆喜移封静冈，多数家臣也都跟着转移。

"在那儿有什么发现吗？"

"完全空手而归。湖西市是合并而来，早前的资料几乎没有。我对三保抱了挺大期待，结果白跑一趟。想想也对，清亲虽然写着是在静冈结识佐藤，又没说他是静冈人，没资料也不奇怪。之前想得太简单，这两人的关系也值得重新推敲。假如佐藤当真跟清亲非常亲近，现阶段的研究至少该出现他的名字才对。"

二人不禁长叹。

峰岸问道："在秋田也没找到他的资料吧？"

"你是说佐藤正吉？听说的确没有。"

"就不知吉村君认真找过没喽。"

峰岸坚信调查是由吉村操办。

"怎么说？"

"我是担心他眼里只装着写乐，对清亲其实毫不上心吧。"

"您多心了，公所或者资料馆他都去过，该做的调查全没落下。"

国府为津田抱不平。

"那为吗不去静冈调查？"

"真不能怪他，佐藤至多不过是收集昌荣作品的藏家而已。假如在秋田一无所获，或许也会上静冈吧，可是秋田就有昌荣的资料，写乐之谜也成功破解，佐藤已经无关紧要。"

"嗯，原来如此……那些家伙从来都把对自己不利的部分藏着掖着，我还以为这回背后也有问题呢。"峰岸不好意思地摆出假笑，又道，"对我而言，毕竟清亲才是重点。"

国府不去理他，问道："对了，说到明治四十年，正是蛋白相纸的时代吧。"

"蛋白相纸……哦，是说相纸里头加了蛋白吧。没错，当时贴在杂志当中的照片基本都使用蛋白相纸。"

突然被问及照片方面的术语，峰岸的反应多少慢了一拍。

"可是昌荣的画集稍微有些不一样，比蛋白相纸更厚些，很有光泽，秋田那种地方也有这种技术？"

"蛋白相纸并不是指纸张的种类。"

"这样吗？"

"是往照片的感光剂里头混进成比例的蛋清，所以才叫蛋白相纸。"

"等于说并非纸的种类或者颜色啊。"

"没错。出版社为了控制材料费会用薄纸，从原理上讲，不管多厚的纸张都能使用这种方法印相。而且蛋白相纸跟我们通常使用的溴素纸或者灯光相纸还不一样，是印相纸，不需要进暗室，制作使用都非常简单。"

"印相纸是指？"

"我猜你小时候肯定也玩儿过，叫作青版照相法的玩意儿，那也是印相纸的一种。"

这下国府也明白了。

"选用蛋白相纸大多只是从经济性出发吧，镇里诸如照相馆的地方会使用更华丽的纸张或者冲印技术。"

"这样啊……之前有些在意，就特意问问。"

"话说回来，那本画集怎么没用铜版或者珂罗版印刷？"

"嗯，并非印刷，而是直接把照片贴上去。"

峰岸讶道："嚯，这我真不知道。之前也只看过报纸或者复印件，完全没往这方面考虑。"

"毕竟全是绘画作品嘛，或许制作者认为用贴的比直接印刷更鲜明吧。"

峰岸摇头道："嘿嘿，真能折腾。"

国府忍不住问道："有哪里不对劲啊？"

"倒不是不对劲，我是佩服佐藤舍得砸钱呀，真不知那画集印了多少册。"

"不清楚……总有五十册吧？"

"是哦，五十册是极限了。那时候可不比现在，拍照片得耗费巨资，不是人人都玩得起的。我记得那本画集大概贴了七十张照片吧？照现在的物价换算，一本怎么着也得花上十万日元。"

国府惊道："不会吧，一本就得花十万！"

"自己有相机或者有亲戚开照相馆那还另当别论，老老实实托外人制作不会低于这个数。"峰岸笑着继续道，"那时候拍张照片大致得花一日元。单说一日元估计你也没什么概念，要知道同时代一杯咖啡只要三钱①，看场电影也就二十钱吧，是那种物价水平下的一日元，换到现在相当于一万吧。照片加印费按一张二十钱计算，制作五十册就需要十日元。等于说一张照片连拍摄带加印得花十一日元，光制作每册七十张的粘贴照片就得耗去将近八百日元。"

---

① 一百钱合一日元。

"那时候的八百日元……就相当于现在的八百万？"

"此外还有制作费、印刷费，全部加上怕是接近千元吧。再平摊到每一册……开玩笑，一本就将近现在的二十万。当时手里有一千日元，完全能修栋豪宅了。看来这佐藤真是钱多得没地方花。"

峰岸羡慕地嘟囔道。

返程时，国府从四谷搭了中央线。

（乱线渐渐解开了。）

国府拉着拉手反复回味跟峰岸的对话。

（就算我办不到，总会经峰岸或者良平之手得出真相。）

但国府丝毫没有托与他人的念头，这是他的问题，必须由他亲手解决。

（干脆来个一不做二不休。）

国府脑海中浮现出名片中的男子。

第八章　蜡画狮子

二月三日——

写乐逸作　惊现苏富比拍卖！

　　谜团刚刚大白于天下的写乐（昌荣）手绘画，在二月一日于伦敦举办的苏富比拍卖公开竞拍会场由日本人发现。作品为苏富比策划"东洋美术收藏"的其中之一，主办方表示丝毫不曾察觉该作出自写乐之手。完成这项世纪大发现的日本人为岩手县盛冈市美术店经营者加藤哲夫先生，加藤先生与同市数名美术商友人为参加此次拍卖会，于数日前抵达伦敦。

　　据加藤先生介绍，最初他并未意识到作品乃写乐手笔，而是在反复翻阅预览时记起友人的近松昌荣画集复印件中有相同配图，后进一步发现画面存在裁剪痕迹，可以想象被剪去部分应有昌荣落款，取而代之书以佐竹义文（秋田兰画家,佐竹义敦长子）之名。加藤先生引发的骚动让与会画商、藏家纷纷聚焦该作，成为翌日竞拍会场最大话题。该写乐手绘最终由美国某私立美术馆以八千二百万日元得标，创下写乐作品成交价新高，在美术界引发广泛议论。

拍卖结束后，和伙伴共同发现该写乐手绘的加藤先生难掩失望，表示"一心希望把写乐带回日本"。

（发现了昌荣作品！而且是经加藤之手！）

津田捏着报纸的手不禁发颤。

真的只是偶然？津田茫然。苏富比没察觉，就表明那是报纸杂志未曾刊登的昌荣作品，只有见过画集或复印件，确信那是昌荣作品之人才知道。就津田所知，符合条件的外部人少之又少。而这寥寥数人之一"偶然"出席苏富比，发现昌荣手绘的概率该有多少？何况加藤这是头回参加苏富比。

津田的目光重回纸面，希望从中揪出蛛丝马迹。

（加藤为什么故意曝光那是写乐之作？）

有了如此重大的发现，当然会惊讶，但加藤到底是生意人，早该身经百战。越是这种场面越该压下感情强装平静，以便提高竞拍得标的可能性。加藤不会做出自引骚乱抬高价格的外行举动，这跟他的作风相矛盾。

（发现清亲画册，被峰岸注意到题字矛盾时，带头咬定题字者另有其人——）

也是加藤。一连串不自然的言行，让津田对加藤的怀疑步步加深。

（假如清亲的画册是真的，就意味着昌荣画集的序文是假的。一旦序文不再可靠，那么昌荣的存在也经不起推敲。）

津田血色顿失。

（昌荣——是冒牌货！）

那本画集没一处明说昌荣就是写乐，是津田将两人联系上的。仅仅一张……只有一张狮子图上写着小小的写乐二字。真要造假，一定会用更明显的方式明示二者关系，但也得有研究者下大力气调查，否则不会得到世人认可。若非津田……

若非研究者偶然发现其中玄机，那本画集哪有冒牌货的价值？难道造假者只为赌几万分之一的微小可能？

这不合情理。如此说来，只有清亲的序文是假的？

津田大感头痛。他完全不明白假造序文的用意，只是佐藤正吉借此炫耀和当时名流的交友关系吗？尚在人世或许还有可能，但佐藤在画集出版前就死于事故，很难想象是遗族为他撒谎贴金。

（倘若那本画集真是明治四十年出版，清亲的序文就不会假。）

津田得出了这个结论。假设序文不是印刷错误，而是经人伪造，画集就"绝不可能"制作于明治十年。那么，真正的制作时间该在何时？

可以明确是昭和十二年之前。有证据显示，昌荣画集收录的作品曾在那一时期被篡改为田代云梦进行流通，画集里的照片理应拍摄于更早的时间。

说到昭和十二年，写乐化名说还未问世，而是阿波能乐师之说横行的时代。如此一来，就算并非制作于明治四十年，至少画本身不该有假。

作假没有意义。就算加上写乐的题字都没人信。写乐在当时的固有形象是阿波人，跟秋田无关。造假者对此自该心知肚明。

造假的唯一可能，果然如先前国府所说，制作画集是想借此为昌荣其人打响名声吧……将手里的作品制成豪华图录，从而推高市场价格，津田知道不少这样的例子。

最终，津田只能得出这一结论。伪造序文是想制造昌荣被清亲认可的假象，只可惜这如意算盘落了空，就算秋田当地人都不知道昌荣，这是无情的现实。

津田茅塞顿开。

（是加藤在某处弄到了昌荣的作品！他为了卖个好价钱才专程把画送到苏富比，并且自导自演了一出好戏。卖家多半正是跟他同行的美术商之一吧。）

苏富比来者不拒，也不会进行严格鉴定，只要作品不辱其名，通通能够亮相拍卖会，苏富比只按成交价收取一定比例的手续费。自然，苏富比本身也会收罗作品，举办特定主题的拍卖会，同时也接受客人主动提供。比如这回的"东洋美术收藏"，只要跟主题沾边，无论谁带去的藏品都能加入竞拍行列，加藤也正是瞄准于此。加之此次参会画商、藏家全冲东洋美术而来，可谓聚集了全世界最可能为写乐开出高价的人们，真没有比这更加适合做生意的场所了。

（是在横手发现的吗？）

极可能。加藤从津田手里拿到画集复印，绝对去横手寻找昌荣的作品了。

（真够黑的。）

拿去苏富比之前，让津田看看也不为过，毕竟是他为加藤提供了复印件。

津田有些气不打一处来。

临近傍晚，津田接到了电话。

"是我，小野寺。"

津田困惑不已。

"我刚到盛冈，现在能上你那儿聊聊吗？"

津田想知道理由。

"唉，稍微有些状况，电话里头不太好说——"

津田询问了小野寺的位置，表示由自己过去会合。他可不想让刑警找上门，省得母亲瞎操心。

小野寺盯着津田，问道："国府先生人在哪里，你有线索吗？"

"出什么事了？"

"国府先生突然下落不明。"

津田哑然。

"从昨天早晨起他就没在公司露脸，似乎前晚就去了什么地方，公寓也一直没人。"

"你怎么知道？"

"负责盯梢的刑警跟我取得了联络。"

（等于说国府前辈从前晚就——）

津田惊愕不已。

"冈山老家或者他妹妹冴子的公寓，这些地方都找过吗？"

小野寺皱眉答道："能想到的地方我们都搜遍了，完全没有他的踪影。津田先生这儿是最后一处。"

津田故意刁难道："该不会是怀疑前辈畏罪潜逃吧？"

"没有呀，你总不会希望变成那样吧。"

"不正是你说国府前辈放火——"

"你多心了，国府先生的嫌疑早洗清了。眼下我是出于个人考虑采取行动。"

"个人的什么考虑？"

"现在还说不太清，只是老有种不祥的预感……你知道国府先生拿着美术明信片四处走访吗？"

"知道，那是受我所托。"

"当真？"

小野寺面露喜色寻求说明，津田只能认命详述了整个经纬。得知画集的发现者并非西岛而是津田，小野寺不禁唏嘘。津田也淡淡阐述了西岛之后的行动，直到提及夹在画集当中的美术明信片，小野寺终于开口。

"就是说，假定那张明信片是被当作书签使，那么它的主人正是画集的前任拥有者……"

小野寺兜着圈子反复确认。津田点头表示这正是托国府寻找收信人的原因。

"国府先生找着物主了。"

"真的？"

这回轮到津田大吃一惊。

"是藤村源藏。"

小野寺一字一顿地报出其名。

"藤村是？"

"仙台的旧书店主。嵯峨先生临死前打算返还的两本书，收件人正是这个藤村。"

津田愕然无语。

"你怎么看？画集的上位持有人是藤村，现在国府先生行踪不明，该如何把二者联系起来……之前是我弄错了方向……只想着如何追溯到嵯峨的自杀。"

津田低喃道："说不准……还真能牵扯上嵯峨先生。"

"通过画集吗？"

"画集是嵯峨先生的弟弟主动给的。"

"可是……这又说明不了……"小野寺话到一半，张着嘴僵住了，继而嘟囔道，"所以藤村跟水野先生相识的可能性很高啊。"

"之前我让水野先生帮忙确认嵯峨先生的笔迹，他却只字未提……"

"因为葬礼的关系没心情多说吧。"

"不会，当时我反复询问他对藤村的书店是否有印象，他很坚决地回答说完全不知道。"

"这么说水野先生——"

"他撒了谎……前天，东京方面在联络中提到藤村，我以为国府先生肯定掌握了嵯峨之死的内幕，就立刻给仙台去了电话打听藤村的动向。"

"有什么线索吗？"

"嵯峨去世当天，也就是十月九日，在仙台的百货商店有场旧书交易会，藤村除了吃午饭就一步也没离开过百货商店，他的很多同行都能做证。"

"那他和嵯峨先生之死——"

"就算嵯峨死于他杀，应该也跟藤村无关吧……但这样一来就没法把他跟国府先生的失踪联系起来。"

津田语塞。

"嵯峨死后藤村也并没有特别的举动，一直照常经营店铺，只在上个月停业一周去了伦敦——"

"伦敦！具体是哪几天？"

"上月二十日到二十七日。"

（这绝非偶然。）

津田确信。

"你知道写乐的新闻吗？"

"嗯……对啊，也是在伦敦。"

"没错，我想那幅画正是藤村带去的。"

津田向小野寺表述了今早的考虑。

"国府前辈也明白清亲画帖的出现意味着画集序文可能有假，现在又冒出藤村的名字……"

"是啊，这下就有足够的理由怀疑藤村。顺推下去，那个加藤也很可疑，不知那幅画是不是他从横手一带发现的。"

"这是问题的关键。也有可能原本就是藤村的东西——"

"这就去查证。"

"怎么查？"

"简单，给横手的古董商们打电话确认就成。如果画当真出自那一带，加藤肯定拜访过其中某位。"

"的确可行。真是遗憾，之前在加藤那儿跟横手一家老店通过电话，早知道就该问问店名。"

"我也顺便帮你打听吧，小菜一碟。"

小野寺立刻冲向电话。出乎意料的发展让津田激动不已。

"这可怪了，"一段时间后小野寺满是困惑地回到座位，"全都说不知道。没人借相册给加藤复印，自然也没人跟你通过话。"

"怎么可能！是有谁故意隐瞒吗？"

"听我说明用意之后，所有人都是同一个反应——横手根本就不出兰画。要真有能好到被美术馆收藏的作品，他们不会不知道。还说就连秋田市周围都很难有店铺能单独为兰画制作相册，更别提横手——"

"可我的确跟横手的店家通了电话——"

"只是加藤的一面之词，谁能保证对方真是横手店家？"

津田被小野寺之言狠狠扇了记耳光。

"如果并非横手店家——"

"加藤对你撒了谎。"

"所谓相册也是骗局吗……"

"前提是刚才没人对我说谎话。"

小野寺胸有成竹地点点头。

"可是……如果真的……真的不存在那本画集……"

"有什么问题？"

"画集的序文已不可信，再加上昭和十二年昌荣的流通也是谎言……等于说就算假定那本画集去年才制作完成也无妨。"

"或许吧。"

小野寺并没意识到其中的重要性，津田只能干着急。

"请听好，正因为有相册的复印件，画集的'不在场证明'才能成立。也正因为有这项证据，我才摸不着头脑——昭和十二年之前，根本没有伪造那种画集的必要，费心制作了也没人承认。但唯一的佐证已经失效，画集的存在年代不再受限，甚至可能近期才被制作。这一来造假就有了意义，只有在眼下，昌荣才有些许可能和写乐画上等号。"

津田又为小野寺说明了浮世绘界的状况。

"所以说，假如在昭和十二年之前，就算序文是假的，仍然能说昌荣的作品是真的。因为那时并不存在化名说，人人都相信写乐就是阿波的能乐师，直到战后才逐渐兴起化名说。现在可好，序文和作品通通是假的可能性更高。其实如果真有人持有那些作品，与其费力制成画集，不如直接把那张狮子图拿给研究者。眼下化名说盛行，任何研究者都不会断然否定新的可能，姑且也会展开调查。之所以大费周章制作画集，或许是为在狮子图上添加写乐的名字？"

"嗯，的确可以得出这种结论。"

小野寺总算开窍了。

"画集是假的。若藤村真往伦敦送了画，当初跟我通话的所谓横手店家——"

"很可能就是藤村。"小野寺接下后半句，感叹道，"他们真舍得折腾，普通人可没法顺利进行到这一步。"

"首先就得对浮世绘有相当细致的调查。"

津田的脑海中突然浮出一个名字。

"该不会是嵯峨先生吧——"

小野寺跟他不谋而合。

"既然牵扯水野，他托嵯峨先生帮忙也很自然。"

"嵯峨先生会答应吗？"

津田暂且持否定态度，他到底不愿相信嵯峨会帮忙造假。

"嗯……原来如此。"小野寺若有所思，自顾自地点着头，"嵯峨参与造假反而不合情理，他是跟西岛齐名的写乐研究者吧？"

"没错。"

"既然如此何必伪造画集？由他公开支持写乐是昌荣不就得了。不管他是主动参与或者受水野所托，都只需要站出来表个态就能达成目的。所以说嵯峨先生是清白的，更有可能是他察觉了水野一伙的造假行为。"

"发现弟弟的深重罪行，所以选择自杀吗……"

"嵯峨先生若真是自杀，就该留下遗书。他是被水野一伙灭口了。"小野寺如此断言，瞧着津田错愕的模样，说道，"不如从头顺一顺吧。水野和藤村是相识，又都跟画集有牵连，所以其交情绝不普通。如此一来，嵯峨的自杀理由就不成立。按之前的推论，嵯峨从藤村店里偷了书，所以最终选择自杀谢罪。照国府先生的理解，爱书之人会不计后果地炫耀稀有

284

收藏。现在想来，水野理当从嵯峨那儿见过实物，他又专做古书生意，应该也听藤村提过丢书一事。光悦本总不会随处可见吧？水野自然会联想到偷书人是嵯峨。在藤村往古书通信打广告寻书的时点，水野就该为了兄长的名誉想办法私下解决才对。假如一切顺利，嵯峨先生就完全没有自杀动机。于是乎，现在我并不认为是嵯峨先生偷了书。考虑到水野和藤村的关系，根本不该有广告出现，水野肯定会在藤村行动前想法子阻止，事实却正好相反，所以我认为那则广告的真正用意是给嵯峨的自杀制造动机。完全没有理由寻死之人突然自杀，警方自然会展开调查，于是他们就合计了这么个法子混淆视听，小邮包也是其中一环。绝对没错，嵯峨先生是被水野和藤村杀掉了。杀人动机是因为嵯峨看穿了他们的造假行径，应该八九不离十。"

"可是这两人都有不在场证明。"

小野寺瞬间一呆。

"我听说水野一直跟国府前辈在一起。"

"那就是加藤，这儿离北山岬很近。没有其他可能。"

小野寺尖着嗓门儿拍板。

两人随即前往加藤位于公园下的店铺。此行目的并不在
于面见加藤，他还没回日本，正方便寻找嵯峨遇害当天，也
就是十月九日的不在场证明。加藤是单身汉，店里也没请小
工。假如真是他在北山岬杀害嵯峨，当天就一定会关门歇业。
无论怎么赶路，往返北山岬和盛冈也需要五小时。想在北山
岬行凶，整个下午都不得不关店。津田和小野寺分头在加藤
店铺周围打探。十月十日和十一日恰逢休息日，如果商铺在
这种日子关门，邻里很可能留有印象。

　　然而加藤的不在场证明确凿无疑。加上连休的整整五天，
也就是九日到十三日之间，这片地区的商铺联合举行了大甩
卖。这还是加藤的主意，他自然一天不缺地开着店。

　　"加藤的提案啊……总觉得有鬼。"

　　小野寺大为沮丧。

　　七点已过，两人都是饥肠辘辘，只好认命地就近找了家
餐厅。

　　"杀人现场会不会在别处？"

　　"可能性不大。"小野寺详细分析了嵯峨当日的行动，"他
在八号夜里乘了火车，虽没有目击证人，但能从他第二天早
晨十点左右出现在八户站倒推。没有直接证据显示他乘坐了

十点四十六分开往普代那趟车，唯一的判断依据是在那班火车上发现的小邮包。就算这一环不太清晰，但可以肯定嵯峨在下午三点左右去过别墅，因为国府先生在屋里发现了他的行李包。根据胃里食物的消化情况，死亡时间推定为傍晚五点左右。仅仅两小时并不足以返回盛冈或者仙台。"

"十点左右出现在八户……是目击者的证词吗？"

"不，是嵯峨主动从八户站给府中图书馆和水野打了电话。"

"嗯，我也有耳闻，不过真能确定是在八户站吗？"

"应该不会错，时间上完全吻合。嵯峨在八号夜里乘坐十一点五十分发车的十和田五号，会在九日上午十点十三分抵达八户。"小野寺取出笔记本继续说明，"图书馆接到电话是在十点四十分左右，接线职员询问了嵯峨先生的所在地，但他未作答。职员也没多做追问，却在通话途中偶然听到了车站广播。"

津田沉默不语。

"原定十点四十二分抵达八户的栗驹一号，因为在上一站三户延迟五分钟发车，所以进行了晚点广播。当然，接线职员也就记了个大概，只回忆起八户站名和火车晚点五分钟而已。具体火车班次一查就知道。"

"会不会是录音？"

"难度也太高了，总不能连火车晚点也提前预知吧？而且就算是录音，藤村和加藤当天也去不了八户站。虽然不清楚水野当时的行踪，但推定死亡时间他人正在东京。"

"打给水野的电话呢？"

"这只是水野的一面之词，具体有没有电话还难说。照他先前的说法，嵯峨先生在电话里的声音十分消沉，他心下不安，去了趟公寓却发现家里没人，四处寻找之际想起当天有俱乐部例会，于是去了图书馆，又在那儿遇上了国府。接线职员跟国府先生有过联络，水野才知道图书馆也接到了电话。而后两人再次向职员求证，这才知道电话是从八户打来的。因为嵯峨先生在普代有别墅，水野直觉他去了那儿，就立刻驱车赶往普代，顺便还拉上国府同行。"

"既然并非录音，从八户打出电话的会不会另有其人？恰好遇上广播也太凑巧了。"

"另有其人？要知道这是杀人的勾当，再增加共犯只是无谓冒险而已，我看三个人就是极限了。"

"那就是水野，两人年纪也相近。"

"水野的确有条件去八户站，不过刚才也说了，嵯峨死时他在东京。"

"死亡时间有什么依据吗？发现嵯峨先生的遗体都是好些天之后了。"

"判断依据是胃里食物的消化情况。嵯峨先生在别墅里吃过车站盒饭，桌子上放着印有当天生产日期的小呗寿司空盒，这是决定性证据。八户站就在贩卖这种寿司，他十点半还身在八户站，乘坐火车抵达北山别墅最快也在下午两点之后，接着才吃了寿司，所以进食时间不会早于两点。又经解剖观察，嵯峨先生是在进食三小时之内死亡，所以得出死亡时间是在傍晚五点前后……此外，嵯峨先生包里还装着当天发行的《东奥日报》。综合看来，就算这是一起故意杀人案，第一现场依然只能在北山岬，尸体内的水质也吻合。"

小野寺把全部想法一吐为快。

"只要有死亡时间限制，就算真水野在八户动了手脚，他也没法杀人。"

"为什么？"

"为什么……我不才说吗，有车站盒饭和报纸证明嵯峨先生在现场。"

"这就怪了。既然假定水野在八户动了手脚，盒饭也好报纸也好，也都可能是他买来的啊。"

小野寺哑口无言。

"因为在北山岬发现了嵯峨先生的尸体，所以先入为主地认为那儿是第一现场吧？当然，我多半也先入为主地认定水野就是凶手了。"

"这样吗……不过行李包和寿司空盒又该怎么解释？"

"水野不是开车去了别墅吗？趁国府前辈不注意偷偷放进屋里并不难吧。"

"唔……"

小野寺点上烟深吸一口，脸颊已是潮红。

"原来如此。水野早晨在八户给图书馆去了电话，买好报纸和小呗寿司回到东京。在东京让嵯峨先生吃下寿司并将之杀害。的确，这就解决了死亡时间问题。我看看，水野在图书馆露脸……是下午四点左右，从东京出发抵达岩手在六点前后。水野在出发前单独回了趟家，之后才跟国府先生会合。

推定死亡时间是在五点前后，他并没有不在场证明。现在的问题就成了他如何能在上午十点身处八户，又在下午三点左右赶回东京……"

小野寺振奋地继续往下说。

"肯定很快就有答案。水野在某处——我想是兼做仓库的事务所——将嵯峨杀害，把尸体装进汽车后备厢，再赶去和国府先生会合。"

"这么说前辈是跟嵯峨先生的尸体同在一辆车里啊。"

"应该没错。水野抵达北山的别墅后就没出过岩手，一直到几天后尸体被发现。他没有闲工夫多跑一趟去取尸体。"

小野寺欢喜地合上笔记本，最后表示顺着这条线索重新彻查。

到头来，虽然找到了案件的突破口，国府的行踪却依旧不明。最终津田只能满心不安地同小野寺道别。

　　不过当夜就传来了国府的消息。津田回到家里冲了澡，正准备回卧室，却再度接到小野寺的电话。津田握着话筒，神志渐渐远离。

　　国府被送到了仙台市立医院。听说被车轧了，生命垂危。

　　津田惊呼道："怎么会这样！通知冴子了吗？"

　　"刚才联系了，她正往医院赶。这次是肇事逃逸，有目击者。通过车牌号查到了车主——是藤村源藏。"

　　"那家伙！藤村有什么动作？"

　　"今天午后藤村提交了失窃报告。简直愚不可及，他以为这样就不会怀疑到自己头上，敢明目张胆地下手。这下他也到头了。"

　　"国府前辈伤势如何？"

　　"还不清楚，我正准备去仙台看看。"

　　"请载我一程。"

　　小野寺立刻说道："给你打电话就是这意思。"

　　"他这就叫神仙也会出岔子。"

小野寺对副驾驶席的津田说道，而津田只是默默抽着烟。

"就证明他们已经焦急得慌了手脚——又或许根本不把我们放在眼里吧。如果能更早锁定藤村，说不定还有阻止的余地。"

"怎么知道出事的是国府前辈？"

"前天接到联络，说国府先生到处打听藤村的情况，怀疑他跟案子有什么关系。查明车主是藤村时就多了个心眼儿——得知被害者是国府先生那一刻，我的心脏都要停了。"

"前辈果然在追查藤村啊。"

"水野跟自己在一起，有不在场证明。加藤又还没回国，他只能先瞄准藤村吧。国府先生也在追查嵯峨之死啊，我的直觉没有错……但他干吗非得单枪匹马，先找人商量一下岂不更好……"小野寺不无遗憾，"真不该因为藤村有不在场证明就认为他跟嵯峨之死无关，责任在我，如果国府先生有个万一……"

津田无力应答。

凌晨一点稍过，二人乘坐的汽车终于抵达市立医院。一名男子正在大厅等候。

"我是久慈警局小野寺。"

男子也自报家门，他是仙台警局刑警。

"国府先生情况如何？"

"出血相当严重，正在重症监护室。恕我冒昧，国府先生的事故跟什么案子有关吗？"

"车主藤村有什么动作？"

"刚才来打了招呼。说虽然被盗但确实是他的车子,一个劲给受害者的妹妹赔不是——"

"那混账,直到现在还装模作样。"

小野寺的勃然大怒让男子惊愕。

津田告别小野寺,独自走向国府的病房。房间里很静,只有护士们的窃窃私语。回荡于走廊的敲门声响亮得出乎意料,让津田不禁一怔。护士开门而出,津田报出姓名,冴子也闻声出了病房。一月不见,冴子的面庞似显消瘦。她紧盯津田,似在确认他的模样。紧绷的神经终于松弛,冴子抓住津田的肩膀号泣不住。津田抱紧冴子,不停轻抚她的背脊。

"国府前辈怎么样了?"

津田一直等到冴子冷静下来,才开口询问。

"我到医院时,医生说最好把冈山的父母叫来——"

津田无法追问。走廊里传来低沉的足音,小野寺出现了。

"感谢您方才的联络。"

小野寺简单做了自我介绍,冴子忙向他道谢。

"津田先生,借一步说话……"

小野寺低语示意。津田随他去了远离走廊的吸烟角,冴子则回到病房。

"藤村那家伙有不在场证明。"

小野寺说着从口袋里取出烟,这才发现已经空了,只能懊恼地把空盒扔进垃圾桶。津田递出自己的烟,小野寺道着谢抽出一根点上火。

"他在跟同行搓麻将。想想也对，既然赶在白天提交了失窃报告，证明早有计划，自然会准备不在场证明。"

"那就是水野。"

小野寺点点头。

"加藤又不在日本，也只能是水野了。事故发生在九点稍前，就算他立刻逃回东京，现在应该还没到家。我是真想往他家打电话确认，"小野寺遗憾地嘟囔道，"不过白天还能找理由搪塞，这个点打过去可不好解释，弄不好还会让他看穿我们的想法……"

"的确。而且水野多半也——"

"肯定也准备了充足的不在场证明吧。不过现在这起事件跟以往不同，我们知道犯人是谁，他们的伎俩不再管用了，我一定会摧毁所谓的不在场证明给他们瞧瞧……不过水野应该也没料到我能第一时间得知国府先生出事吧，如果没对藤村多个心眼儿，不会如此快知情。这回可以先下手为强。"

"不过他们能下这等狠手……难不成西岛老师的事故也是他们所为？"

"现在什么也没法说，找不出足够的作案动机。"

"倘若不是要杀老师，而只是要放火……"

"放火？"

"之前不清楚，但那本画集若真是他们搞的冒牌货——会不会烧毁证据？"

小野寺一时默然。

"他们知道一月十日会开始给画集摄影，怕被彻底调查吧？"

津田记起加藤曾对预定摄影的时间表现得异常关心。

"原来如此，被查出画集有假他们就玩儿完了。就算能骗过对书籍制作没多少研究的西岛或者我们，被制成完全复刻版大量发行的确有些危险。"小野寺也同意津田的意见，"的确讲得通。西岛绝非行动不便，真是以杀人为目的，应该选择更加切实的方法吧。就如你所说，考虑以烧书为目的比较自然。如果真不是西岛自身失误引发的火灾，水野一伙作案的嫌疑就会很高……这一来他们就犯了两起谋杀案。"

津田沉默不语。

"就不知国府先生是否知道他们的勾当……"

"天晓得……前辈很聪明，或许掌握了某种程度的真相吧。但在找出确凿证据证明画集是假之前，一切都只能停留在想法而已。"

"没错。假如画集没有古怪，就完全没必要往西岛家放火……国府先生多半还是不知情吧，如果知道水野一伙是杀人犯，应该不会单独涉险才对。"

两人相视点头。

"我想国府先生只是对美术明信片有疑问，才一路追查到藤村。然而水野一伙认定他的存在是巨大威胁，反正都杀了两人，再添一个也无所谓……"

津田疑道："可他们怎么知道国府前辈在追查藤村？"

小野寺皱眉摇了摇头。

"请问津田先生是哪位？"

一名护士疾步而来，津田见她神色紧张，连忙起身。

"国府前辈他——"

"请抓紧时间。"

津田和小野寺立刻赶向病房。

房门大敞着，从走廊就能看清室内。病房里，冴子紧搂着国府失声痛哭。津田呆然伫立在入口旁，年纪尚轻的医生向护士做着交代，同房门边的津田擦身而过。

"请节哀……"

医生冲津田低语，略一点头离开了病房。小野寺追出走廊，津田仍无法踏进房间。

视野正急速缩小。

（这是梦，只是一场噩梦……）

津田远远眺望着国府仿如沉睡的侧脸，身体渐渐凝固。

护士轻轻拔去吊针的冷静动作留给津田非现实的印象。

他已感觉不到空旷走廊的寒意。

窗外的漆黑中，降雪反射着微光，不断飘落。

二月四日。

白昼将近，国府的双亲终于从冈山赶到医院，冴子也总算重归平静。我必须振作才行呢……强挤微笑的冴子让津田心痛不已。跟国府双亲打过招呼，津田把时间留给一家人，独自离开了医院。他给仙台警局去了电话，跟小野寺相约在医院附近的咖啡馆碰头，以询问之后的进展。

"不会错了。今早接到了东京方面的联络，西岛一案也推翻重来，结果证实事发当天有貌似水野的人物在现场附近徘徊，目击者是偶然路过的古书商同行。之前的调查因为水野完全没有作案动机，就把这条情报给漏了。这下真是有了眉目。"小野寺兴奋得顾不上喝咖啡，"现在水野的住家和事务所两头都派了人看着，还没有那家伙露面的消息，昨天他果然没回东京。今早我若无其事地打了电话，听说他去了福岛方向。这下他也到头了。"

"如果纵火案是水野所为，当天他很可能也看到国府前辈去了老师住家附近，或许打那时他们就开始关注前辈的动向。"

"嗯……水野也知道国府先生早被西岛逐出师门，或许会奇怪他干吗上门拜访吧。等于说国府先生在追查藤村，反过来也被水野暗中盯梢。国府先生离开东京才第二天就出了事，也能侧面证明他始终被监视着。"

小野寺点头端起失去温度的咖啡。

"这群家伙脑瓜倒真灵光。多亏偶然发现了清亲的画册，要不谁能察觉画集是假货。也正是得知画集有假，才终于找到西岛案的纵火动机。单靠警方真是到死也解决不了。"

"是啊，水野跟西岛老师根本搭不上关系，藤村、加藤也是如此。"

"嵯峨案不也一样，都知道水野是受嵯峨先生照顾才能做大，除开画集，根本挑不出他的杀人动机。葬礼上还有脸摆出一副受害者的模样……"

小野寺面露愠色。

"现在想来，整件事都因我而起。全怪我上了画集的当，否则国府前辈也不会……"

"别乱想。西岛和其他研究者不都认同你的发现吗？换了别人一定也会做出跟你相同的判断。"

小野寺连忙安慰津田。

"这下就剩如何拆穿水野的不在场证明了。既然现在知道水野是犯人，怎么着也要让他无所遁形。现实世界跟小说不一样，可别小看警方的搜查能力。对了对了，已经弄清了水野上午身在八户，下午三点又能赶回东京的方法。"小野寺取出笔记本开始说明，"经确认，水野直到九号凌晨两点左右都跟同行在一起喝酒，所以没法乘坐夜间列车。当然喽，这就是他设计的不在场证明……如此一来可行的办法就只有这一条而已，时间上也没有问题。因为从第二天起有双休，上午十点四十六分开往普代的列车应该有很多年轻观光客，就算水野混上车把装着光悦本的小邮包放上网架，我想也不会有人注意吧。这下就有嵯峨的确乘坐了那趟列车的证据，也解决了自杀动机的难题，可谓一箭双雕。八户到三泽这段路开车要不了多少时间，足够他赶上 224 航班。"

TDA221 航班（往）

东京（07:45）——三津（09:00）

初雁六号

三津（10:11）——八户（10:28）

八户站

10:40 给府中图书馆打电话

10:46 将邮包放上普代列车

（购买小呗寿司和报纸）

TDA224 航班（返）

三津（11:55）——东京（13:10）

"原来如此，下午一点十分抵达羽田机场，四点前肯定能回到府中。"

"时间充足得要命，足够他让嵯峨先生吃下小呗寿司。就不知道嵯峨当时是怎么个状态。"

津田不语。

"现在正跟八户站周边的出租车公司核实。他乘飞机时肯定用了假名，不过查到了乘客总数，不消十天就能把全员排查清楚。只要这下揪住了水野的狐狸尾巴，他就再没有任何狡辩的余地。国府先生的仇，我一定会报。"

小野寺掐灭烟头，一锤定音。

二月十日。

马不停蹄的一周转瞬即逝。津田昨天才回到久违的国立公寓。他去冈山参加了国府的葬礼，返程时直接回了东京。

小野寺正好也上东京办事。

七日傍晚，冴子为取国府的通信簿去了趟府中公寓，却发现家里一片狼藉，便立刻通知了小野寺。

津田时隔二十天重返大学，向教务处申请四月起辞职，随后就跟身在府中警局的小野寺取得联系。

"调查有什么进展？"

"只是时间问题。出租车公司还没回应，飞机这方已经把范围缩小到三人。乱填住址应付了事的乘客还不少，调查起来可折腾人了。对了，葬礼还顺利吧？真遗憾没能出席……"

"一切顺利，冴子也向你问好。国府前辈的公寓是怎么回事？"

"初步判断是水野从仙台返程途中顺道干的好事儿，不过理由还不清楚，也完全找不着疑似水野的指纹。得等国府妹妹上京之后问问是否丢了东西……"

"还真是群毫无破绽的家伙。"

"那伙人真是动了番脑筋，能趁这下找到他们伪造画集的证据就好了。你能想到什么线索吗？"

小野寺反而向津田询问意见。

"从加藤下手如何？毕竟他假装横手的古董商对我撒了谎。"

"要审他也得有罪名吧，不能说因为他撒谎就怎么怎么样。"

"藤村呢？"

"每个环节他都有不在场证明，单凭美术明信片说明不了问题。"

"那苏富比拍卖呢？画是藤村带去的。"

"嗯，话是不错，但也得先拿出画是赝品的证据……"

津田语塞。

"除非能证明他们的确是一伙，否则我们没法下手。"

津田失望地挂上电话。

（证据啊……明明都再清楚不过……）

水野声称三号夜里身在福岛无疑是谎话，然而明知如此，却因为没有证据而无法贸然出手。水野还没意识到警方已经掌握他们的罪行，才敢继续身在局中。一旦打草惊蛇，煮熟的鸭子也会飞。

（要是能找到昌荣的那些作品……）

画一定被他们藏在某处，津田确信无疑。

还有整整五十张作品尚且沉眠，只要能找到它们，无疑将成为铁证。

津田思绪渐远。

二月十二日。

一大清早公寓就接到了冴子的电话。津田的房间并没有电话，只能一路赶到管理人那里接听。

冴子已经大为振作。津田听了她的说明，一时难以置信。冴子说她发现了国府生前留下的文字，似乎是遗书。

"遗书……国府前辈是自杀？！"

"不清楚，我也只是听说，还没读到内容……但我想应该直接让良平去——"

"等等，要我去哪儿？遗书是谁发现的？"

"是大哥的同事，在葬礼上见过面，当时我拜托他帮忙整理大哥的私人用品，他就问我打字机里的文章该怎么处理。"

"打字机？"

"嗯。除了处理工作，大哥不时也会用打字机整理研究资料来着……"

"嚯，这样啊。"

"对方说文件都有标题，知道哪些是大哥的，我就拜托他全部存下来，花多少钱照给。听说能用软盘拷贝，但大部分都是报告书，关系公司内部资料，不能给，而且没有专用机器就读不了……不过普通文件能用印刷机打出来。"

"可以打印啊。"

"于是我托他把能打印的都打印了，之后把数据消掉也无妨。然后昨晚就接到电话说其中有文件看起来像遗书。"

"原来如此，听起来挺离奇。"

"可不是。那位同事似乎也很在意，就多看了两眼……说是当中有良平的名字——看来像是写给良平的一封信。"

"当真？"

"嗯，对方说给我送来，但我想直接让良平过目更好……"

得知那是国府写给自己的东西，津田大为惊愕，现在只想尽快读到内容。津田知道国府公司的地址，只对冴子留下一句稍后联络就挂了电话。

"这么多？"

津田接过打印好的文件，页数之多让他不禁惊呼。超过三百张 A4 纸颇为壮观，这仅仅是国府自主研究的冰山一角。

"绝大部分都是浮世绘的相关资料……"同国府共事的年轻男子拿出另一只纸袋，"这有这份儿不一样——啊，具体内容我没读，只看到最开头有津田先生的名字，于是就联络了国府的妹妹。我还以为是小说呢，稍微有些好奇……"

男子确认袋中内容后递给津田。这封信的长度确实相当可观，有二十页以上，难怪会被误认为小说。

（写下如此多内容，前辈是想传达什么……）

津田谢过男子，把所有东西垒在一起抱进附近的咖啡馆，他可没法忍到回家。

开始阅读之前，津田稍有踟蹰。他点上烟稳定情绪。

纸张上密密麻麻排列着打印文件特有的机械文字。津田看向第一行，开头就印着"明天启程前往仙台"的字样。

（看来是前辈临死前写成的。）

津田紧张不已。

国府为何采取那样的行动，理由就在之后的文字中。

现在是夜里八点。我明早就会乘火车去仙台。我必须亲手为一切做个了结，假如还能回来，你就不会看到这些文字。

　　为防不测，我决定先留下真相。至于我必须单独前往仙台的理由，唯有这条请你自行理解。

　　这一连串事件本就因我而起，正是沉积在我心底的憎恶嫉恨之情，使事件向出乎想象的方向扩大。就算让我负全责也不为过，杀死老师的罪魁祸首，究其根本还是我的憎恶。

　　最初从你那儿看到昌荣画集时，我就知道那是赝品。如果当时如实相告，之后的一切都不会发生。但我对你隐瞒了真相，原因稍后阐述。

　　假如并非由你发现画集，而是吉村或其他人，事态一定会向稍微不同的方向发展吧。而我……还是打住吧，事到如今说什么都只是辩解。

　　说来话长，不过夜亦长，天亮之前把一切都写下来吧。

　　我手里有嵯峨先生的备忘录。跟你和小野寺共饮的那天夜里，我太过怀念嵯峨先生，就从书柜里取出他的著作翻阅，没料竟发现了藏在书函里的笔记。那本书是嵯峨先生过世前几日亲手赠送的，如果当时就能发现，或许他会免于一死。

那本书的内容我几乎倒背如流，可谓引领我进入浮世绘世界的入门书。嵯峨先生得知后特意署上名字登门相赠，当时他让我看了签名，亲自把书放回函里才交给我。之后我就原封不动地放进书柜，直到那天才头一次取出翻阅。嵯峨先生一定知道我早对书中内容烂熟于心，才特意选了那本吧，我的一举一动都在他的意料之中。现在想来的确奇怪，我在初次同嵯峨先生见面时就曾聊起那本书，他却时隔两年才突发奇想地送书，我却蠢得没能察觉到异样。

我读了嵯峨先生的备忘录。

内容之异常，让我毛骨悚然，而且越发摸不着头脑。

当晚才从小野寺先生那里得知可能的自杀动机，刚刚才打消怀疑，嵯峨先生的自白却颠覆了一切，简直让我无法相信。

他自述犯下了足以从根本上动摇浮世绘界的罪行，目的竟是让西岛老师丧失立足之地。

嵯峨先生疯了，这是我唯一的想法，同时又对把他逼至绝境的西岛老师憎恨不已。就在我打下这些文字的同时，憎恨之情也丝毫不变。嵯峨先生是我所知日本最优秀、最热爱浮世绘的研究者之一，这名研究者在世上唯一无法原谅之人，就是西岛老师。这绝非嵯峨先生的私愤，而是所有热爱浮世绘之人的公愤。因为老师，有多少年轻研究者被扼杀，有多少新研究半途而废，嵯峨先生的愤怒也正是我的绝望。

嵯峨先生也提到"国立浮世绘美术馆"的建设问题。

我没对你提过此事。其实，这是迫使我离开老师的一大要因。这是八年前的旧事。文部省就建设美术馆向老师咨询意见，希望以老师为中心提出预算和展示计划。老师大为惊喜，向我等学生畅谈从设想到实建的可能性，并说这是让日本重新审视浮世绘的绝好契机。老师一连数日热情展望，我等门生也把美术馆的建设视为最大期待。我们遵照老师的指示东奔西走，全员都为他描述的未来心醉不已，没有任何研究者能不动容。

结果，吉村后来听到了奇怪的传言。

浮世绘美术馆修建计划的提出者，似乎来自浮世绘爱好会。听说是由爱好会成员上门游说文部省，热烈解说建馆的必要性。负责接待的文部省职员被他的热情打动，又向上汇报，初步取得了建设意向，这才找上西岛老师探问。如果江户美术协会也表示赞同，就可以考虑制定预算。

老师得知此事后当即暴怒。

"既然是爱好会的主意，我就把这项计划彻底搞垮！"

老师的话至今还回荡在我耳中。他说，就凭爱好会的乌合之众，有什么本事牵头？自那天起，老师遍访研究者，四处嚷嚷这是爱好会的卑劣阴谋，将提倡建馆者挨个封口。做好工作后，老师向文部省提交文件，以江户美术协会的名义做出了"建设浮世绘美术馆为时尚早"的判断。

如此，建馆计划不了了之，我这辈子从没感到如此羞愧。只要不牵涉爱好会，美术馆的修建完全板上钉钉。最初我憎恨的对象是爱好会，但我立刻意识到他们并没有错。无论以

根据备忘录所写，铅字是从同时期的书籍中一个字一个字剪下，在底纸上贴好后直接进行胶版印刷。这也是画集文字很少的原因。

纸张做旧和添加霉味大致由水野负责，具体方法没描述，多半是古董商常用的伎俩。做旧可以用红茶浸泡，或者靠花生壳的油烟熏出古色。添加霉味更简单，只需吊在潮湿处晾上几天。想追求完美，就把纸一页一页夹进生霉的旧书吧。

画集顺利完成。

成品比想象中更棒，就连嵯峨先生也大为惊讶。接下来只需若无其事地把诱饵放到西岛的视野内。

假如西岛表现出兴趣，那就一定会着手前往秋田调查。为此嵯峨先生想出了另一条办法，在秋田各地安排了推进调查的帮手。

假如调查按嵯峨先生希望的方向发展，帮手就不会动作。而当调查陷入困境，帮手就会若无其事地接近并给予提示。

最终西岛会得知设定好的调查结果。

西岛之后的行动很好预测，他一定会动用全部力量亲自向世人公布这一发现吧。到那时，就能轻易断送西岛的研究生命。

为了那一时刻的到来，嵯峨先生预先在画集里布下了多处陷阱，足够将西岛逼入穷途。而且那些陷阱只会证明画集是假的，而绝不能泄露造假者的蛛丝马迹。嵯峨这话说得谨慎，其实他有万全信心，不会有任何线索指向他们。

嵯峨先生的计划几近成功，然而，出乎意料的事态却在最后关头袭来。

　　起初还协力对付西岛的水野一伙，无疑被完美无缺的计划勾起了欲望。他们做出了新的判断，认为让西岛认可画集的真实性即可，并不需要戳穿那是赝品。其实不难理解他们的心思，就算西岛因为假画集断送研究生命，他们也得不到一分钱好处。但假如西岛认可画集，并向全世界公布，他们手中秋田兰画的身价就将一夜暴涨，成为巨大财富。被世界权威鉴定为真迹的写乐手绘，他们拥有五十多幅，不出意外能值超过三十亿日元。

　　就我看来，嵯峨先生并没对水野的变卦感到诧异。多半最初邀他加入计划时，嵯峨先生就预见到了这种可能，但他别无选择，仅凭个人的愤怒并不足以聚集人手和制作画集的资金。

　　那伙人从最初就没有揭穿画集真伪的意思，嵯峨先生被他们利用了。

　　嵯峨先生终于意识到水野一伙的企图，但他无力阻止，制作完成的画集已是水野的囊中之物。

　　水野一伙威胁嵯峨先生，如果画集公之于世后他执意揭穿真伪，就向警察和盘托出。嵯峨先生真是作茧自缚。假如一切如他的计划进行，岂止西岛，整个日本的浮世绘界都将崩溃。若得知两大派系的代表人物因私利私欲钩心斗角，世人会对整个浮世绘界的体制深表怀疑。任凭嵯峨先生如何强调这是公愤，外人也绝对无法理解吧。就算嵯峨先生对外公开愤恨西岛的理由，也只会催生人们对浮世绘界的不信任。这份创伤花上十年二十年也无法消除，要知道当年春峰庵掀起的大浪至今有余波。嵯峨先生绝望不已，原本是为浮世绘界着想，到头来却将进一步把它逼至绝境，真没有比这更加残酷的结局。

为了浮世绘的将来，他只能选择缄默。可是一旦作假成真，嵯峨先生至今的研究生活就会产生巨大矛盾。

他无法承受西岛借此掌握更大强权的可能，唯有这点绝不能接受。

与其亲眼看到那一天的到来，还不如死了轻松。他一死，水野一伙就没有向警方爆料的理由，那样只会自投罗网。就算他们咬定制作者是嵯峨先生，也已死无对证。嵯峨先生从去世前一个月起就只抱着这个念头。

自杀就能解决一切，唯独还剩下西岛的问题。所以嵯峨先生盯上了我，他肯定知道我对老师心怀憎恨，于是将来龙去脉悉数明示，交由我去判断。

画集出现之时，可以选择忠告西岛，也可以实施嵯峨先生原本的计划。"判断权在你，但是，请务必选择对浮世绘有益的方法"——这就是备忘录的结尾。

我大哭不止，悔恨不止，愤怒不止。

有无数次，我真想把这本备忘录摆到老师眼前。嵯峨先生没有错，错在老师。那时我就发誓为嵯峨先生复仇，决定实施他未竟的计划。

不过，之后出现了让我意想不到的事态。

发现画集的偏偏是你。我想嵯峨先生一定早有预料吧，他对你的实力评价极高，况且你又专攻写乐，加之研究所的工作能更加自由地安排时间，在西岛的众多学生当中，没有人比你更适合这项发现。

画集的序文和小传都是为你量身定做。如果是你看了这篇文章，一定会这样行动，一定会这样理解某个地名——嵯峨先生始终参照你的思考模式堆砌线索，他手里无疑有你发表的《写乐研究笔记》。

早在好些月之前，你就被造假集团锁定了。

为把你招到会场，水野在旧书市场的目录里加入大量浮世绘书籍，他们的计划成功了。假如那时你并没有寄去预订明信片，他们也会另寻机会吧。旧书市场的目录每月会送好几回，有的是机会，或许那已经是不知第多少次尝试。收到你寄出的明信片，水野只需发出当选通知，这样你就一定会到现场。

在会场，水野若无其事地接近你，只要能勾起你对画集的兴趣，他们的计划就等于成功了一半。

假如你之后数日始终没有动作，水野一定会巧妙地进行联络，想办法让你注意到题有写乐名字的插画吧。不过你立刻发现了玄机，就这一点，可说你的行动完全符合嵯峨先生的预期。

嵯峨先生没看走眼。

你完全相信那本画集是偶然所得，假设是由水野主动要求调查，想必你不会轻信狮子图出自写乐之手，西岛老师更不会入套。让你相信得到那本画集全系偶然，正是整个计划最为重要的部分。后来听你讲述发现经过，如果没有嵯峨先生的备忘录，想必我也会坚信这是偶然的旷世发现。

我的心情久久不能平静。

直到你带着画集找上门，我完全没想过会由你成为发现者。更别提西岛老师已经看过画集，并且做出了肯定的判断。

但我不能把你卷入其中。见你干劲十足地盯着画集，我只想着该如何向你说明这是赝品。最简单的方法是拿出嵯峨先生的备忘录让你过目，但我不愿这么做，只为嵯峨先生的名誉着想也该保持沉默。如何才能不触及细节，又能让你明白那是赝品，我急得焦头烂额。这时我偶然摸到线装纸张的里侧，那本画集不得不采用折页线装的理由，我终于恍然大悟——原因有二。一是因为做旧过程必须把每一页纸折开吊晒，按照西式装订法很难实现，日式线装法就很简单，只需要把做旧完毕的纸张重新用线缝装还原。其二则是为了隐藏活字印刷的压痕，嵯峨先生的备忘录里写有画集采用了胶版方式印刷文字，胶版印刷和活字印刷最大的区别就在于压痕，胶版印刷几乎感觉不到，而用薄纸进行活字印刷，一定会在纸张背面留下活字的压痕，标点部分更有可能破洞。但画集的折页里侧却一片光滑，毫无疑问这是胶版印刷的特征。也正是为了隐藏这一特征，才采用线装法制作画集，这样就不会将纸张背面暴露于人前。

构思可谓绝妙，却有致命弱点。

明治四十年虽有石版印刷术，但胶版印刷还没问世，印刷工作者一眼就能看破画集真伪。

我本打算以此提醒你，但心中的复仇之火却再度燃烧。西岛老师认同了昌荣说的可能性，照这样发展，老师或许真会落入圈套。而且被我发现的压痕问题相当单纯，即便由我适时公开这一漏洞，也绝不会触及嵯峨先生。这下不必搬出备忘录，不会牵扯上任何人，照样能让老师失势。我想到这里就狂喜不已。

再有，我想知道嵯峨先生用执念催生的画集到底拥有何种程度的根据。画集是唯一的线索，单靠它很难支持新论成立。这是由研究者千锤百炼制订的计划，他无疑埋下了必定会在调查阶段出现的决定性证据。比起复仇，我更是以研究者身份对后续发展抱着极大兴趣。

还有时间可供犹豫，所以我对你保持了沉默。

你去秋田调查期间，我也以自己的方式追寻着写乐。探寻源内，追溯狂歌集团，真让我体会了久违的充实。浮世绘的世界竟是如此有趣，我对留居其中的你羡慕不已。

得知你到了大馆，翻看地名辞典的确只是偶然。嵯峨先生是否读过那本辞典，所以才将昌荣的居所定在大馆？我直到现在都无法确认，不过我想他一定考虑到了这一层面。无论早迟，在围绕大馆的调查中，一定会有人察觉那段历史。

宽政七年，大馆设郡奉行……

这的确是精心锤炼的成熟计划，我从未如此震惊。

同时，你在秋田接连发现昌荣的资料，甚至找到了似乎是他门生的荣和，而且这荣和就紧邻本庄而居。瞬间我竟然忘了这是出骗局，而是打心底相信昌荣就是写乐。

我想，你的调查所得多半超出了嵯峨先生的想象。既然昌荣是秋田藩士，赴秋田藩调查也是理所当然，但你导出的结论——秋田藩和江户文化的紧密相连、田沼和茑屋的深层关系，这一定是嵯峨先生未曾想到的。我想嵯峨先生是着眼于昌荣同茑屋和喜三二的联系，按照他的设定，只要推出昌荣是秋田藩士，画兰画，在写乐活跃的时代身处江户，宽政七年回到大馆，有这几条就足以让西岛老师上钩。一旦昌荣的存在得到承认，画册刊于明治四十年也成事实。画集在库尔特发表 *SHARAKU* 之前就已存在，而其中收录的作品留有写乐之名，放眼世界，没人能够否定它的真实性。

你从秋田归来进行说明时，我惊叹不已，真没料竟能如此完美地将昌荣和写乐连接在一起。而你还说昌荣的作品早在昭和初期就已流入市场，并且握有铁证。听你所言，作品是将昌荣的落款裁去，另署画师名。假如不知一切都是骗局，你发现的昌荣作品简直可谓决定性证据。但这是无稽之谈，昌荣画集最近才由嵯峨先生伪造而成，收录的作品绝不可能在昭和十二年就存在于横手。

我本以为这也是嵯峨先生的计策，计划真是太精密了，如此一来就算昌荣的作品现世，也不会有人认为其中有假吧。

按照现今的科学技术，无论做得如何细致，都能经由检测识别出后期添加的落款。他们如果直接拿出署有昌荣名字的作品，不消一个月就会被识破。

　　一旦套上"篡改"的外衣，情况就完全不同。昌荣的作品被篡改到其他画师名下，等于说作品上原本有昌荣的名字，画集能够做证。而现在作品上所署的其他画师名，是最近才被添上的。有了这样的既定认识，就算检测出落款年代很近，那也是理所当然。

　　而昌荣的落款只存在于画集中，就算现代科学如何进步，恐怕也不能鉴定照片中的落款年代吧。他们只需裁去昌荣的署名，随意添上别的画师名就好，从此世间再不会有任何人敢说那是赝品。这一手非常漂亮，正可谓完全犯罪。

　　想到这里，我突然感到奇怪。这不是嵯峨先生的作风，他的目标只是用画集整垮老师，这是水野一伙的点子。真是如此，你在调查旅行期间一定和他的同伴有所接触。于是我装作不经意地向冴子问起，听了她的描述，我暂且将加藤视为水野的同伙。可是照冴子的说法，是你主动提出寻找兰画照片。任他们神通广大，应该也没法提前预测提前准备吧。这下可让我伤起了脑筋，既然是由横手店主做出昭和十二年的判断，现在就该把怀疑的矛头指向他。但假如加藤并非同伙，你和店主的通话就是完全的偶然。我真是闹不清了。

　　好些天后，我总算弄清了其中机关。

加藤果然是同伙，所谓横手店主无疑也是成员之一。

裁去落款的点子是在跟你谈话时首次想到的，他们原本没考虑到那一步，但在跟你的交谈中，他们意识到这一手更加有利。

我想当你进入小坂镇后，加藤就始终尾随在后吧。不巧却在角馆被冴子瞧见，他便做好觉悟主动接近你。在若无其事的交谈中，当你提出或许能从兰画照片找到线索，恐怕就让他来了兴趣吧。和你告别后，他立刻同水野取得联系，水野也一拍即合。水野迅速将昌荣的落款裁掉，又添上田代云梦的署名，再用拍立得照相。多半也是水野把照片送去盛冈吧。

在此期间，加藤为了制作相册忙着收集手边的兰画插图。他说相册里有不少作品都进了美术馆，实际有不少插图都直接摘自美术馆的图录吧，结果反倒也为架空的店铺添加了可信度。而后他们把收集到的插图和水野拍下的照片一起贴进相册，再进行复印。一切准备妥当后，就让加藤若无其事地给你带去。

等你去到店里看了复印件，肯定会发现昌荣的作品并且询问出处。这时加藤就给其他同伙打电话，所谓横手店主当然是胡诌，但也并非水野。你跟水野见过面，他们不会冒这个险。那名男子向你说明作品在昭和十二年就已流入市场，还煞有介事地提到长户吕，到这份儿上谁都会信以为真。

如此一来，他们就拥有切实证据证明画集的确年代久远。此外还成功使人相信昌荣作品已被篡改并流入市场，制造出再有利不过的事实。

即便如此，没有人会责怪你。你只是满怀热情追寻昌荣真身而已，相册一事是意外产物，你没有丝毫责任。

但这一事实让"写乐＝昌荣"说变得不可动摇，甚至解答了为何昌荣从未进入大众视野的疑问。谁都会认可这一假说的正确，一旦我保持沉默，这就将成为世界通用的大发现。一切都取决于我的判断。

走到这一步，我迷茫不已，不知是否应当揭露真相，只因这一切太过充满魅力。同田沼意次紧密相连的写乐拥有强烈存在感，这一形象逐渐在我心中扎根。我想田沼并不在嵯峨先生的考虑范围，但在听你讲述的过程中，我开始相信写乐确是秋田兰画画师，就算他并非昌荣，这一说也会成立，否则不可能构成如此让人信服的人际关系。嵯峨先生虽是构思了一出骗局，但主要内容或许并非虚构。写乐一定是秋田兰画的画师之一，你追寻着赝品的足迹，却真正解开了写乐之谜——我有了这样的念头。

接下来该如何是好？公布画集是赝品，就等于同时葬送了我所相信的秋田兰画说。从研究者的立场，怎样选择才算正确，我无从判断。若想守护主张，就无法说出那是赝品。

秋田兰画说拥有太大魅力，不应当悄然葬送，而该让世界分享评判。

我决定收手。这已超越嵯峨先生的构想，就算视作你的独立发现也毫不为过，我没有权力将它摧毁。

但唯有一点让我不安，那就是老师将会采取的行动。

322

我不认为老师会任由你保有全部成果，假如他独霸一切——到那时，我绝不会手下留情。如果有人妄图扼杀像你这样认真勤恳的研究者，我不会让他继续在浮世绘界胡作非为。就算必须以含弃秋田兰画说为代价，只要能击溃老师，我就会毅然出手。虽然做好了最糟的打算，在我心底某处却仍信着老师，我并不认为老师会从学生手中强夺这一发现。

结果如你我所知。十二月二十一日的大会上，老师的态度一览无遗。

我真的哑然不已。在为你惋惜不平的同时，我也下定了决心。不过在此之前，我想向老师传达我的心情。假如老师能重拾研究者的尊严，亲自公布画集的真伪，浮世绘界就无须承受无妄之灾，我也不会进一步追究。毕竟我还对老师留有少许感情，不愿将他彻底抛弃。

我在元旦夜里给老师去了电话，告诉他有涉及画集的要事，希望能同他一谈。老师表示二日夜里他一人在家，让我那时过去。或许他从我的认真劲儿里看出了一丝端倪吧。

第二天夜里九点过，我登门拜访。

我并没有拿出嵯峨先生的备忘录，只告诉他画集是假而已。老师完全嗤之以鼻，我便指出胶版印刷的可能性。听了这话，老师脸色刷白，立刻从保险柜里取出画集确认，他那时的表情至今仍烙印在我眼中。老师泫然欲泣，扭曲着面孔揍了我——他已明白画集是赝品。

好一会儿，老师只是呆站着。终于，他拿出打火机凑近画集，打算将其付之一炬。只要画集消失，胶版印刷这项铁证就不复存在，谁也无法指证画集是假的。我明白了老师的意图，立刻从他手里夺过画集，老师跳起身来拼命争抢。但毕竟是我体力占优，我把老师按倒在地，怒骂他的卑劣行径。突然，老师在我身下呜呜抽泣，哭声在我胸中悲伤作响——我无地自容，只能转身离去。直到我走出门去，哭声仍未停息。

　　次日清晨，老师死了。

　　我直觉这是自杀。事到如今老师无法公开宣布画集是假的，于是引咎选择自我了结。整件事以嵯峨先生的自杀起头，又以老师的自杀结尾。

　　假如我能更早发现备忘录，嵯峨先生或许就不会死。当你发现画集时，假如我能提醒哪怕一句，老师或许也不会死。即便并非蓄意，说到底我仍需为二人的死负责。这让我痛苦不堪。

　　是我杀了老师。我心怀自责，没料却从你嘴里听说老师是因逃脱不及死于纵火。

　　我一片混乱，难道老师并非自杀？但又有谁非杀老师不可？水野一伙浮出脑海，但解释不通，对他们而言老师还大有利用价值。要想实现靠昌荣大赚一笔的计划，还需要等到画集和论文的发表，直到“写乐＝昌荣”说成为不可动摇的事实，在此之前老师都是不可或缺的存在。老师的真正死因，至今我仍未得出答案。

接着，你们发现了清亲的画册。

峰回路转，发现画册的峰岸和你开始质疑清亲序文的真实性，水野一定也没料到会发生这样的事态吧。听到是由水野介绍你二人认识，他的大胆简直让我惊讶，或许正说明他有万无一失的自信吧。的确，当时谁也没法料到会发现清亲的画册。

若不是那篇序文遭到怀疑，恐怕水野一伙现在还气定神闲地抱着兰画做着春秋大梦吧。他们会静待余热冷却，多半两三年后才会假装发现画作吧。现在贸然动手，稍有不慎就会自取灭亡。然而事态有变。

你们迟早会发觉序文全是杜撰，他们无疑开始担心后路。不管画集的骗局会以哪种形式被拆穿，他们都必须尽快把兰画脱手。

我等待着他们的动作，决定以自己的方式做一个了结。在此之前，却有了意外发现。

受你所托，这些天我都在调查那张美术明信片。最初我并不认为这是多么重要的线索，随着调查进行却逐渐无法释怀。明信片本身平凡无奇，没有值得注意的内容。我从收信地址顺藤摸瓜，很快找到了收信人家属，终于在新宿的邮票店问出了最后的买主。递给我的那张名片上，印着意想不到的人名。

藤村源藏，那名仙台的旧书店主。嵯峨先生试图用邮包归还的两本书，正是盗于他处。

只是单纯的偶然吗——

一切太过凑巧，即便水野有可能偶然将藤村买来的美术明信片夹进画集，嵯峨先生从同一名男子店里盗书的可能性也趋近于零。如果考虑是嵯峨先生连书带明信片一起偷走，的确合乎逻辑，但无法解释盗取美术明信片的必要，邮票商也断言这张明信片平凡无奇。

　　答案只有一个，藤村跟水野是一伙，也正是他假冒横手店主和你通话。

　　藤村是造假团伙的同伴，如此一来就有疑问——为何嵯峨先生没有直接归还光悦本？为何藤村声称并不认识嵯峨先生？为何水野被小野寺先生问起藤村也能面不改色？疑问接踵而至。

　　嵯峨先生是死于他杀。

　　怎么想嵯峨先生也没有理由必须挑在临死前还书，装着光悦本的小邮包是为嵯峨先生的自杀制造动机，绝不会错。这是我的结论。

　　我并不清楚实际行凶者，但犯人一定就在那三人当中。眼见嵯峨先生执意公开画集真伪，他们决定先行灭口。

　　我动摇了。

　　读过嵯峨先生的备忘录，我坚信他是自杀无疑，所以即便知道画集是赝品，却至今放纵水野一伙的行动。一想到他们只是被欲望蒙住双眼的可悲之人，也就懒得计较。然而他们并非如我所想，他们是杀人犯。我却因为一己私愤和嫉妒，放任杀人犯为所欲为。

知道了嵯峨先生之死的真相，我心中又涌上疑惑。老师被杀，果然也是他们所为吧。你一定无法想象当时我有多么绝望。

我决定凭一己之力找出凶手。全部责任都在我，我必须做出补偿。

就在今天，我把嵯峨先生的备忘录复印了两份，一份给水野，一份给藤村。水野那份一早就放进了他家邮箱，明天我会带着另一份去仙台，用相同的方法送给藤村。他们一定会相互联络，在某处自掘坟墓吧。我会监视他们的一举一动，只等他们犯下疏漏。这样一来他们就百口莫辩，之后就交给小野寺先生吧。这是杀人事件，至今我仍希望浮世绘能够免受牵连，恐怕这已是奢望吧。

长夜将尽，我必须上路了。嵯峨先生的备忘录仍留在书函中，我不想拿它做证。我会另行寻找他们的杀人证据——可是现在画集已被烧毁，恐怕再难证明那是赝品吧。至少能找出嵯峨先生在画集中设下的陷阱也好啊，可惜目前还一头雾水，看来只能由我亲自走一趟了……

给你添麻烦了。

冴子就拜托了。

津田甚至挤不出眼泪。

（一开始，他就知道……国府前辈从一开始就知道昌荣是假的……）

即便确证在手，津田仍无法置信。和国府共同解开写乐之谜的强烈认知，至今仍扎根在津田心底。

（尽管那样……太过分了，这也太自私了！）

无法抑制的愤怒在津田胸中骤然爆发。

（你是说死了就一了百了吗？死了就不用负责吗？老师的确有错，可是嵯峨先生也太自私了。他根本不爱浮世绘，否则怎么可能在无关的作品上若无其事地署上写乐二字。你难道就不明白吗——被嵯峨先生利用的并不是我，而是国府前辈——嵯峨先生把浮世绘的未来硬塞给你，让你背负重荷，他却满足地一死了之……到头来，谁也没有为我们这些年轻人着想。）

在津田看来，嵯峨和国府舍命保护的浮世绘，却已反遭玷污。

（我们是否太过傲慢尊大？我们是否自以为是自作主张，一面寻求认同一面又在心底蔑视浮世绘？是否以为缺了我们浮世绘就将一蹶不振，把它当作吊车尾的差等生对待？浮世绘绝非如此不堪一击的存在。假如只因老师的误入歧途就能让浮世绘消失灭亡，这种程度的东西就让它消亡好了，这种东西不会被任何人需要——可是浮世绘仍然骄傲地存续着，仍然历久常新。就算嵯峨先生和西岛老师死去，浮世绘也会继续活着。对浮世绘而言，我们都只是匆匆过客——就算弃之不顾，浮世绘也会靠自己的力量继续走下去……）

津田泪如雨下。

最终，这出闹剧留下了什么？只留下以西岛为首的三名研究者毫无意义的死亡，仅此而已。而津田失去了国府，这一无法替代的特别存在。

津田坐在咖啡馆的角落久久哭泣，为失去国府悔恨不已。

（国府前辈他们希望守护的东西，由我来毁掉——比起什么浮世绘，我只想国府前辈继续活着——我绝不会就此放过水野一伙。）

津田心意已决，立刻和身在府中警局的小野寺取得联络。水野把国府的公寓弄得一片狼藉，就是为了寻找嵯峨的备忘录吧。如果能找到备忘录，就能切实逮捕水野。只要有了造假确证，从任何角度都能击溃他们。

即便就此曝光嵯峨的造假行为，或者西岛的自私自利，对津田而言都不痛不痒。浮世绘绝不会因此消失，浮世绘的世界绝不软弱，津田确信无疑。

嵯峨著作中采用书函收纳的只有四本，津田在电话中告知小野寺书名。只要还没被水野发现，备忘录就藏在其中一本之中。

小野寺表示立刻就向冴子征求同意，兴冲冲地挂了电话。

二月二十日。

一切都结束了。

嵯峨的备忘录依然好好地藏在书函里。证据确凿，小野寺以涉嫌欺诈将水野就近押至警局录制口供。加藤、藤村也被带往所在辖区警局。

人全是水野所杀。

加藤和藤村脆弱得出乎意外。一旦得知画集的真伪已被识破，二人立刻将全数罪行推给水野，大力主张他们只是按水野的吩咐行事，并不知画集有假。

水野到底不会立刻认罪，直到小野寺告知从飞机的乘客名单中鉴别出他的笔迹，水野这才认命招供。

一旦开口，一切都如雪崩般被水野和盘托出。

果然就如小野寺所想，嵯峨厚被杀害于水野的事务所。水野提前多日就备好装有北山岬附近海水的洗澡桶，后将嵯峨溺死其中。

距离拘留仅仅三天后，水野就因涉嫌杀人被正式批捕。

仙台藤村店铺的仓库里，闲置着近五十幅署有昌荣落款的作品。每一幅都用蜡纸包裹，慎重封存。正如国府想的那样，假如没有清亲的画册搅局，这些作品至少会被放置三年。

题有东洲斋写乐的作品也在其中。这幅以写乐落款的"蜡画狮子"被当作事件的象征，在之后出版的报纸杂志中占据大幅版面。

这幅作者不明的"蜡画狮子"图，今后也会留在众多人的记忆中吧。

一切都尘埃落定。

"手法真是高明啊。"

小野寺和一路送行至上野车站的津田对坐在地下咖啡店。

"事发前一周左右，嵯峨先生的公寓相继接到了藤村和加藤的恐吓电话——还暗示要取他性命。嵯峨先生似乎犯了神经症，把备忘录交给国府先生或许也是因为受到威胁吧。然后水野登场了，他虽然表示嵯峨先生不会有性命之忧，却提议最好转移到安全的场所以防万一。"

"所谓安全的场所，是指？"

"水野兼用作仓库的事务所。谁也不会上那儿去，很安全不是？正方便他杀人取命。"小野寺握紧了拳头，"事务所实际是一间公寓，能供洗澡或者过夜，的确适合嵯峨先生暂时藏身。嵯峨先生就安心地在八号夜里搬了进去，当然也带着换洗衣物和洗漱用具。"

津田沉默不语。

"水野向嵯峨先生保证，一定会在他避难期间跟身处东北的加藤、藤村二人好好谈谈。不过呢，也不能保证谈话一定顺利，所以不能大意。怎么说也是水野的事务所，那两人也清楚电话和地址。于是水野又强调，为防万一，近段时间一定别出门，也千万别打电话。"

"嚯，这一来嵯峨先生肯定信了。"

"换了别的场所，就算嵯峨先生也会认为水野太杞人忧天吧。交代妥当之后，水野就以和那两人交涉为由，在九号一早出发前往八户。"

"原来如此，于是嵯峨先生就老老实实……"

"老老实实等着被杀。简直丧尽天良，我听着那家伙自供，真恨不得痛殴他一顿。总之一句话，嵯峨先生完全对水野盲目信任，真就哪儿都不去地等他回来。到了下午，水野总算回来了，手里还拎着两份小呗寿司。嵯峨先生从早晨起就什么也没吃，自然毫不迟疑地拿起了筷子。在用餐过程中，水野开始刨根问底地确认嵯峨先生当天的行动——有没有出门啦，有没有人来访啦，有没有打电话啦……毕竟这是不该身在东京之人，稍有疏漏就全盘皆输。水野在这方面很有心得，听说他是打算一有破绽就另选时间动手。"

水野的慎重让津田大吃一惊。

"确认没有招人怀疑之处，水野又表示要和找上东京的藤村对谈，再次出了门。得知藤村来了东京，嵯峨先生大惊失色。他的反应也在水野计算之中，这下又能保证他好几小时待着不动，方便水野前往府中图书馆。接下来就如我们所料，水野制造好不在场证明后赶回事务所，这回是为了杀害嵯峨先生……他那种魁梧有力的大块头，要把弱不禁风的嵯峨先生摁进洗澡堂淹死，肯定易如反掌吧。"

"这么说，国府前辈果然和嵯峨先生的尸体一起……"

小野寺擦了把汗，连连点头。

"国府先生怎么着也不可能想到嵯峨先生就在后备厢里吧，这一来水野就掌握了完美的不在场证明。抵达别墅后，水野和国府先生'分头'检查房间。国府先生是头一次来，根本不明白内部构造。水野就利用这段时间放好行李包，又把小呗寿司的空盒搁在桌上，还等着国府先生去发现。这男人的心真是坏透了。"

"的确，这样国府前辈也会信以为真。"

"弃尸是在之后。他领着国府先生，装模作样地要去北山岬搜索。分头行动后，水野确认国府先行往餐厅方向移动，又回到停车处，从后备厢拖出尸体……趁着夜色扔进了海里。"

"没人听到可疑的声响吗？"

"当晚刮着强风，简直是抛尸的绝佳天气。水野还说天太黑，怎么也没法确认尸体到底沉下去没，让他担心得很。"

"西岛老师的事故也是水野所为？"

"没错，他都交代了，说是虽然没有杀人的打算，但不否认抱着杀心。对了对了，全被津田先生说准了，那天夜里他果然目击到国府先生上西岛家拜访。都被逐出师门的男子干吗找上门来？水野心里奇怪，就躲在书斋的窗户下面偷听两人谈话。听国府先生说到画集是伪造，水野以为一切都完了。不过国府先生只是单纯看破了胶版印刷的漏洞，并没有意识到水野一伙的存在。这下他安心了，照计划等夜深人静后放了火。水野似乎做梦也没想到西岛就睡在书斋里，不过就算睡在其他房间，照样有可能来不及脱逃。所以我们认为水野实际抱有杀意。"

津田无言颔首。

"从那时起，国府先生的一举一动就被水野锁定。虽说证据已被烧毁，但国府先生对他们而言依然是危险人物。当嵯峨先生的备忘录被塞进水野家的邮箱，他立刻明白这是国府先生捣的鬼，当下断定还是灭口为好。加之先前的美术明信片一事，水野料到国府先生一定会去藤村店里，就先一步赶往仙台。果然就像之前分析的那样，在仙台反倒是国府先生被水野跟踪了。水野算准国府先生是单独行动，直接开车撞人。国府先生肯定没想过会被对方抢先，完全没有防范。"

小野寺不禁颤抖。

"假使国府先生没有顺着美术明信片揪出藤村的存在，或许就不会被杀吧。据水野交代，正是从那时起他们才开始担心国府先生会不会掌握了真相……说来那张美术明信片并不在嵯峨先生的计划当中。"

"是水野的主意？"

"不，似乎是藤村的点子。水野后悔得不得了，说是藤村提议往画集里不经意地夹上旧东西，这样能显出年代感。那张无关紧要的小玩意儿，结果却成了致命伤，真是讽刺啊……"

津田无以作答。

（它也成了国府前辈的致命伤……全怪我托他调查。）

津田深陷自责。

"如果国府先生的动作能慢些，至少等到苏富比发现所谓写乐的真迹……也许他就不会做出单打独斗的愚蠢选择吧，仅仅是一天之差而已啊。假如能晚上那么一天，就算国府先生也会放弃追查，选择向你我商量对策吧。"

"可是画集都烧了……前辈又绝不会把嵯峨先生的备忘录公之于众。"

"唉，这方面我不太了解……对了，嵯峨先生真往画集里设了什么陷阱？"

"复印件都快被我翻烂了，完全没有可疑之处，果然只有前辈发现的胶版印刷问题吧。"

"这样吗……可是说不通啊。假如只有印刷方式存在破绽，画集一旦离手，嵯峨先生口说无凭，从报纸杂志上又看不出来。难不成他有什么秘密手段，保证能让西岛拿出画集？"

"天知道。"

的确就如小野寺所言，照那两人目前水火不容的关系，怎么想西岛也不可能把画集拿给嵯峨。

"有没有更直接的破绽？既然嵯峨先生能把话说死，应该是某种没了原物也一目了然的证据吧。"

"嗯，我也这么想。"

"他所说的陷阱肯定另有所指。"小野寺断言，"可是国府先生和津田先生都不明白，估计也没人能闹明白了。嵯峨先生真是个厉害人物，脑子好得都不能简单用聪明来形容……"

津田也深有同感。

（是执念。对老师的执念，孕育了那本画集……）

津田顿生寂寞之感。假使嵯峨和西岛并未身处浮世绘界的两大对立协会，二人应该能以好友身份携手进行相同研究，也就不会发生这起事件。然而，事件曝光后，这种对立不消反涨，越发深植于浮世绘的土壤。

　　对已经下定决心离开浮世绘的津田而言，唯有这一点让他放不下心。没有任何人能够保证，这种对立不会再生恶果。从这层意义上说，事件并未解决。双方协会的对立不知会持续到何年何月，津田为沉重的预感胆寒不已。

　　吉村因事件的冲击丧失了立足之地，大学的研究所被关闭，岩越也回了老家，西岛学生各散东西。

　　（最终还是遂了嵯峨先生的愿……他才是赢家。）

　　耳边仿佛传来嵯峨胜利的笑声，津田环顾四周，旅客的喧嚣骤然放大。

　　小野寺看着津田，笑道："想什么呢？"

　　"这秋田兰画说啊——"小野寺突然变换了话题，"我花好几天读完了津田先生的论文。国府先生没说错，你的发现应该是正确的。我虽然不懂画，但照着犯罪搜查的思路，能得出相同结论。没有证据的确遗憾，但你的假说绝对没有错，这是那啥，刑警的直觉。我打算今后逢人就说'写乐就在秋田兰画画师当中'……总有一天会找到完美的证据。所以也请你别放弃浮世绘，今后也继续研究下去。"

　　小野寺诚恳地挽留。津田胸中涌上阵阵暖意。

　　"托你的福，连我也喜欢上了浮世绘。还是个刚开始学习的菜鸟啦，差不多都能分清歌麿和写乐了哟。"

小野寺晃着身子哈哈大笑。这张笑脸在事件后首次给津田带去暖意。

两人笑个不停。

尾
声

两年后。津田在盛冈的私立中学教授日本史，安静沉稳，很受学生好评。只有在每年数次讲授美术的"浮世绘"部分时，津田的双眼就如从沉睡中骤然苏醒般熠熠生辉。

某天，津田为调查资料去了县立图书馆，这里藏有众多大部头辞典。

调查对象是岩手县古地名的由来。津田毫不犹豫地走近书架，取出吉田东伍所编《大日本地名辞典》的《奥羽》卷。这套辞典共有七卷，总页数超过五千。涉及古地名的历史、由来，目前还没有比这更翔实的辞典。

《奥羽》卷里一时找不到想查的内容，津田把它放归原位，又取出另一卷的索引。

索引之前，汇集了近百页序文和书评。津田来了兴趣，随手翻阅序文。光作序者就有二十五人，包括当时的大批名人，大隈重信、原敬、涉泽荣一、坪内逍遥也榜上有名。

（不简单，全是厉害角色呢。）

津田再生感慨。他不时就会翻翻这套辞典，但还从没看过序文。津田挑出看似有趣的部分开始阅读。

"今文运昌盛，日新月异，图书刊行亦非鲜见，然乘此潮流所作一气呵成之小册子……乃有识之士之大憾。"

字字读来，津田胸中有种似曾相识的触动。序文作者是嘉纳治五郎，明治年间的柔道界大家。津田无视心中焦躁，翻到了另一页。

"君本生长于山村，抱以学术出人头地之初衷，为受系统之教育通修中学之课程……因家务尽阅世故，遂赴北海道——"

津田难以置信。这是清亲序文的其中一节，正是清亲介绍佐藤正吉生平的部分。"尽阅世故"的说法并不常见，津田对此记忆犹新。只需把北海道换作秋田，就是完全相同的文章。

（对啊，刚才那篇也……）

跟清亲序文的开头完全一致！

后一篇序文的作者是市岛谦吉。

（到底是怎么回事。）

津田瞬间茫然。紧接着，答案在他脑海崩裂。

（这就是嵯峨先生设下的陷阱！嵯峨先生是从这本地名辞典抽取拼凑了清亲的序文。）

嵯峨先生这般的人物不可能写不出序文，他是为了留下造假证据故意为之。津田胸口发闷。

津田着魔般翻阅各篇序文，发现了好几处相同的文字，最终确定清亲序文是从辞典的四篇序文中分别抽取必要部分拼接而成。

津田确认了地名辞典的刊行年——明治四十年十月十三日，和画集假定的时期相同。

（原来如此，画集的小传也是取这本书中的铅字拼成。备忘录中所说的同时期书籍，就是指这本辞典。）

既然有地名辞典，大馆或本庄的文字也能轻易提取。

津田血气上涌。西岛公布"写乐＝昌荣"说之后，嵯峨只需介绍这套地名辞典，提示序文的相似性即可，再不需有任何动作。对画集持怀疑态度者无疑大有人在，一定会集中火力攻击。

津田带着无法抑制的悸动离开图书馆，笔直向公寓奔去。

（如果能早些发现，如果那时就能发现——）

津田一路狂奔。

他粗暴地冲上公寓楼梯，一把推开房门，进了屋。

冴子用围裙擦着手，惊慌地出了厨房。津田捂着胸口蹲坐在房间一隅，冴子屏息凝视。

"我明白了——终于全都解开了。"津田剧烈喘息，带着哭腔冲呆立的冴子狂呼道，"那时候，如果那时候就能发现……大舅哥就不会死了，他就不用死了！"

冴子唯有不住点头。

凉风吹拂而过，微微摇动了冴子重新蓄起的秀发。